U0115988

地域文化研究叢書・嶺南文化叢刊

黃遵憲與嶺南近代文學叢論

上冊

左鵬軍　著

目次

下冊

「嶺南學叢書」緣起

　　吾國土地廣袤，生民眾多，歷史悠遠，傳統豐碩。桑田滄海，文化綿延相續，發揚光大；高穀深陵，學術薪火相傳，代新不已。是端賴吾土之凝聚力量者存，吾民之精神價值者在。斯乃中華文化之壯舉，亦人類文明之奇觀。抑另觀之，則風有四方之別，俗有南北之異；學有時代之變，術有流別之異。時空奧義，百轉無窮；古今存續，通變有方，頗有不期而然者。

　　蓋自近代以降，學術繁興，其變運之跡，厥有兩端，一為分門精細，一為學科綜合。合久當分，分久宜合；四部之學而為七科之學，分門之學復呈融通之相，亦其一例也。就吾國人文學術言之，舊學新學，與時俱興，新體舊體，代不乏人。學問之夥，蓋亦久矣。是以有專家之學，許學酈學是也；有專書之學，選學紅學是也。有以時為名之學，漢學宋學是也；有以地為名之學，徽學蜀學是也。有以範圍命名之學，甲骨學敦煌學是也；有以方法命名之學，考據學辨偽學是也。外人或有將研究中國之學問蓋稱中國學者，甚且有逕將研究亞洲之學問統名東方學者。是以諸學之廣博繁盛，幾至靡所不包矣。

　　五嶺以南，南海之北，或曰嶺表嶺外，或稱嶺海嶺嶠；以與中原相較，物令節候殊異，言語習俗難同，蓋自有其奇胲者在。嶺南文化，源遠流長。新石器時代，已有古人類活動於斯；漢南越國之肇建，自成其嶺外氣象。唐張曲江開古嶺梅關，暢交通中原之孔道；韓昌黎貶陽山潮州，攜中原文明於嶺表。宋寇準蘇東坡諸人被謫之困厄，洵為嶺隅文明開化之福音；余靖崔與之等輩之異軍突起，堪當嶺

外文化興盛之先導。明清之嶺南，地靈人傑，學術漸盛。哲學有陳白沙諶甘泉，理學有黃佐陳建，經史有孫屈大均，政事有丘濬海瑞。至若文學，則盛況空前，傳揚廣遠，中土嘉許，四方矚目，已非僅嶺南一隅而已。明遺民詩家，自成面目；南園前後五子，各領風騷。韶州廖燕，順德黎簡，彰雄直狷介之氣；欽州馮敏昌，嘉應宋芷灣，顯本色自然之風。斯乃承前啟後之關鍵，亦為導夫先路之前驅。晚清以還，諸學大興，盛況空前。其穎異者，多能以先知先覺之智，兼濟天下之懷，沐歐美之新風，櫛西學之化雨，領時代之風騷，導歷史之新潮，影響遠播海外，功業沾溉後世。至若澳門香港之興，則嶺海之珠玉，亦華夏之奇葩；瞭望異邦，吾人由斯企足；走向中國，世界至此泊舟。故曰，此誠嶺南之黃金時代也。然則嶺南一名之成立，則初由我無以名我，必待他者有以名我而起，其後即漸泯自我他者之辨，而遂共名之矣。

晚近學者之矚目嶺南，蓋亦頗久矣。劉師培論南北學派之不同，嘗標舉嶺南學派，並考其消長代變；汪辟疆論近代詩派與地域，亦專論嶺南詩派，且察其時地因緣。梁任公論吾國政治地理，言粵地背嶺面海，界於中原，交通海外；粵人最富特性，言語習尚，異於中土；蓋其所指，乃嶺南與中原之迥異與夫其時地之特別也。梁氏粵人，夫子自道，得其精義，良有以也。斯就吾粵論之，其學亦自不鮮矣。有以族群名之者，若潮學客家學；有以宗派名之者，若羅浮道學慧能禪學；有以人物名之者，若黃學白沙學。晚近復有以各地文化名之者，若廣府、潮汕、客家、港澳，以至雷州、粵西、海南之類，不一而足；且有愈趨於繁、愈趨於夥之勢。

今吾儕以嶺南學為倡，意在秉學術之要義，繼先賢之志業，建嶺南之專學，昌吾土之文明。其範圍，自當以嶺南為核心，然亦必寬廣遼遠，可關涉嶺南以外乃至吾國以外之異邦，以嶺南並非孤立之存

在，必與他者生種種之關聯是也。其方法，自當以實學為要務，可兼得義理考據、經濟辭章之長，亦可取古今融通、中西合璧之法，冀合傳統與現代之雙美而一之。其目標，自當以斯學之成立為職志，然其間之思想足跡、認識變遷、求索歷程均極堪珍視，以其開放相容之性質，流動變易之情狀，乃學術之源頭活水是也。倘如是，則或可期探嶺外之堂奧，究嶺表之三靈，彰嶺嶠之風神，顯嶺海之雅韻也。

考鏡源流，辨章學術，為學當奉圭臬；學而有法，法無定法，性靈原自心生。然何由之從而達於此旨，臻致此境，則時有別解，地有歧途；物有其靈，人有其感；惟所追慕嚮往者，則殊途同歸、心悟妙諦之境界也。吾輩於學，常法樸質之風；吾等之懷，恒以清正為要。今此一名之立，已費躊躇；方知一學之成，須假時日。嶺南學之宣導伊始，其源遠紹先哲；嶺南學之成立尚遠，其始乃在足下。依逶迤之五嶺，眺汪洋之南海；懷吾國之傳統，鑒他邦之良方；願吾儕之所期，庶能有所成就也。於時海晏河清，學術昌明有日；國泰民安，中華復興未遠。時勢如斯，他年當存信史；學術公器，吾輩與有責任。

以是之故，吾等同仁之撰著，冠以嶺南學叢書之名目，爰為此地域專學之足音；其後續有所作，凡與此相關相類者，亦當以此名之。蓋引玉拋磚，求友嚶鳴，切磋琢磨，共襄學術之意云耳。三數書稿既成，書數語於簡端，略述其緣起如是。大雅君子，有以教之；匡其未逮，正其疏失，是吾儕所縶望且感戴焉。

左鵬軍

丁亥三秋於五羊城

前言

　　筆者自學習和研究黃遵憲與嶺南近代文學至今，已近二十年，時間尚不算長，然亦不能說很短了。在此期間，曾根據自己的認識與理解，對這一領域的主要問題進行過若干探討，品嘗到了一些甘苦的滋味，也取得了點滴收穫。這本小書就是筆者近二十年來關於黃遵憲與嶺南近代文學主要研究成果的呈現。

　　本書的主要內容集中於黃遵憲和嶺南近代文學的研究，是為兩個中心；為明確起見，根據具體的研究範圍或涉及的領域，還可以將其內容分為三個方面，是為本書上中下三輯之由來。

　　一為黃遵憲研究。此部分主要包括黃遵憲的詩歌創作、文學思想、文化心態、品藻人物、政治態度、晚年思想等問題的專題論述，以及黃遵憲研究史的回顧與評價。

　　關於黃遵憲的文學思想及其與「詩界革命」的關係，學界雖已多有討論，但系統全面的清理和評價尚未見到，筆者對此問題進行了盡可能全面的研究並提出了一己之見，進一步展示了黃遵憲文學思想的複雜形態及其與「詩界革命」的真實關係。黃遵憲走出國門之後表現出來的對日本與歐美國家的認知態度、認識水準以及其中反映出來的內心矛盾和文化心態，對把握其一生的思想發展和文化觀念的演變而言非常關鍵，筆者對此進行了專題考察。近代文人對婦女及婦女問題的看法經常能反映時代文化的深層變遷，黃遵憲對待婦女的看法和發表的相關言論，頗能體現他思想意識、道德觀念深層的微妙之處與矛盾狀態，筆者對這一新問題進行了討論。

關於黃遵憲評論曾國藩的文字的理解，特別是黃遵憲對曾國藩其人的評價，由於材料限制與觀念制約，多位前輩學者在此問題上存有誤解。筆者以黃遵憲晚年致梁啟超書信全文及其它相關材料為據，對此問題進行了重新清理和專門論述，得出了雖有異於前人卻自以為合情合理的結論。與此相關的是黃遵憲對太平天國起義的態度問題，由於特定時期的意識形態及其它種種非學術因素的干預，學界對此亦多有想當然的既無文獻根據也無理論依據的認識，筆者對此也進行了重新研究並提出了新認識。黃遵憲晚年的政治立場、思想境界，是否贊同民主共和與暴力革命，是黃遵憲研究與評價中的又一個重要問題，以往的論者亦多有擬想無據之見，筆者將有關文獻資料進行排比分析，也得出了有說服力和可信性的結論。

論者多關注黃遵憲中年以後的詩歌創作，而對其早年所作且頗為重要的關於太平天國起義的作品和《新嫁娘詩》，則有意無意迴避；筆者有感於此種情況之不正常，遂專門予以討論，將此類之作作為黃遵憲早年詩歌的一種創作習慣和風格類型來看待。黃遵憲關於小說價值地位的言論雖不系統，但曾對康有為、梁啟超等人產生重要影響，值得重視；人境廬詩中的歌行體名篇經常表現出重鋪陳、呈才氣的文章化傾向，本書通過兩首代表性作品的對讀，對此進行了分析；黃遵憲《雜感》詩中的「我手寫我口」一語長期以來備受文學史家推重，然而文字異同也同樣長期地存在，本書對此雖僅一字之差卻頗為重要的問題予以考辨澄清。任何一個研究領域的建立和發展，都是要前見古人、後見來者的，黃遵憲研究自然也不能例外。本書通過評述周作人和錢鍾書關於黃遵憲其人其詩的學術觀點，展示這兩位傑出學者對黃遵憲研究作出的重要貢獻，並以此反映黃遵憲研究學術歷程的一個重要側面。

20世紀60年代初，新加坡學者鄭子瑜嘗提倡建立「黃學」。此倡

議一出，即受到新加坡與日本學者的重視和積極回應，但在中國大陸卻反響甚微。至20世紀90年代初，「黃學」被再度提起，然在海內外發生的影響仍然未能副提倡者之所期，隨即不聞聲息。以筆者所見，目前倘若企望建立作為一門專門性學問的「黃學」，不能不說依舊是剛剛起步，任重道遠；但是作為一種學術意識和學術理念的簡明表達，「黃學」一詞尚有其存在的價值。基於此種想法，本書第一輯遂名之曰「黃學論衡」。

二為嶺南近代文學家與文學現象研究。此部分包括太平天國的文學主張，何曰愈、丁日昌、何如璋、沈世良、葉衍蘭、汪瑔、容閎、胡曦、梁啟超、黃節諸家的專題論述，澳門《知新報》與「詩界革命」，報刊傳播與嶺南近代文學，嶺南近代文學歷史地位的探究，等等。

在中華人民共和國成立後相當長的一段時間裏，太平天國的文學主張與太平天國起義一樣受到了高度重視和幾乎沒有保留的肯定，太平天國等農民起義甚至曾被認為是推動歷史前進的動力之一，這其實並沒有什麼學術根據，只是由於意識形態不正常狀況的延續而導致在太平天國及其文學主張評價上的反常情況的延續而已。筆者對這一問題進行思考並提出了自己的認識。嶺南近代文學研究中個案的考察往往是重要的，這是進入更廣闊、更深入研究的基礎；本書對幾位重要文學家何曰愈、丁日昌、何如璋詩文的討論，對「粵東三家」沈世良、葉衍蘭、汪瑔詩詞的討論，雖仍尚頗為簡單、有待深化，卻是這種研究思路的嘗試。容閎作為中國第一位畢業於美國著名大學的留學生，雖不以文學名世，卻也有值得關注之成績，本書根據所見材料對他的詩歌創作和教育思想作了探討。由於生前落拓，身後蕭條，客家傑出學者、文學家胡曦的著作大多散佚，於今難求，但他的文學貢獻不應被忘卻；本書根據相關材料對此作了專題性探討，冀補以往研究

之闕失。進一步說，對胡曦這樣的嘗作出重要貢獻卻由於文獻資料缺乏而被忽視甚至有可能被忘卻的文學家的研究，正是我們重要而且緊迫的任務。

梁啟超不僅是近現代嶺南的驕傲，也是近現代中國的自豪。他以多方面的卓越成就為中國近現代文學史、文化史作出了無與倫比的貢獻。本書僅討論梁啟超提倡「小說界革命」的理論得失與觀念矛盾，討論梁啟超的戲曲創作與近代戲劇改革的關係，同為彌補已有研究之不足之意。黃節為嶺南近現代著名學者、詩人，以往對他的研究與他的成就相比併不相稱，本書以以往相關評論為基礎，著重探討黃節的詩歌創作、政治觀念、文化立場與在近現代舊體詩壇影響極其深遠的「同光體」的關係，希望由此更深入、更清晰、更真實地認識以黃節為代表的南社「非主流派詩人」即傾向於宗法宋詩的詩人群體的價值與地位，及其與柳亞子、陳去病、高旭等宗法盛唐、效法龔定庵的「主流派詩人」的關係，並由這種詩歌取徑之異趣、詩學主張之相左、文化觀念之差異中探究南社和「同光體」內部的真實情況與二者的文學史意義。

澳門是嶺南乃至整個中國瞭望世界並感受歐風美雨最早、最重要的視窗，其文化交流通道的地位雖然後來被香港、廣州、上海等地所取代，但其曾經發揮的文化作用並不應因此被忽略。本書討論澳門《知新報》與「詩界革命」的關係，就是試圖從一個具體的角度認識澳門對於嶺南乃至中國近代文化變遷的意義。中國的近代化或曰現代化在很大程度上就是學習西方國家走向工業化的過程，本書探討的報刊傳播與嶺南近代文學的變遷，就是想從這一角度認識近代化與工業化對嶺南文化和中國文學產生的深刻影響。對嶺南近代文學歷史地位的思考，是關乎嶺南近代文學整體甚至中國近代文學整體的問題；本書對此進行研究探討，意在通過比較別樣的角度或比較通達的視野思

考嶺南近代文學的基礎性問題。

嶺南近代文學之深邃遼闊，底蘊豐厚，當超出許多人的想像，甚至尚未能對之有些感性的認識和理性的體察；值得深入研究、認真考察的嶺南近代文學家個案和文學現象同樣美不勝收，難以枚舉。面對如此龐大複雜的研究對象，任何個人的力量都永遠是藐小有限的。筆者雖有全面研究的心願，但實際上並沒有將這種心願變為學術現實的可能性，至少現在還沒有。因此，筆者僅是根據自己之所見知，力所能及地在嶺南文學的滄海中取其點滴，品其滋味而已。是為本書的第二輯，因此名之曰「文學蠡測」。

三為嶺南近代文獻考辨匡補。此部分包括筆者新發現的丁日昌、黃遵憲、梁啟超集外詩文的考證辨析，和對近年出版的幾種重要著作中存在的文獻問題的匡正補充。

與中國近代文獻諸方面發生的革命性變革、取得的實質性進步一致，嶺南近代文獻也達到了浩如煙海、難以窮盡的地步。筆者多年來尚能留意新的文獻資料的發掘與利用，希望由此入手，漸漸揭開原本鮮活的文學生命、文學景觀和歷史事實的冰山一角。筆者在查找近代戲曲資料之際，偶然間得見丁日昌集外七律二十首；在新書店翻閱古舊書籍之時，邂逅發現梁啟超的一篇集外佚文；在廣州博物館參觀時，得見黃遵憲手書集外七律二首；在閱讀《黃遵憲與日本友人筆談遺稿》過程中，也發現了人境廬集外詩歌數首。這些幸運的發現，每令筆者欣喜難抑；遂於初步研究、弄清主要事實之後，將這些新材料公諸同好，以求對相關研究有所裨益。

由於文獻遺失，黃遵憲的文章難得一見，因此中國學者編輯、1991年10月在日本出版的第一部《黃遵憲文集》就具有特別的意義；整整十二年後，2003年10月天津出版的《黃遵憲集》也顯得特別重要，因為這是第一部中國版的黃遵憲文集。遺憾的是，這兩部意義非

凡的黃遵憲文集均存在比較明顯甚至相當嚴重的編校問題。筆者就所見知對二者的疏失、誤漏之處作了若干匡正補充。錢仲聯主編的《清詩紀事》卷帙浩繁，材料豐富，筆者在學習與研究中多受其沾溉；同時也發現編校偶誤數處，嘗撰文予以指出，本書所錄僅其中屬嶺南近代文學範圍者四家。筆者著重指出的雖是上述著作的失誤，卻是首先對其懷有一種敬業樂業的敬意和感佩，然後才是學術切磋與討論。

竭澤而漁的治學方式不僅僅是艱苦的功夫、過人的毅力和執著的熱誠，而且是人類精神世界深處迸發出的一種與時間和空間的有限性抗爭不已的悲壯與蒼茫。由此想起的，不僅是在自然面前絕不退卻、對困難永不屈服的愚公移山，而且是更加悲壯震撼、蒼涼淒美的精衛填海。雖不能至，心嚮往之矣。本書的文獻探索考辨部分雖數量無多，頗含有遇與不遇之偶然性，斷難展現嶺南近代文獻的豐富性與研究價值，但這些文字均經筆者勉力搜求，其中頗費周章者不少，偶而自鳴得意之處亦復有之，當可視為披覽訪探之際得來全都費工夫的笨手偶得。由此或可窺知嶺南近代文獻的浩繁於萬一，故第三輯名之曰「文獻探賾」。

總之，本書是以黃遵憲與嶺南近代文學的若干問題為中心進行的專題性探討，因此難以構成周詳完整的體系。即使在已有所涉及的問題中，也自知時現淺嘗輒止之局促，未知未逮之處更是在在多有。欲彌補自己此刻認識到和未意識到的種種不足，只能俟諸今後的努力了。書稿既成，略書數語；化境尚遠，大雅難期；今之未逮，且望來茲；災梨禍棗之什叢聚，姑名之曰「叢論」云。

左鵬軍

二〇〇七年十月十日

上輯
黃學論衡

「詩界革命」的旗幟黃遵憲

在晚近的多種文學史著作中，黃遵憲每被稱為近代「詩界革命」的一面旗幟。儘管黃氏本人從未明確表示自己關於「詩界革命」的理論主張，但由於梁啟超在《飲冰室詩話》中對人境廬詩的褒揚宣傳，更由於黃遵憲紮實穩健、超群出類的詩歌創作實績，確是奠定了他在中國近代詩歌變革歷程中特別突出的地位。

一　生平與思想

黃遵憲（1848-1905），字公度，號人境廬主人，別署觀日道人、東海公、法時尚任齋主人、水蒼雁紅館主人、布袋和尚、公之它、拜鵑人，廣東嘉應州（今廣東梅州市）人。出身於一個以經營典當業致富的商人家庭。父鴻藻，字硯賓，號逸農，咸豐六年（1856）舉人，由戶部主事改官知府，分省廣西，先後督辦南寧、梧州釐務，後加三品銜陞用道，署思恩府知府，頗有政聲。亦能詩文，著有《逸農筆記》、《思恩雜著》、《退思書屋詩文集》等。

黃遵憲道光二十八年四月二十七日（1848年6月12日）出生於嘉應州城東門外攀桂坊（今梅州市區小溪脣）。因連年生弟妹，三歲的黃遵憲與曾祖母李太夫人同起臥，晚上曾祖母經常教他吟誦客家兒歌如《月光光》等，授以《千家詩》，未幾全部成誦。四歲開蒙，十歲學為詩。塾師嘗以梅州神童蔡蒙吉「一路春鳩啼落花」句命題，遵憲對曰：「春從何處去？鳩亦盡情啼。」師大驚。次日又令賦「一覽眾

山小」，遵憲破題云：「天下猶為小，何論眼底山？」以少年早慧，甚得鄉里推異。同治六年（1867）中秀才，同治十一年（1872）取得拔貢生資格。在此期間，曾數次去廣州參加鄉試，皆落第。同治十三年（1874），赴北京應廷試，亦不中。在應試之餘，他有機會遊歷了香港、天津、煙臺等地，對開闊視野胸襟、瞭解當時社會狀況起了很大作用。屢次應試失敗，也使他愈來愈強烈地滋生了對封建科舉制度的不滿，產生了改革取仕用人政策及其它不合理制度、社會弊端的思想。光緒二年（1876）秋天，中式順天鄉試第一百四十一名舉人，入貲以五品銜揀選知縣用，又入貲為道員。十二月，翰林院侍講大埔何如璋任首任出使日本公使，遵憲應邀任參贊，從此開始了長達十多年的擔任外交僚屬的海外生涯。

　　光緒三年十月（1877年11月），黃遵憲隨何如璋出使日本。當時，正值明治維新將近十年之後，日本社會各個方面都呈現出新的氣象，明治維新的成績已經初步顯示出來。對此，黃遵憲先是感到驚怪、懷疑、拒斥，經過了一段時間的文化心理危機之後，他逐漸接受並肯定了日本明治以後的新變化，在進行過認真的思考權衡之後，認為中國應該學習日本，變革社會政治的思想由此萌發並茁長起來。他開始由一個帶有洋務思想傾向的主張變革的知識分子向一個主張變法維新的改革派思想家轉變。這種思想變化之最集中體現，就是他此時開始寫作《日本雜事詩》和《日本國志》。他也接觸到法國資產階級思想家盧梭和孟德斯鳩的著作，「輒心醉其說，謂太平世民必在民主國無疑也」[1]。光緒五年（1879），與至日本遊歷的王韜結識，其後二人多有交往。在日本期間，黃遵憲還受到許多熱愛中國文化的漢學家

1　北京圖書館善本組整理：《黃遵憲致梁啟超書》，《中國哲學》第八輯（北京市：生活·讀書·新知三聯書店，1982年），頁379。

及其它人士的歡迎，經常與他們筆談交流，彼此結下了深厚的友誼。這些都對黃遵憲的思想發展變化和詩歌創作產生了深刻的影響，尤其是對他維新變法政治思想的形成與確立具有重要的作用。

光緒八年（1882）春，黃遵憲調任駐美國三藩市總領事。當時，美國排斥華工運動日益加劇，他積極保護華僑的正當權益。光緒十年（1884），正是美國四年一次的總統大選，黃遵憲耳聞目睹了大選當中出現的種種怪異之事，將美國的民主共和政體與日本的君主立憲政體作一對照，發覺前者存在更多的弊端，在日本時曾一度相信民主共和為中國出路的想法發生了改變。他晚年回憶這段思想歷程時說過：「既留美三載，乃知共和政體萬不可施於今日之吾國。自是以往，守漸進主義，以立憲為歸宿，至於今未改。」[2]

光緒十一年八月（1885年9月），黃遵憲請假回國，赴梧州省父之後，即歸嘉應。此時他謝絕了其它一切事務，在家鄉埋頭修訂已經寫成初稿的《日本國志》，至光緒十三年（1887）終於成書。該書「詳今略古，詳近略遠」，以大量的篇幅介紹日本明治維新的歷史及以後的情況，內容涉及日本政治、歷史、人文、地理等各個方面，「凡牽涉西法，尤加詳備，期適用也」[3]。在此書中，他批判中國自秦漢以來的專制主義、愚民政策，肯定西方（包括明治維新以後的日本）的立法制度，主張學習西方自然科學和發展生產、管理經濟的方法，發展民族工商業，建立強大的國防力量，普及文化，發展教育，提出了一系列變法維新的主張。此書的定稿，標誌著黃遵憲維新變法思想的真正成熟，也標誌著黃遵憲政治思想的正式確立。《日本國志》成書之後，他將稿本寫成四份：一送總理各國事務衙門，一送李鴻章，一

2　同上。

3　黃遵憲：《凡例》，《日本國志》卷首，光緒十六年（1890）羊城富文齋刊本，頁4。

送張之洞，一以自存。僅此即可見黃遵憲撰著這一學術著作的政治動機。次年十月，黃遵憲經上海到北京。

光緒十五年（1889），薛福成任出使英、法、義、比四國公使。由於時任總理各國事務衙門總章京的袁昶的推薦，遵憲被命以二品頂戴分省補用道充任駐英二等參贊，次年隨薛福成出國赴英法。從對英國政體和社會狀況的認識瞭解中，黃遵憲更堅定了中國當走君主立憲道路的信念，主張向日本、英國學習，而不可走美國那樣的民主共和之路。光緒十七年（1891），總理各國事務衙門奏准設立新加坡總領事，薛福成舉薦遵憲調充。十月，他從英國至新加坡。在總領事任上，他做了大量保護華僑利益的工作，並提出了一些保護華僑的方案，如開海禁，嚴禁虐待回籍僑民等，深受華僑歡迎。

光緒二十年（1894），甲午戰爭起，九月，張之洞由湖廣總督移署兩江總督，因籌防需人，便奏請調遵憲回國，任江南洋務局總辦。次年，黃遵憲在上海會見康有為，縱論時事。光緒二十二年（1896），參加上海強學會，創辦《時務報》，由汪康年任經理，邀請梁啟超主持筆政，鼓吹變法。從此，黃遵憲成為維新運動中以穩健實幹為突出特徵的積極分子。同年十月，奉旨入京，受到光緒皇帝和翁同龢的接見。

光緒二十三年（1897），黃遵憲任湖南長寶鹽法道，不久，署理湖南按察使，積極協助湖南巡撫陳寶箴推行新政，先後創辦時務學堂、南學會、保衛局、課吏館、不纏足會、《湘學新報》、《湘報》，宣傳維新，成效顯著，湖南風氣大變。光緒二十四年（1898）六月，以三品京堂充任出使日本大臣，光緒皇帝特簡三詔敦促，有無論行抵何處，著張之洞、陳寶箴傳令攢程迅速來京之諭。在長沙，黃遵憲因飲生水過多，已患腹瀉之疾，七月底行至上海時，已經虛弱得不能成行，只得留上海修養。此時京中政變發生，有人參奏黃遵憲之奸惡與

譚嗣同輩等，要求「請旨飭拿黃遵憲、熊希齡，從嚴懲辦，以杜後患，而絕亂盟」[4]。上海道蔡鈞更派兵將黃遵憲在上海的住處包圍起來兩天，如臨大敵。由於英國駐上海總領事和日本駐華公使等的干預，清政府方才對他從輕發落，將他「放歸」——罷官回家。

黃遵憲還鄉以後，情緒鬱抑，心有餘悸，但並不改傷時憂世的愛國之心，總是盡其所能做一些有益鄉里、有助國家的事情。除了大量地創作詩歌，將自己的餘生託諸歌詠，寫下不少長歌當哭之作以外，還聚徒講學，培養人才。光緒二十六年（1900），李鴻章任兩廣總督，曾召遵憲至廣州，勸其出仕，遵憲以事無可為，一意辭謝。光緒二十八年（1902）起，黃遵憲與逃亡日本的梁啟超取得了聯繫，二人書信往還頻繁，討論世界局勢、國家前途、文學改革等方面的問題。次年，邀集地方人士設立嘉應興學會議所，自任會長；又籌辦東山初級師範學堂，培養小學教員；對年長又無文化者，則設補習學堂和講習所。但是，此時黃遵憲的肺病已日見加劇了。

光緒三十一年（1905），黃遵憲在致梁啟超信中說：「余之生死觀略異於公，謂一死則泯然澌滅耳，然一息尚存，尚有生人應盡之義務。於此而不能自盡其職，無益於群，則頑然七尺，雖軀殼猶存，亦無異於死人。無避死之法，而有不虛生之責。孔子所謂『君子息焉，死而後已』，未死則無息已時也。」[5]當時新制一艇方成，遵憲顏之曰「安樂行窩」，並題聯云：「尚欲乘長風破萬里浪，不妨處南海弄明月珠。」蓋其絕筆，亦見其心跡。光緒三十一年二月二十三日（1905年3月28日），以肺疾卒於家中。

4　《掌陝西道監察御史黃均隆摺》，《戊戌變法檔案史料》（北京市：中華書局，1958年），頁473。

5　北京圖書館善本組整理：《黃遵憲致梁啟超書》，《中國哲學》第八輯（北京市：生活‧讀書‧新知三聯書店，1982年），頁383。

　　黃遵憲的著作有他生前自定的《人境廬詩草》十一卷,《日本雜
事詩》二卷,《日本國志》四十卷。北京大學中文系近代詩研究小組
將其集外詩編為《人境廬集外詩輯》出版;其文集未刊行過,多有散
佚,今已難得其全,錢仲聯將至今可見的黃遵憲文章輯為《人境廬雜
文鈔》發表。黃遵憲出使日本期間與日本友人的筆談記錄也已由鄭子
瑜、實藤惠秀編校為《黃遵憲與日本友人筆談遺稿》在日本出版。鄭
海麟、張偉雄編校之《黃遵憲文集》1991年10月由日本京都中文出版
社出版。吳振清等編校之《黃遵憲集》,由天津人民出版社2003年10
月出版;《日本國志》由天津人民出版社2005年1月出版。光緒十六年
（1890）羊城富文齋刊本《日本國志》亦於2001年2月由上海古籍出
版社影印出版。陳錚編校的《黃遵憲全集》於2005年3月黃遵憲逝世
一百週年之際由北京中華書局出版。黃遵憲的其它佚詩佚文近年亦陸
續有所發現。

二　詩歌內容

　　黃遵憲一生最執著地追求的,並不是詩,然而他卻終究只能做一
個詩人。他晚年回憶自己一生文學道路時說:「舉鼎臏先絕,支離笑
此身。窮途竟何世,餘事且詩人。」[6]這實在是他人生經歷的恰切概
括。這其實也反映了中國近代許多知識分子的人生追求。
　　黃遵憲今存詩歌一千一百四十餘首。他自覺地用詩歌來表現近代
中國內外交困的社會歷史狀況,反映鴉片戰爭以後發生的一系列重大
歷史事件,記錄中國人民為反抗外侮而進行的艱苦卓絕的鬥爭。在他
年過不惑之後,國事日非,江河日下,體認到仕途艱辛坎坷,發覺早

6　黃遵憲:《支離》,《人境廬詩草》卷八（北京市:商務印書館,1931年）,頁17。

年即埋藏於胸的雄心壯志難以實現的時候，他就益發如此。從他的詩歌裏，可以尋找到近代中國歷史變遷的軌跡，可以察覺出近代中國社會發展的大趨勢。梁啟超曾在《飲冰室詩話》中評論說：「公度之詩，詩史也。」[7]誠為知己之語，黃遵憲亦的確當之無愧。

黃遵憲詩歌的最重要內容，是表現帝國主義列強與中華民族的矛盾，再現中國人民前赴後繼、可歌可泣的反帝鬥爭，對積極禦侮、奮起反抗、效死衛國的愛國將士予以由衷的禮贊，對那些貪生怕死、苟且偷安、臨陣脫逃的投降派則給予堅決的批判和犀利的諷刺。

黃遵憲出生於第一次鴉片戰爭爆發後八年，第二次鴉片戰爭爆發時他尚年幼，但後來他在詩歌中曾經通過追憶這些事件，表現它們給中國社會造成的危害。《香港感懷》、《羊城感賦》、《和鍾西耘庶常津門感懷詩》等詩，從眼前景物事物的變化中追懷兩次鴉片戰爭的情景，對與列強簽訂喪權辱國的《南京條約》、《北京條約》表示憤慨，對國家的局勢表現出憂心忡忡。太平軍與清軍在嘉應地區兩次大規模的交戰給黃家帶來了巨大的衝擊，正如他在詩中所說：「吾家本豐饒，頻歲遭亂離。累葉積珠翠，歷劫無一遺。」[8]因此，詩集中多有反映太平天國起義的詩篇，如今存於《人境廬詩草》卷一的《乙丑十一月避亂大埔三河虛》、《喜聞恪靖伯左公至官軍收復嘉應賊盡滅》、《亂後歸家》等。光緒十一年（1885）中法之戰中，馮子材在鎮南關外取得諒山大捷，黃遵憲有《馮將軍歌》熱情歌頌這位年近七旬的老將。詩中說：

> 敵軍披靡鼓聲死，萬頭竄竄紛如蟻。十蕩十決無當前，一日橫馳三百里。吁嗟乎！馬江一敗軍心怖，龍州拓地賊氛壓。閃閃

7　梁啟超著，舒蕪校點：《飲冰室詩話》（北京市：人民文學出版社，1959年），頁63。
8　黃遵憲：《送女弟》，《人境廬詩草》卷一（北京市：商務印書館，1931年），頁4。

龍旗天上翻，道咸以來無此捷。得如將軍十數人，制梃能撻虎狼秦。能興滅國柔強臨，鳴呼安得如將軍！[9]

黃遵憲是戊戌變法的積極參加者，也是戊戌政變的直接受害者，對這一重大事件，他也從個人經歷的角度予以表現，並且對同道者的命運表示深切的關心與憂慮，《放歸》、《感事》、《寄題陳氏崝盧》、《病中紀夢述寄梁任父》等都是此類作品中的名篇。如《感事》中有感於戊戌政變中「六君子」被殺的一首云：

金甌親卜比公卿，領取冰銜十日榮。東市朝衣真不測，南山鐵案竟無名。芝焚蕙歎嗟僚友，李代桃僵泣弟兄。聞道詬天兼罵賊，好頭誰斫未分明。[10]

罷官鄉居之後，政治上窮途末路、政治生命實已終結的黃遵憲，仍然關注著當時中國發生的一切，仍然將時事行諸歌詩，為時代留下了詩體的歷史。義和團、捻軍起義、庚子之變、八國聯軍侵犯天津與北京，都在他晚年作品中有較細緻全面的反映，《庚子元旦》、《初聞京師義和團事感賦》、《寄懷丘仲閼》、《五禽言》、《七月二十日外國聯軍入犯京師》、《聞車駕西狩感賦》、《天津紀亂十二首》、《京師補述六首》、《聶將軍歌》、《群公》、《和議成誌感》等都是重要的作品。

黃遵憲「詩史」之作之最集中、最突出者，還是反映中日甲午戰爭的系列作品。他用詩筆全面詳盡地記載了這次戰爭的前因後果、主要事件與整個過程，留下了一部詩體的甲午戰爭的形象歷史。《悲平

9 黃遵憲：《人境盧詩草》卷四（北京市：商務印書館，1931年），頁7。
10 黃遵憲：《人境盧詩草》卷九（北京市：商務印書館，1931年），頁2。

壤》歌頌浴血奮戰壯烈殉國的平壤守將左寶貴,「肉雨騰飛飛血紅,翠翎鶴頂城頭墮,一將倉皇馬革裹」,譴責「一夕狂馳三百里,敵軍便渡鴨綠水」[11],撤軍敗逃的葉志超。《東溝行》記述中日海軍大東溝海戰中北洋水師蒙受的損失,並指出:「人言船堅不如疾,有器無人終委敵。」[12]《哀旅順》、《哭威海》分別敘述旅順、威海兩個戰略要地的失陷。《哀旅順》以「海水一泓煙九點,壯哉此地實天險」起,極寫旅順地勢險峻、萬無一失,「謂海可填山易撼,萬鬼聚謀無此膽」,而在結尾處筆鋒急轉直下,僅用二句道出此天險形勝之地的失守:「一朝瓦解成劫灰,聞道敵軍蹈背來!」[13]《哭威海》通篇使用三字句,造成了一種急促緊張、悲憤哽咽、泣不成聲的效果,如:「南復北,臺烏有,船子子,東西口。天大雪,雷忽發,船蔽裂,龍見血。鬼夜哭,船又覆,地日蹙,龍局縮。壞者撞,傷者鬥,破者沉,逃者走。噫吁!人力合,我力分。」[14]讀之直如親臨戰場之境、親聞詩人之聲。《馬關紀事》述李鴻章代表清政府與日本簽訂《馬關條約》事。《降將軍歌》寫北洋海軍提督丁汝昌投降日軍之事。《馬關條約》簽訂之後,將臺灣島割讓給日本,黃遵憲有《臺灣行》紀此事,詩人憂憤地寫出「城頭逢逢搖大鼓,蒼天蒼天淚如雨,倭人竟割臺灣去」的詩句,追問「民則何辜罹此苦?」篇末感慨道:「噫吁!悲乎哉!汝全臺,昨何忠勇今何怯,萬事反覆隨轉睫。平時戰守無豫備,曰忠曰義何所恃?」[15]批評揚言守土卻又倉皇內渡的清吏,斥責依附日本、為虎作倀的投降派。《書憤》寫甲午戰爭之後帝國主義掀起的

---

11 黃遵憲:《人境廬詩草》卷八(北京市:商務印書館,1931年),頁1。

12 同上書,頁2。

13 同上書,頁1-2。

14 同上書,頁2。

15 黃遵憲:《人境廬詩草》卷八(北京市:商務印書館,1931年),頁6-7。

瓜分中國的狂潮，國家陷入風雨飄搖之中，民族面臨著嚴峻的考驗。
其中兩首云：

> 一自珠崖棄，紛紛各效尤。瓜分惟客聽，薪盡向予求。秦楚縱
> 橫日，幽燕十六州。未聞南北海，處處扼咽喉。
> 弱肉供強食，人人虎口危。無邊盡甌脫，有地盡華離。爭問三
> 分鼎，橫張十字旗。波蘭與天竺，後患更誰知？[16]

《度遼將軍歌》諷刺狂妄自大而又昏聵愚昧的將領吳大澂，甲午
戰爭中，他因為得了「度遼將軍」之印，以為是立功封侯之兆，先是
主動請纓赴遼東迎敵，後又誇耀自己如何如何威猛無敵，但是待到兩
軍陣前，將軍卻首先望風而逃；回到湘中，「將軍歸來猶善飯」[17]，毫
不覺懊喪廉恥。錢仲聯嘗評此詩曰：「悲憤之思，出以突梯滑稽之
筆，集中七古壓卷之作也」；「以印為首尾綰合，趣極妙極」。[18]茲節錄
其部分如下：

> 聞雞夜半投袂起，檄告東人我來矣。此行領取萬戶侯，豈謂區
> 區不餘畀。將軍慷慨來度遼，揮鞭躍馬誇人豪。平時搜集得漢
> 印，今作將印懸在腰。……雄關巍峨高插天，雪花如掌春風
> 顛。歲朝大會召諸將，銅爐銀燭圍紅氈。酒酣舉白再行酒，拔
> 刀親割生羱肩。自言平生習槍法，煉目煉臂十五年。目光紫電
> 閃不動，袒臂示客如鐵堅。淮河將帥巾幗耳，蕭娘呂姥殊可
> 憐。看余上馬快殺賊，左盤右闢誰當前？鴨綠之江碧蹄館，坐

---

16 同上書，頁16-17。
17 同上書，頁7。
18 錢仲聯：《夢苕庵詩話》（濟南市：齊魯書社，1986年），頁8。

令萬里銷烽煙。坐中黃曾大手筆，為我勒碑銘燕然。麼麼鼠子乃敢爾，是何雞狗何蟲豸？會逢天幸遽貪功，它它籍籍來赴死。能降免死跪此牌，敢抗顏行聊一試。待彼三戰三北餘，試我七縱七擒計。兩軍相接戰甫交，紛紛鳥散空營逃。棄冠脫劍無人惜，只幸腰間印未失。……燕雲北望憂憤多，時出漢印三摩挲，忽憶《遼東浪死歌》，印兮印兮奈爾何！[19]

黃遵憲詩歌的另一重要內容，是對腐朽僵化的封建制度的某些方面予以批判，提出改變以愚民蒙昧為特徵的封建專制文化，呼喚政治的開明和法度的變革，倡言學習西方國家先進的政治制度與科學文化，建立富強開明的近代化國家。

這是黃遵憲矢志不渝地追求了一生的目標，也是他詩歌思想成就的集中表現之一。黃遵憲門人楊徽五（儁子）所說「公詩詩史亦心史，杜鄭兼之數勝朝」[20]，確是知己語。黃遵憲的變革思想，經歷了一個發展深化、豐富完善的變化過程。黃遵憲這一方面的思想形成很早，其直接動因就是他連連在科舉之路上失敗，這在他的早年詩歌《感懷》與《雜感》中有較集中的體現。前者諷刺「世儒誦《詩》《書》，往往矜爪嘴，昂首道皇古，抵掌說平治」的現象，指出：「儒生不出門，勿論當世事，識時貴知今，通情貴閱世。」[21]後者有感於科舉制度的扼殺個性、束縛人才，傳統儒生的不知悔過、樂此不疲，對這種長期以來一直盛行的取士用人制度提出強烈的不滿和激烈而深刻的批評，戳穿了統治者的險惡用心，詩中寫道：「吁嗟制藝興，今亦五百載。世儒習固然，老死不知悔，精力疲丹鉛，虛榮逐冠蓋。勞

---

19 黃遵憲：《人境廬詩草》卷八（北京市：商務印書館，1931年），頁7。
20 楊儁子：《榕園續錄》卷三（梅州市：梅縣東山中學，1944年），頁7。
21 黃遵憲：《人境廬詩草》卷一（北京市：商務印書館，1931年），頁1。

勞數行中，鼎鼎百年內，束髮受書始，即已縛紐械。英雄盡入彀，帝王心始快。」[22]

光緒七年（1881），清政府下令將赴美國的留學生全部裁撤回國。為此，黃遵憲創作了《罷美國留學生感賦》，敘述了派幼年學生的前後經過，描述了留學生在海外的生活與學習狀況，並且表示反對撤迴學生這一愚蠢草率的做法，提出了明智通達的見解，指出：「欲為樹人計，所當師四夷」，「矧今學興廢，尤關國盛衰，十年教訓力，百年富強基」。[23]黃遵憲寫作《日本國志》並非出於純學術的動機，而是希望通過此書給中國政治改革提供有價值的借鑒，他用這種方式將一腔愛國熱忱傾吐出來，但同時心中又不免帶有幾分先行者的孤獨與無法擺脫的憂患，這在《日本國志書成誌感》一詩中有集中的表現：

湖海歸來氣未除，憂天熱血幾時攄？千秋鑒借《吾妻鏡》，四壁圖懸人境廬。改制世方尊白統，罪言我竊比《黃書》。頻年風雨雞鳴夕，灑淚挑燈自卷舒。[24]

《贈梁任父同年》中表達的對國家民族的熱愛是對摯友梁啟超的勉勵，更是作者心志的表白，其中兩首云：

列國縱橫六七帝，斯文興廢五千年。黃人捧日撐空起，要放光明照大千。寸寸山河寸寸金，離分裂力誰任？杜鵑再拜憂天淚，精衛無窮填海心。[25]

---

22 黃遵憲：《人境廬詩草》卷八（北京市：商務印書館，1931年），頁6。
23 黃遵憲：《人境廬詩草》卷三（北京市：商務印書館，1931年），頁17。
24 黃遵憲：《人境廬詩草》卷五（北京市：商務印書館，1931年），頁8。
25 黃遵憲：《人境廬詩草》卷八（北京市：商務印書館，1931年），頁10。

　　戊戌政變發生，黃遵憲放歸回鄉之後，詩歌創作由「政餘之事」變成了「餘生之事」，成了他晚年生命的記錄，精神的依託。這一時期表現他要求變革現實與希望政治清明的詩作也更加出色，達到了他一生的最高水準。《寒夜獨坐臥虹榭》、《小飲息亭醉後作》、《仰天》、《雁》、《酬劉子岩同年》、《杜鵑》、《五禽言》、《夜起》都是此期重要的作品。其中，七律《仰天》中，交織著政變後詩人的艱難處境、痛苦心情，和對維新運動的同志的擔憂、對當時處於列強瓜分危險之中的國家的關切。詩云：

　　　　仰天擊缶唱烏烏，拍遍闌干碎唾壺。病久忍摩新髀肉，劫餘驚撫好頭顱。篋藏名士株連籍，壁掛群雄豆剖圖。敢托鳩媒從鳳駕，自排閶闔撥雲呼。[26]

　　《雁》借物詠懷，寄託深遠，再現了詩人戊戌歸鄉後對逃亡海外的梁啟超等的懷念以及自己驚魂未定、餘悸在心的處境：

　　　　汝亦驚弦者，來歸過我廬。可能滄海外，代寄故人書？四面猶張網，孤飛未定居。匆匆還不暇，他莫問何如。[27]

　　《夜起》將對時局的關注與一己的孤獨交織在一起傾訴出來，同時也發出了希望國人覺醒振作的呼叫：

　　　　千聲簷鐵百淋鈴，雨橫風狂暫一停。正望雞鳴天下白，又驚鵝

---

26 黃遵憲：《人境廬詩草》卷九（北京市：商務印書館，1931年），頁3。
27 同上。

擊海東青。沉陰曀曀何多日，殘月暉暉尚幾星。斗室蒼茫吾獨立，萬家酣夢幾人醒？[28]

光緒二十五年（1899）黃遵憲寫下《己亥雜詩》八十九首，此一組詩乃是學習整整六十年前龔自珍所作三百一十五首同名詩歌。梁啟超說：「近頃見人境廬主人亦有《己亥雜詩》數十首，蓋主人一生歷史之小影也。」[29]這組作品中的某些篇章也集中地表現了作者變法圖強、憂時救國的情懷。現錄數首於此：

滔滔海水日趨東，萬法從新要大同。後二十年言定驗，手書《心史》井函中。（在日本時，與子峨星使言：中國必變法，其變法也，或如日本之自強，或如埃及之被逼，或如印度之受轄，或如波蘭之瓜分，則吾不敢知，要之必變。將此藏之石函，三十年後，其言必驗。）（其四十七）
一夫奮臂萬人呼，欲廢稱臣等廢奴。民貴遂忘皇帝貴，莫將讓國比唐虞。（華盛頓）（其四十八）[30]
堯天到此日方中，萬國強由變法通。驚喜天顏微一笑，百年前亦與華同。（召見時，上言：泰西政治何以勝中國？臣奏：泰西之強，悉由變法。臣在倫敦，聞父老言：百年以前，尚不如中華。上初甚驚訝，旋笑頷之。）（其七十）[31]

---

28 黃遵憲：《人境廬詩草》卷十一（北京市：商務印書館，1931年），頁2。
29 梁啟超著，舒蕪校點：《飲冰室詩話》（北京市：人民文學出版社，1959年），頁101。
30 黃遵憲：《人境廬詩草》卷九（北京市：商務印書館，1931年），頁8。
31 同上書，頁10-11。

　　《軍歌》二十四首（含《出軍歌》、《軍中歌》、《旋軍歌》各八首），表現了詩人希望軍人乃至所有的國人英勇殺敵，效死衛國，以生命換來國家的獨立和民族的振興。此組詩每首的最末一字取意相關，二十四字連接起來就是極富鼓動性與戰鬥性的宣傳口號：「鼓勇同行，敢戰必勝，死戰向前，縱橫莫抗，旋師定約，張我國權。」僅此即可見作者的創作意圖與愛國激情。梁啟超說：「其精神之雄壯活潑、沉渾深遠不必論，即文藻亦二千年所未有也。詩界革命之能事，至斯而極矣。吾為一言以蔽之曰：讀此詩而不起舞者必非男子。」[32]

　　黃遵憲詩歌的再一主要內容，就是描繪海外山川景物，表現異國風土民情，記載近代外國的社會政治狀況與科學技術進展，展現新世界的新變化、新氣象與新風貌。

　　黃遵憲對自己這不平凡的經歷和不尋常的詩作也相當重視，甚至不無自負，有詩為證：「海外偏留文字緣，新詩脫口每爭傳。草完明治維新史，吟到中華以外天。」[33]「百年過半洲遊四」[34]，黃遵憲的足跡踏到哪裏，他的詩筆就揮灑到哪裏。黃遵憲不是寫海外風物的最早的中國詩人，但應當說，他是第一位成功地創作海外詩並且發生了廣泛而深遠的歷史影響的中國詩人。《櫻花歌》寫日本舉國若狂、傾城觀賞櫻花的盛況。《都踴歌》寫日本西京街頭青年男女輕歌曼舞狂歡的情景以及他們對「天長地久」美好愛情生活的憧憬與祝福。《紀事》紀述美國總統競選的主要過程，突出了其中出現的某些弊端和虛偽現象，把非常隆重的總統競選寫得帶有幾分滑稽色彩，作者對此事

32 梁啟超著，舒蕪校點：《飲冰室詩話》（北京市：人民文學出版社，1959年），頁43。
33 黃遵憲：《奉命為美國三富蘭西士果總領事留別日本諸君子》，《人境廬詩草》卷四（北京市：商務印書館，1931年），頁1。
34 黃遵憲：《己亥雜詩》，《人境廬詩草》卷九（北京市：商務印書館，1931年），頁3。

的總體評價是:「烏知舉總統,所見乃怪事。怒揮同室戈,憤爭傳國
璽。大則釀禍亂,小亦成擊刺。尋常瓜蔓抄,逮捕遍官吏。至公反成
私,大利亦生弊。」[35]《錫蘭島臥佛》述錫蘭島(今斯里蘭卡)釋迦
牟尼臥像,並將佛教學說與社會變遷融入其中,鋪寫成一篇長詩。關
於此詩,梁啟超說:「生平論詩,最傾倒黃公度,恨未能寫其全集,
頃南洋某報錄其舊作一章,乃煌煌二千餘言,真可謂空前之奇構矣。
荷、莎、彌、田諸家之作,餘未能讀,不敢妄下比騭。若在震旦,吾
敢謂有詩以來所未有也。以文名名之,吾欲題為《印度近史》,欲題
為《佛教小史》,欲題為《地球宗教論》,欲題為《宗教政治關係
說》;然固是詩也,非文也。有詩如此,中國文學界足以豪矣。」[36]黃
遵憲所歷世界的許多奇異風光景物,他都用詩歌記載下來,如英國
「萬燈懸耀夜光珠,繡縷黃金匝地鋪」[37]的溫則宮,倫敦「一時天醉
帝夢酣,舉國沉迷同失日」、「時不辨朝夕,地不識南北」[38]的大霧,
巴黎「拔地崛然起,嶄崢矗百丈」、「並世無二尊,獨立絕依傍」[39]的
埃菲爾鐵塔,「萬國爭推東道主,一河橫跨兩洲遙」[40]的蘇伊士運河,
新加坡「南北天難及,東西帝並尊」的險要地理位置與「吒吒通鳥
語,嬝嬝學蟲書」[41]的風土民情,等等。《以蓮菊桃雜供一瓶作歌》描
繪的是詩人在新加坡時將蓮菊桃三種花同養在一瓶中的奇觀,寄託的

---

35 黃遵憲:《人境廬詩草》卷四(北京市:商務印書館,1931年),頁6。

36 梁啟超著,舒蕪校點:《飲冰室詩話》(北京市:人民文學出版社,1959年),頁4-5。

37 黃遵憲:《溫則宮朝會》,《人境廬詩草》卷六(北京市:商務印書館,1931年),頁
   5。

38 同上書,頁6。

39 同上書,頁13。

40 同上書,頁13-14頁。引者按:彝,現譯為「伊」。

41 黃遵憲:《新嘉坡雜詩十二首》,《人境廬詩草》卷七(北京市:商務印書館,1931
   年),頁3。

是在「黃白黑種同一國」的新加坡，各族人民和睦相處、友好生活的善良願望，從花與人的轉換輪迴、物與我的滄桑變化中，激發出四海一家、世界大同的美好理想與衷心憧憬。《番客篇》寫的是參加一位華僑商人婚禮的情景，描繪那熱鬧吉祥的場面，表現南洋風俗，介紹幾位來賓，述說華僑創業的艱辛，反映海外赤子對故土的思念，寄寓著保護華僑權益並給予他們應有自由的要求。

《日本雜事詩》是黃遵憲海外詩中最引人注目者，修改寫定本全詩共達二百首，以竹枝詞形式寫成，係以小注，詩與注相互發明，頗有意趣。內容涉及日本社會、政治、國勢、歷史、天文、地理、文學、藝術、風俗、技藝等各個方面，較全面地反映了日本的歷史和現狀，尤其突出描繪了日本明治維新以後逐步走上近代化道路的過程，社會各個方面呈現的新氣象，意在為中國變法自強、擺脫內外交困的窘境提供借鑒。其每一首詩都可以獨立成章，全詩合起來又構成一個整體。這是一部百科全書性質的大型組詩。現錄出數首以見一斑：

> 玉牆舊國紀維新，萬法隨風倏轉輪。杼軸雖空衣服綵，東人贏得似西人。（既知夷不可攘，明治四年乃遣大臣使歐羅巴、美利堅諸國。歸，遂銳意學西法，布之令甲，稱曰維新，美善之政，極紛綸矣。而自通商來，海關輸出逾輸入者，每歲約七八百萬銀錢云。然易服色，治宮室，煥然一新。）（其十二）
> 拔地摩天獨立高，蓮峰湧出海東濤。二千五百年前雪，一白茫茫積未消。（直立一萬三千尺、下跨三洲者，為富士山，又名蓮峰，國中最高山也。峰頂積雪，皓皓凝白，蓋終古不化。）（其二十三）
> 維摩丈室潔無塵，藥鼎茶甌布置勻。剖肺剖心窺髒象，終輸扁鵲見垣人。（官府所屬，皆有病院，以養病者。花木竹石，陳

列雅潔，萃醫於中以調治之，甚善法也。不治之疾，往往送大醫院，剖驗其受病之源，亦西法。）（其五十）

欲知古事讀舊史，欲知新事看新聞。九流百家無不有，六合之內同此文。（新聞紙以講求時務，以週知四國，無不登載。五洲萬國，如有新事，朝甫飛電，夕既上版，可謂不出戶庭而知天下事矣。其源出於邸報，其體類乎叢書，而體大而用博，則遠過之也。）（其五十三）

不難三歲識之無，學語牙牙便學書。春蚓秋蛇紛滿紙，問娘眠食近何如？（伊呂波四十七字，已綜眾音，點畫又簡，易於習識。……故彼國小兒，學語之後，能通假字，便能看小說作家書矣。假字或聯屬漢文用之。單用假字，女人無不通者。）（其六十五）

紅珊簪子青羅傘，黑油鏡臺黃竹箱。姊妹兩行攜手送，一雙新屐是新娘。〔嫁裝數器，有單笥（盛衣服），有長持（寢具），有黑棚（列妝具），有廚子，有釣臺（各什器並廚下物）。貧家無奩器，亦不升輿，步行入婿家，著新屐者，即新娘也。〕（其九十二）[42]

　　黃遵憲詩歌還有一個重要的內容，就是對自己家鄉客家山川景物、民俗風情的記錄與表現。黃遵憲從小深受客家地方文化的哺育和客家先輩文學家的薰陶，他也是終生都表現出對家鄉文化與山水的熱愛，留下了不少具有濃鬱地方特色與民族風味的作品。這方面的作品首先最值得重視的就是他以家鄉傳唱的山歌為基礎寫作的《山歌》。

---

42 錢仲聯：《人境廬詩草箋注》附錄《日本雜事詩》（上海市：上海古籍出版社，1981年），頁1101-1128。

光緒十七年（1891），在駐英使館參贊任上的黃遵憲曾作有《山歌題記》五則，其一則云：「十五國風妙絕古今，正以婦人女子矢口而成，使學士大夫操筆為之，反不能爾。以人籟易為，天籟難學也。余離家日久，鄉音漸忘，輯錄此歌謠，往往搜索枯腸，半日不成一字。因念彼岡頭溪尾，肩挑一擔，竟日往復，歌聲不歇者，何其才之大也！」[43]對山歌的推崇與傾心溢於言表。茲錄其《山歌》幾首如下：

> 買梨莫買蜂咬梨，心中有病沒人知。因為分梨故親切，誰知親切轉傷離。催人出門雞亂啼，送人離別水東西。挽水西流想無法，從今不養五更雞。一家女兒做新娘，十家女兒看鏡光。街頭銅鼓聲聲打，打著中心只說郎。[44]阿嫂笑郎學精靈，阿姊笑儂假惺惺。笑時定要和郎睹，誰不臉紅誰算贏。做月要做十五月，做春要做四時春。做雨要做連綿雨，做人莫做無情人。[45]

此外，黃遵憲早年所作《新嫁娘詩》也是較集中地反映客家風俗，尤其是婚俗的重要作品。雖然長期以來這一組詩歌未受到研究者的重視，但有其特殊的價值。董魯安曾極有識見地指出：「此詩的溫存纏綿，全是性情中語，然則棄入字簏中的佚稿，未必沒有極真的好詩，只是古今的見解不同，所以去取的標準各異罷了。」[46]現錄出幾首於此：

---

43 錢仲聯：《人境廬詩草箋注》（上海市：上海古籍出版社，1981年），頁54-55。

44 同上書，頁57-58。

45 北京大學中文系近代詩研究小組編：《人境廬集外詩輯》（北京市：中華書局，1960年），頁16。

46 高崇信、尤炳圻校點：《人境廬詩草》附錄二（北京市：文化學社，1933年），頁2。

向娘添索嫁衣裳，只是含羞怕問娘。翻道別家新娶婦，多多滿疊鏤金箱。洞房四壁沸笙歌，伯姊諸姑笑語多。都道一聲恭喜也，明年先抱小哥哥！偶然唐突變容光，做個生疏故試郎。一枕芙蓉向郎擲，道郎今夜莫同床！私將香草佩宜男，自顧腰圍自覺慚。形跡怕教同伴睹，見人故意整羅衫。[47]

　　這組詩共五十一首，從一個新嫁娘的角度敘述了她從訂婚、出嫁直到當上母親的經歷與其間的種種生活情景，不論是就研究客家民俗風情或探討黃遵憲與客家文化的關係，還是就考察黃遵憲早年詩歌的風格或考察他詩歌創作發展變化來說，《新嫁娘詩》都是極為重要的作品。

三　詩歌特色

　　黃遵憲的詩歌不僅思想上達到了相當高的水準，在藝術上，也同樣取得了突出的成就，確立了他在中國近代詩壇的傑出地位，亦即他晚年所指出的「吾論詩以言志為體，以感人為用」[48]。在以詩歌表現時代風雲、傾訴心靈之聲的同時，追求詩歌藝術的高超完美，一直是他努力的目標。關於黃遵憲詩的入手取徑，他自己曾在《人境廬詩草・自序》表示借鑒學習屈原《離騷》、漢魏樂府、「曹、鮑、陶、謝、李、杜、韓、蘇訖於晚近小家」[49]，這實際上也就是表明「轉益

---

47 北京大學中文系近代詩研究小組編：《人境廬集外詩輯》（北京市：中華書局，1960年），頁8-11。筆者對原標點有所調整。

48 北京圖書館善本組整理：《黃遵憲致梁啟超書》，《中國哲學》第八輯（北京市：生活・讀書・新知三聯書店，1982年），頁383。

49 錢仲聯：《人境廬詩草箋注》卷首（上海市：上海古籍出版社，1981年），頁3。

多師是汝師」，愛古人而不薄近人，道廣用宏，不能不說是通達而明智的見解。在創作中，黃遵憲也較好地實踐著這一理論主張。給予人境廬詩較大影響的，除遵憲自道的唐宋以前諸大家外，就清代詩人來說，尚有吳偉業、王士禛、袁枚、趙翼、舒位、宋湘、黃景仁、龔自珍、曾國藩等家。正所謂博採眾長，自鑄偉詞。大致說來，可以從以下幾個方面認識黃遵憲詩歌的藝術特色。

1. 筆法靈活多變，狀物寫事生動真切，善於刻畫鮮明的形象。黃遵憲雖不以寫景名世，但也寫下不少景物詩，涉筆成趣，沖淡自然，同樣達到了很高的藝術水準。《遊豐湖》有句云：「濃綠潑雨洗，森森竹千個。亭亭立荷葉，萬碧含露唾。四圍垂柳枝，隨風任顛簸。中有屋數椽，周遭不為大。」[50]寫得清雅秀麗，瀏亮恬美。《不忍池晚遊詩》寫日本上野不忍池景色，其一首云：「濛濛隔水幾行竹，暗暗籠煙並是梅。微影模糊聲犖確，是誰攜屐踏花來。」[51]《遊箱根》寫湖上風光句云：「舉國無名川，一湖何滉漾！環抱三百里，下窺五十丈。神武開闢來，亙古無消長。汎泉日穴出，伏流失歸向。一碧湛空明，萬象絕依傍，昂頭隻日月，兩輪互摩蕩。」[52]將上下古今與湖光山色融會於一，遼遠蒼莽，雄渾壯闊，錢仲聯評曰：「一碧十字，前無古人。」[53]《夜泊》前二聯云：「一行歸雁影零丁，相倚雙鳧睡未醒。人語沉沉篷悄悄，沙光淡淡竹冥冥。」[54]《寒夜獨坐臥虹榭》中二聯云：「風聲水聲鳥烏武，日出月出團團黃。層陰壓屋天四蓋，寒雲入戶山兩當。」[55]寫景巧用疊字，恰到好處，獨闢町畦。又如《下

---

50 黃遵憲：《人境廬詩草》卷一（北京市：商務印書館，1931年），頁5。

51 黃遵憲：《人境廬詩草》卷三（北京市：商務印書館，1931年），頁4。

52 黃遵憲：《人境廬詩草》卷一（北京市：商務印書館，1931年），頁8。

53 錢仲聯：《夢苕庵詩話》（濟南市：齊魯書社，1986年），頁9。

54 黃遵憲：《人境廬詩草》卷五（北京市：商務印書館，1931年），頁2-3。

55 黃遵憲：《人境廬詩草》卷九（北京市：商務印書館，1931年），頁3。

水船歌》寫順流而下之舟的飛動氣勢，描摹江上風聲水聲，無雕琢藻
飾，全出之以流暢自然之筆，給人以逼真質實之感。

　　黃遵憲寫場面的詩歌亦極出色，見出詩人統攝駕馭紛繁複雜場景
的功夫。《都踴歌》描繪日本西京街頭青年男女「分行逐隊兮舞傞
傞」、「往復還兮如擲梭」[56]的狂歡場面，很好地表現了青年們對愛情
婚姻的嚮往，也反映了日本民間習俗。《番客篇》寫南洋華僑富商婚
禮吉祥熱鬧的場面，傳達出當時情景下的特有氣氛，將這一複雜的場
景寫得井井有條，讀之有如臨其境之感。其總寫房舍之富麗一節道：
「插門桃柳枝，葉葉何相當。垂紅結綵球，緋緋數尺長。上書大夫
第，照耀門楣光。中庭壽星相，新杭供中央。隱囊班絲細，坐褥棋局
方。兩旁螺鈿椅，有如兩翼張。丹楹綴錦聯，掩映蠣粉牆。某某再拜
賀，其語多吉祥。」[57]《紀事》通過一個個精彩的場面將美國總統競
選的情景寫得十分滑稽，宛如是看了一場百戲雜陳、光怪陸離的大型
鬧劇。其中寫演說與儀仗的一段道：

> 某日戲馬臺，廣場千人設。縱橫烏皮幾，上下若梯級。華燈千
> 萬枝，光照繡帷撤。登場一酒胡，運轉廣長舌。盤盤黃須虬，
> 閃閃碧眼鶻，開口如懸河，滾滾浪不竭。笑激屋瓦飛，怒轟庭
> 柱裂。有時應者者，有時呼咄咄。掌心發雷聲，拍拍齊擊節。
> 最後手高舉，明示黨議決。
> 演說事未已，復辟縱觀場。鐵兜繡襠，左右各分行。寶象黃金
> 絡，白馬紫絲韁。纍纍安步靴，林林聳肩槍。或帶假面具，或
> 手執長槍。金目戲方相，黑臉畫鬼王。倣古十字軍，赤旆風飄

---

56 黃遵憲：《人境廬詩草》卷三（北京市：商務印書館，1931年），頁6。

57 黃遵憲：《人境廬詩草》卷七（北京市：商務印書館，1931年），頁5-6。

揚。齊唱愛國歌，曼聲音繞梁。千頭萬頭動，競進如排牆。指點道旁人，請觀吾黨光。[58]

　　黃遵憲寫人物的詩，往往善於抓住人物的典型動作與關鍵語言，刻畫其性格，突出其個性特徵；在詩歌中將人物寫得如此活靈活現，實在難能可貴，使人不能不驚歎黃遵憲寫人物形象的高超技巧。《度遼將軍歌》把吳大澂戰前的大言自誇、故作豪舉，戰時的膽小如鼠、望風而逃和戰後的猶然善飯、恬不知恥，鋪寫得淋漓盡致、入木三分，這一人物也情態畢現，躍然紙上。《馮將軍歌》勾勒出在鎮南關外打敗法軍，取得諒山大捷的年近七旬的老將馮子材的形象。《聶將軍歌》突出表現了聶士成英武不屈的剛烈性格。光緒二十六年（1900），八國聯軍進犯天津，逼近北京，天津守將聶士成率士兵堅守八里臺，浴血奮戰八晝夜，身負重傷，腸胃流出，仍坐陣指揮，終至壯烈犧牲。此詩寫聶士成之死云：「天蒼蒼，野茫茫，八里臺，作戰場，赤日行空飛沙揚，今日被發歸大荒。左右攙扶出裏瘡，一彈掠肩血滂滂，一彈洞胸胸流腸，將軍危坐死不僵。」[59]《拜曾祖母李太夫人墓》詩是黃遵憲回憶童時生活情態，描寫老人對他的愛護關懷，寄託對曾祖母等長輩的懷念之情，詩中也表現了一個勤勞節儉、持家謹嚴的客家老年婦女的性格。如描寫曾祖母對少年遵憲百般愛憐、刻畫老人慈愛性格的一節云：

　　　太婆向母懷，伸手抱兒去。從此不離開，一日百摩撫。親手裁綾羅，為兒製衣裳。糖霜和麵雪，為兒作。發亂為梳頭，腳膩為暖湯。東市買脂粉，面日生香。頭上盤雲髻，耳後明月璫。

---

58 黃遵憲：《人境廬詩草》卷四（北京市：商務印書館，1931年），頁5。
59 黃遵憲：《人境廬詩草》卷十一（北京市：商務印書館，1931年），頁2。

紅裙絳羅襦，事事女兒妝。牙牙初學語，教誦《月光光》。一
讀一背誦，清新如炙簧。三歲甫學步，送兒上學堂。知兒故畏
怯，戒師莫嚴莊。將出牽衣送，末歸倚閣望。問訊日百回，赤
足足奔忙。[60]

2. 靈活善變的風格，多種多樣的意境，構築了色彩斑爛、搖曳
多姿的藝術空間。這是黃遵憲在《人境廬詩草·自序》中表明的「不
名一格，不專一體，要不失乎為我之詩」[61]的理論主張在創作實踐中
的體現。自少至老，黃遵憲的詩歌風格幾經變化，如早年的甜俗濃
麗、雄直率真，中年的洋溢奔放、豪情勃發，晚年的沉鬱頓挫、氣勢
磅礴，如此等等，不一而足。綜觀現存的人境廬詩，多彩的風格和多
樣的意境，的確表現了黃遵憲這位近代詩壇大家的非凡氣度和高超技
巧。早年所作的《新嫁娘詩》，大膽真率，暢達淺白，有的甚至不避
豔冶輕靡，雖難說足以代表黃遵憲早年詩的最高成就，但這一風格在
他前期乃至一生詩歌創作中的地位是相當重要的。其中，寫新婚之夜
的一首道：「卿須憐我我憐卿，道是無情卻有情。幾次低聲問夫婿，
燭花開盡怕天明。」[62]寫女子懷孕的一首道：「幾日情懷費我猜，腰支
無力眼難抬。枕邊密與檀郎語，怪底紅潮信不來。」[63]在日本時所作
《都踴歌》被梁啟超目為「綺語」，實際上也是從這一角度評說的，
他說：「人境廬集中，性情之作，紀事之作，說理之作，體殆備矣；
惟綺語絕少概見，吾以為公度守佛家第七戒也。頃見其《都踴歌》一

---

60 黃遵憲：《人境廬詩草》卷五（北京市：商務印書館，1931年），頁5-6。

61 錢仲聯：《人境廬詩草箋注》卷首（上海市：上海古籍出版社，1981年），頁3。

62 北京大學中文系近代詩研究小組編：《人境廬集外詩輯》（北京市：中華書局，1960
年），頁9。

63 同上書，頁11。筆者對原標點略有調整。

篇，不禁撫掌大笑曰：『此老亦狡獪乃爾！』」[64]其實，遵憲在日本時，此類之詩多有所作，今見於《黃遵憲與日本友人筆談遺稿》中的黃氏佚詩，均屬此類。

中年以後，黃遵憲詩歌風格逐漸趨向於豐富多樣，多有變化，頗富張力。《小女》等詩恬淡寧靜、情意綿長，自是性情中語。《流球歌》、《越南篇》和《朝鮮歎》述三地之淪亡，兼之以愷切的議論，悲歌慷慨、諮嗟太息，如泣如訴。《錫蘭島臥佛》將中國經史典故、佛教釋家典故與印度歷史以及當時社會狀況一併融入詩中，筆底翻瀾，使事精當，見出詩人的學問功底和用典隸事技巧。黃遵憲的其它感於時事的近體詩，亦無不以使事用典精當恰切見長。《度遼將軍歌》以滑稽可笑之筆實現諷刺，《紀事》以喧鬧誇張之辭揭穿虛偽，均為人境廬集中引人注目的以幽默詼諧、微言譏刺見長之作。長篇五言古詩《拜曾祖母李太夫人墓》深得古樂府《孔雀東南飛》、《木蘭辭》之神韻，敦厚誠摯之深情出之以本色典雅之詞語，寫得曲折詳盡，一往情深。梁啟超推之為「集中最得意之作」[65]，陳三立亦云此詩「《孔雀東南飛》、《木蘭辭》後，乃有此奇作絕技……二千年來僅見之作」[66]。其《山歌》、《軍歌》、《幼稚園上學歌》與《小學校學生相和歌》等，通俗自然，不事藻采，有的以方言俗語入詩，口語化程度很深，甚至可以歌唱，同樣是遵憲詩歌創作風格特色的突出表現之一。

罷官回鄉以後寫下的大量反映甲午戰爭中重要事件與關鍵戰役的「詩史」性的作品，和感慨時運不濟、國事日非，嗟歎自己人生不幸、壯志難酬的詩篇，或議論風生、雄辯滔滔，或氣勢磅礴、包容古今，或沉鬱頓挫、悲憤蒼涼，或欲說還休、委婉其辭，將詩人的愛國

---

64 梁啟超著，舒蕪校點：《飲冰室詩話》（北京市：人民文學出版社，1959年），頁34。

65 梁啟超著：《飲冰室詩話》卷五（新北市：廣文書局，1997年），頁9。

66 同上書，頁11。

情懷、非凡氣度與過人才華都發揮到了極致。可以認為，黃遵憲的晚
年詩歌，無論就其思想的深刻性還是藝術風格的成熟與多樣性來說，
都達到了他一生的最高水準。這也是中國詩歌史的重要收穫。

　　3. 以近代新名詞、新知識和新事物入詩，積極創作「新派詩」，
開中國近代詩歌之新壁壘，創中國古典詩歌的新境界，成為「詩界革
命」的一面旗幟。黃遵憲年輕時即「喜為詩」且有「別創詩界」[67]的
志向，在其後幾十年的詩歌創作生涯中實踐著他的理想。尤為難能可
貴的是，黃遵憲既注意繼承中國古典詩歌的優秀傳統，學習其精華神
韻，又著眼於創新，努力探索古典詩歌的新變之路，對舊形式進行穩
健恰當的變革，在詩歌中表現新的時代特點，在處理通與變、繼承與
創新、守成與變革的關係上，作出了較為妥當合理的選擇，取得了突
出的創作實績，也為中國近代詩歌的發展積纍了可資借鑒的經驗。黃
遵憲的大部分「新派詩」，用傳統詩歌的形式承載近代以來的新內
容，賦予古典詩歌以新的生機和活力，為近代詩壇帶來了新的氣象。
這類詩歌的獨特之處，也就是後來深為梁啟超讚賞的「獨闢新界而淵
含古聲」[68]，「鎔鑄新理想以入舊風格」[69]，「以舊風格含新意境」[70]，
或者「以新理想入古風格」[71]。其中最負盛譽的作品當是《今別離》
四首。此詩分詠輪船與火車、電報、照片和東西半球晝夜相反，將近
代新事物用樂府舊題、舊格調表現出來，「首首俱以新思想入詩」[72]，

---

67 黃遵憲：《黃公度先生論詩手劄墨蹟》，錢仲聯：《人境廬詩草箋注》卷首（北京
　　市：古典文學出版社，1957年），頁2。

68 梁啟超著，舒蕪校點：《飲冰室詩話》（北京市：人民文學出版社，1959年），頁1。

69 同上書，頁2。

70 同上書，頁51。

71 同上書，頁107。

72 楊香池：《偷閒廬詩話》，轉引自錢仲聯主編《清詩紀事》第十八冊光緒宣統朝卷
　　（南京市：江蘇古籍出版社，1989年），頁12456。

陳三立推為「千年絕作」[73]，袁祖光亦評之曰「古意沉麗」[74]。如其詠輪船與火車的一首云：

> 別腸轉如輪，一刻既萬周。眼見雙輪馳，益增心中憂。古亦有
> 山川，古亦有車舟。車舟載離別，行止猶自由。今日舟與車，
> 並力生離愁。明知須臾景，不許稍綢繆。鐘聲一及時，頃刻不
> 少留。雖有萬鈞柂，動如繞指柔。豈無打頭風，亦不畏石尤。
> 送者未及返，君在天盡頭。望影倏不見，煙波杳悠悠。去矣一
> 何速，歸定留滯不？所願君歸時，快乘輕氣球。[75]

《八月十五夜太平洋舟中望月作歌》寫地球不同經度上望月的不同形狀，表現不同時區的時差云：「舉頭只見故鄉月，月不同時地各別，即今吾家隔海遙相望，彼午東升此西沒。」[76]《以蓮菊桃雜供一瓶作歌》有詩句云：「地球南北倘倒轉，赤道逼人寒暑變，爾時五羊仙城化作海上山，亦有四時之花開滿縣。即今種花術益工，移枝接葉爭天功，安知蓮不變桃桃不變為菊，回黃轉綠誰能窮？化工造物先造質，控搏眾質亦多術。安知奪胎換骨無金丹，不使此蓮此菊此桃萬億化身合為一？眾生後果本前因，汝花未必原花身，動物植物輪迴作生死，安知人不變花花不變為人。」[77]梁啟超評之曰：「半取佛理，又參以西人植物學、化學、生理學諸說，實足為詩界開一新壁壘。『女媧

73 梁啟超著，舒蕪校點：《飲冰室詩話》（北京市：人民文學出版社，1959年），頁22。

74 袁祖光：《綠天香雪簃詩話》，轉引自錢仲聯主編《清詩紀事》第十八冊光緒宣統朝卷（南京市：江蘇古籍出版社，1989年），頁12456。

75 黃遵憲：《人境廬詩草》卷六，（北京市：商務印書館，1931年），頁7。

76 黃遵憲：《人境廬詩草》卷五，（北京市：商務印書館，1931年），頁1。

77 黃遵憲：《人境廬詩草》卷七，（北京市：商務印書館，1931年），頁5。

煉石補天處，石破天驚逗秋雨。』吾讀此詩，真有此感。」[78]

罷官鄉居後的黃遵憲，還寫下了另外一種「新派詩」。它們雖然仍舊保存著古典詩歌的韻律與節奏，可以譜曲歌唱，但其內容更加新穎實用，形式更加自由活潑，其實可以說就是為教育幼兒、學生和宣傳愛國精神而作的通俗歌詞。這些作品包括《出軍歌》、《軍中歌》、《旋軍歌》各八首，《幼稚園上學歌》十首，《小學校學生相和歌》十九首，數量不是很多，卻極堪重視。它們表明晚年黃遵憲在詩歌創作上的新探索，是他在政治生命被無情扼殺之後，以詩喚起國民精神的最後努力，也自然是他「新派詩」創作的最後成果。

茲引錄其數首為例，以見這些個性鮮明、意蘊深遠、極具時代感的通俗詩歌的特色。《軍中歌》其二云：「阿娘牽裾密縫線，語我毋戀戀。我妻擁髻代盤辮，瀕行手指面：敗歸何顏再相見？戰戰戰！」《旋軍歌》其五云：「秦肥越瘠同一鄉，並作長城長。島夷索虜同一堂，並作強軍強。全球看我黃種黃。張張張！」黃遵憲本人對《軍歌》很滿意，「自謂絕妙」，也很重視，曾對梁啟超說：「此新體，擇韻難，選聲難，著色難。（日本所謂新體詩如何？吾意於舊和歌更易其詞理耳，未必創調也。便以復我。）雖然，願公等拓充之、光大之也。」[79]《幼稚園上學歌》其一云：「春風來，花滿枝，兒手牽娘衣。兒今斷乳兒不啼。娘去買棗梨，待兒讀書歸。上學去，莫遲遲！」其三云：「天上星，參又商。地中水，海又江。人種如何不盡黃？地球如何不成方？昨歸問我娘，娘不肯語說商量。上學去，莫徜徉。」[80]

---

78 梁啟超著，舒蕪校點：《飲冰室詩話》（北京市：人民文學出版社，1959年），頁30-31。

79 北京圖書館善本組整理：《黃遵憲致梁啟超書》，《中國哲學》第八輯（北京市：生活‧讀書‧新知三聯書店，1982年），頁376。

80 北京大學中文系近代詩研究小組編：《人境廬集外詩輯》（北京市：中華書局，1960年），頁62。

《小學校學生相和歌》其一云：「來來汝小生，汝看汝面何種族。芒碭五洲幾大陸，紅苗蜷伏黑蠻辱；髯碧眼獨橫行，虎視眈眈欲逐逐。於戲我小生，全球半黃人，以何保面目？」其六云：「聽聽汝小生，人各有身即天賦。一身之外皆汝敵，一身之內皆汝責。人不若人吾喪吾，怙父倚天總無益。於戲我小生，絕去奴隸心，堂堂要獨立！」其十九云：「勉勉汝小生，汝當發願造世界。太平昇平難有待，此責此任在汝輩。華胥極樂華嚴莊，更賦六合更賦海。於戲我小生，世運方日新，日進日日改！」[81]這些為孩子們創作的歌詞歌曲，在當時頗有影響。梁啟超曰：「近年以來，愛國之士，注意此業者，漸不乏人，而黃公度其尤也。公度所制《軍歌》二十四章、《幼稚園上學歌》若干章，既行於世，今復得見其近作《小學校學生相和歌》十九章，亦一代妙文也。其歌以一人唱，章末三句，諸生合唱。……此諸編者，苟能譜之，以實施於學校，則我國學校唱歌一科，其可以不闕矣。」[82]

4. 集中多長篇巨製，鋪陳盡致，敘事周詳，汪洋廣博，不受羈縻；也有意識地經常使用較長的詩句，較少束縛，舒展自如，收放有度，氣勢恢宏。黃遵憲以其過人的才情與學養為基礎，有意突破傳統詩歌以篇幅短小的抒情詩為主的特點，經常寫作篇幅較長、字數較多的宏篇。這些詩歌往往以敘述時事為主，同時兼有相當比例的議論、抒情成分，取材廣泛，述事詳盡，筆勢宏闊鋪張，體式恣意舒展，較集中地體現了他的理論主張：「其取材也，自群經三史，逮於周、秦諸子之書，許、鄭諸家之注，凡事名物名切於今者，皆採取而假借之。其述事也，舉今日之官書會典方言俗諺，以及古人未有之物，未

---

81 同上書，頁66-69。

82 梁啟超著，舒蕪校點：《飲冰室詩話》（北京市：人民文學出版社，1959年），頁60-62。

僻之境，耳目所歷，皆筆而書之。」[83]《錫蘭島臥佛》長五古，共達四百一十二句，二千一百六十字，是黃遵憲集中最長的一首詩，也是中國古典詩歌中少見的一首長詩。梁啟超譽之為「空前之奇構」，「有詩以來所未有也。以文名名之，吾欲題為《印度近史》，欲題為《佛教小史》，欲題為《地球宗教論》，欲題為《宗教政治關係說》；然固是詩也，非文也。有詩如此，中國文學界足以豪矣」。[84]五古《番客篇》寫在南洋參加一華僑富商的婚禮，從門庭、陳設、嫁妝、服飾、賓客、新人，一直鋪敘到迎親、交拜、宴會、傀儡戲、博弈，又交代更闌酒散後的娓娓長談，敘述之細緻周詳，鋪陳之有條不紊，直逼漢賦。《罷美國留學生感賦》、《流求歌》、《逐客篇》、《春夜招鄉人飲》、《越南篇》、《拜曾祖母李太夫人墓》等也都是引人注目的長詩。這些詩歌較之古典詩歌，篇幅規模與內容含量都有較大的擴充，顯示了作者非凡的才氣和勇於創新的文學精神。黃遵憲集中篇幅最長的作品，絕大多數為五言古詩，他對此自視甚高，曾說：「吾之五古詩，自謂凌跨千古；若七古詩，不過比白香山、吳梅村略高一籌，猶未出杜、韓範圍。」[85]

在一些歌行體詩篇中，黃遵憲善於吸收散文的句式和筆法入詩，打破習慣的字數限制，經常使用較長的詩句，也常常以虛詞入詩。這些都表現了人境廬詩受到中唐、兩宋以來發展成熟、在近代詩壇勢力至深至巨的以文為詩創作傾向影響的痕跡。其實，不論在創作上還是在理論上，他都是自覺地進行過這方面的努力的。他在《人境廬詩草·自序》中曾說過：「以單行之神，運排偶之體」，「用古文家伸縮

---

83 錢仲聯：《人境廬詩草箋注》卷首（上海市：上海古籍出版社，1981年），頁3。

84 梁啟超著，舒蕪校點：《飲冰室詩話》（北京市：人民文學出版社，1959年），頁4-5。

85 北京圖書館善本組整理：《黃遵憲致梁啟超書》，《中國哲學》第八輯（北京市：生活·讀書·新知三聯書店，1982年），頁372。

離合之法以入詩」。[86]在《馮將軍歌》、《聶將軍歌》二詩中，作者都採用了《史記·魏公子列傳》的筆法，多次重複使用「將軍」二字，鋪排至十餘次之多。如《馮將軍歌》中寫道：「將軍劍光方出匣，將軍謗書忽盈篋。將軍鹵莽不好謀，小敵雖勇大敵怯。將軍氣湧高於山，看我長驅出玉關。……奮梃大呼從如雲，同拼一死隨將軍。將軍報國期死君，我輩忍孤將軍恩。將軍危嚴若天神，將軍有令敢不遵，負將軍者誅及身。將軍一叱人馬驚，從而往者五千人。」[87]又如《以蓮菊桃雜供一瓶作歌》中的一段鋪排云：「如天雨花花滿身，合仙佛魔同一室。如招海客通商船，黃白黑種同一國。一花驚喜初相見，四千餘歲甫識面。一花自顧還自猜，萬里絕域我能來。一花退立如局縮，人太孤高我慚俗。一花傲睨如居居，了更嫵媚非粗疏。有時背面互猜忌，非我族類心必異。有時並肩相愛憐，得成眷屬都有緣。有時低眉若飲泣，偏是同根煎太急。有時仰首翻躊躇，欲去非種誰能鋤。有時俯水真不語，無滋他族來逼處。有時微笑臨春風，來者不拒何不容。」[88]

黃遵憲經常以散文句式入詩。有時使用一些散文化的特別長的句子，如《以蓮菊桃雜供一瓶作歌》有句云：「即今種花術益工，移枝接葉爭天功。安知蓮不變桃桃不變為菊，回黃轉綠誰能窮？化工造物先造質，控搏眾質亦多術。安知奪胎換骨無金丹，不使此蓮此菊此桃萬億化身合為一？」[89]《赤穗四十七義志歌》有句云：「一時驚歎爭歌謳，觀者拜者弔者賀者萬花繞冢每日香煙浮，一裙一屐一甲一胄一刀一矛一杖一笠一歌一畫手澤珍寶如天球。自從天孫開國首重天瓊，和

---

86 錢仲聯：《人境廬詩草箋注》卷首（上海市：上海古籍出版社，1981年），頁3。

87 黃遵憲：《人境廬詩草》卷四（北京市：商務印書館，1931年），頁6-7。

88 黃遵憲：《人境廬詩草》卷七（北京市：商務印書館，1931年），頁4。

89 黃遵憲：《人境廬詩草》卷七（北京市：商務印書館，1931年），頁5。

魂一傳千千秋，況復五百年來武門尚武國多賣育儔。到今赤穗義士
某某某某四十七人一一名字留，內足光輝大八州，外亦聲明五大
洲。」[90]這些句子伸縮自如，參差錯落，一氣貫注，充分顯示了作者
的過人才氣。

　　黃遵憲還有些以虛詞入詩的句子，表現出與宋詩的深刻淵源。
《海行雜感》有詩句云：「是耶非耶其夢耶？風乘我我乘風耶？」[91]直
是散文中的疑問句。《臺灣行》有句云：「一聲拔劍起擊柱，今日之事
無他語，有不從者手刃汝！」「將軍曰來呼汝曹，汝我黃種原同胞；
延平郡王人中豪，實闢此土來分茅，今日還我天所教」。[92]也都是散文
一般的句式。

　　5. 語言淺顯，以方言俗諺入詩，真率樸質，明快自然，實踐著
他「我手寫我口，古豈能拘牽」[93]的主張，為近代詩歌的發展作了極
有啟示意義的探索。黃遵憲的不少詩歌帶有這樣的語言特色，成為他
詩歌藝術一個引人注目的方面。《山歌》、《新嫁娘詩》這些帶有濃鬱地
方特色的詩歌，多將客家地區的方言俗諺、民俗風情寫入詩中，由上
文所引此類作品，已可見其大概。茲再舉幾例：《山歌》云：「嫁郎已
嫁十三年，今日梳頭儂自憐。記得初來同食乳，同在阿婆懷裏眠。」
又云：「第一香櫞第二蓮，第三檳榔個個圓，第四夫容五棗子，送郎
都要得郎憐。」[94]《新嫁娘詩》云：「前生注定好姻緣，彩盒欣將定帖
傳。私看鸞庚偷一笑，個人與我是同年。」又云：「報產麟兒乍寢

---

90 黃遵憲：《人境廬詩草》卷三（北京市：商務印書館，1931年），頁15。
91 黃遵憲：《人境廬詩草》卷四（北京市：商務印書館，1931年），頁2。
92 黃遵憲：《人境廬詩草》卷八（北京市：商務印書館，1931年），頁6。
93 黃遵憲：《人境廬詩草》卷一（北京市：商務印書館，1931年），頁6。
94 同上書，頁8。

床，一時歡笑到重堂。錦繃抱向懷中看，道似阿爺還似娘？」[95]由於有深厚的民間文學淵源的滋養哺育，黃遵憲的詩歌，尤其是早年詩歌，帶有明顯的客家地方特徵。上文所述《軍歌》、《幼稚園上學歌》、《小學校學生相和歌》也集中地表現了這樣的特點。又如《幼稚園上學歌》之二寫道：「兒口脫娘乳，牙牙教兒語。兒眼照娘面，娘又教字母。黑者龍，白者虎，紅者羊，黃者鼠。一一圖，一一譜，某某某兒能數。去上學，上學去。」[96]《小學校學生相和歌》之七云：「聽聽汝小生，天賦良能毋自棄。誰能三頭與六臂？誰不一心轄百體？聽人束縛制於人，是犬縶尾牛穿鼻。於戲我小生，汝非狼疾人，奈何不自治？」[97]他寫下的不少口語化程度很高的詩句，就足以證明這種影響對他一生詩歌創作的重要意義。《豐湖棹歌》之二云：「十分累得野僧忙，山茗才供果又嘗。若問客從何處至，宋先生是我同鄉。」[98]末一句直是以口語句子入詩。《己亥雜詩》之三十九云：「樹靜風停夢不成，枕函側倚淚縱橫。荷荷引睡施施溺，竟夕聞娘喚女聲。」[99]第三句以象聲詞入詩，摹擬客家婦女哼曲哄孩子入睡和作聲引孩子小便的聲音，惟妙惟肖，讀此詩，有如身臨其境。

　　黃遵憲主張詩歌語言通俗化、口語化，有著深刻的思想基礎，這除了早年在家鄉接受客家民間文學的深刻影響，提出「我手寫我口」的主張，有「別創詩界」的志向，在後來的思想發展中，這一主張又得到充實和加強。在《日本國志・學術志》中，黃遵憲指出：「蓋語

---

95 北京大學中文系近代詩研究小組編：《人境廬集外詩輯》（北京市：中華書局，1960年），頁8-11。

96 同上書，頁62。

97 同上書，頁65。

98 同上書，頁20。筆者對原標點有所調整。

99 黃遵憲：《人境廬詩草》卷九（北京市：商務印書館，1931年），頁8。

言與文字離，則通文者少，語言與文字合，則通文者多，其勢然也。」[100]晚年，他又在作於光緒二十七年（1901）的《梅水詩傳序》中重申這一思想云：「語言者，文字之所從出也。語言與文字合，則通文者多；語言與文字離，則通文者少。」[101]這些情況顯示出，黃遵憲主張詩歌語言通俗化、口語化與他宣導散文的語言文字合一，在理論上是相關的、一致的；也表明，黃遵憲的文學理論思想與詩歌創作實踐關係極為密切。這是他在創作中一直實踐著的理論主張，這種理論主張和創作實踐也反映了近代以降中國文學語言發展的一個帶有規律性意義的趨勢。黃遵憲以執著的寫作實踐和出色的創作實績，為近代詩歌的發展作出了傑出的貢獻。

有必要指出，黃遵憲的詩歌也存在某些思想或藝術上的缺陷與不足。例如，在思想上，他像舊時代的絕大多數知識分子一樣，對太平天國、義和團等持堅決否定、極端仇視的態度；對已經初步興起的民主革命派及其建立民主共和政體的主張持反對立場；對封建皇帝寄託著終身不渝的希望。《己亥雜詩》之七十二寫道：「三詔嚴催倍道馳，《霸朝》一集感恩知。病中泣讀維新詔，深恨鋒車就召遲。」[102]就是他對封建皇帝感恩戴德之情的真心表達。在藝術上，有的詩作也存在議論過多、章法太散、逞才使氣的傾向，以至於影響詩歌的形象感、韻律與節奏美。還有，在晚清詩壇宋詩特別盛行的時代氛圍裏，黃遵憲的某些詩歌帶有明顯的追求使事用典、顯示學問功力的毛病，有的詩甚至出現了講究無一字無來歷、句句用典的情形。

---

100 黃遵憲：《日本國志》卷三十三《學術志二》，光緒十六年（1890年）羊城富文齋刊本，頁6。
101 錢仲聯輯：《人境廬雜文鈔》（上），《文獻》第七輯，（北京市：書目文獻出版社，1981年），頁76。
102 黃遵憲：《人境廬詩草》卷九（北京市：商務印書館，1931年），頁11。

　　黃遵憲亦能詞，然其詞並不多作，今見者有《金縷曲・甲戌同治十三年十一月五日觀劇》、《賀新郎・乙未五月，芸閣學士將南歸，與梁節庵等飲集吳船，各撫賀新郎詞，以志悲歡》、《金縷曲・實甫為題〈吳船聽雨圖〉，和韻奉答，自注云破綺語戒，故作畔離騷，以廣其意》、《雙雙燕・題潘蘭史〈羅浮紀遊圖〉》等。《黃遵憲與日本友人筆談遺稿》中，還保存著黃遵憲與沈文熒聯句而作的二首詞：《摸魚兒・贈源侯桂閣》、《買陂塘》。黃遵憲詞多為贈答唱酬之作，清新綿麗、情真意切，當在近代詞壇佔有一席位置。

　　總起來說，黃遵憲除了是一位啟蒙思想家、維新運動家、日本研究專家，還是一位卓越的愛國詩人。他的詩以突出的思想成就與精湛的藝術技巧，確立了在近代嶺南文學史乃至整個近代中國文學史上的重要地位。他的詩歌在當時就發生了巨大影響，得到詩學宗趣不同的各派詩人的廣泛稱讚，更為重要的是被梁啟超譽為「詩界革命」的一面旗幟，對近代詩歌改革產生了啟發與指導作用；他的詩歌在當時還產生了一定的國際影響，深受日本等國朋友的重視。黃遵憲的詩歌對後來影響也是深遠的，這不僅表現在對近代嶺南詩人的啟發，而且在思想觀念上、在創作方法上、在變革途徑上成為五四新文化運動、白話新詩的先導。說黃遵憲是中國古典詩歌向現代新詩轉變過程中最傑出的詩人之一，蓋不為過。

黃遵憲文學思想論

引言：窮途竟何世，餘事且詩人

　　黃遵憲是中國近代一位傑出的詩人，一千一百多首人境廬詩可以為證。但他晚年總結自己一生時，卻這樣說：

> 自吾少時，絕無求富貴之心，而頗有樹勳名之念。遊東西洋十年，歸以告詩五曰：「已矣！吾所學，屠龍之技，無所可用也。」蓋其志在變法，在民權，謂非宰相不可，為宰相又必乘時之會，得君之專，而後可也。既而遊歐洲、歷南洋，又四五年，歸見當道之頑固如此，吾民之聾瞶如此，又欲以先知先覺為己任，借報紙以啟發之，以拯救之，而伯嚴苦勸之作官……及戊戌新政，新機大動，吾又曆非常之知，遂欲捐其軀以報國矣。自是以來，愈益挫折，愈益艱危，而吾志乃益堅。蓋蒿目時艱，橫覽人才，有無佛稱尊之想，益有舍我其誰之歎。……數年閉門讀書以廣智，習勞以養生。早夜奮勵，務養無謂之精神，求舍生之學術，一有機會，投袂起矣。盡吾力為之，成敗利鈍不計也。[1]

---

[1]　北京圖書館善本組整理：《黃遵憲致梁啟超書》，《中國哲學》第八輯（北京市：生活‧讀書‧新知三聯書店，1982年），頁375-376。筆者對原標點略有調整。

談的是政治、學術，人生態度，惟獨不談詩。黃遵憲也有談詩的時候，他寫道：

舉鼎臏先絕，支離笑此身。窮途竟何世，餘事且詩人。[2]

「餘事且詩人」，這的確可以看做是黃遵憲一生文學活動的恰切概括。

在黃遵憲前五十年的生活中，他的主要精力在從政、在外交、在學術，在關注國家命運，在體察世界大勢。雖然也寫了不少詩，但作詩畢竟是他的「政餘之事」。這些年裏，他「奔走四方，東西南北，馳驅少暇」，「一行作吏」，只是因為對詩一直「篤好深嗜」，才只能「以餘事及之」。[3]在這五十年當中，光緒十六年（1890）、光緒十七年（1891）是特別應予重視的時期。他嘗對梁啟超說過：「四十以前所作詩多隨手散佚，庚辛之交，隨使歐洲，憤時勢之不可為，感身世之不遇，乃始薈萃成編，藉以自娛。」[4]他還曾對胡曉岑說：「遵憲奔馳四海，忽忽十餘年，經濟功名，一無成就，即學問之道，亦如鷁退飛。惟結習未忘，時一擁鼻，尚不至一行作吏，此事遂廢。刪存詩稿，猶存二三百篇。」[5]應該說，黃遵憲一再表白的這種「憤天下之不可救，誓將自逃於詩忘天下」[6]的態度，表明他人生道路與文學思想的一次重要變化。

---

2 黃遵憲：《支離》，《人境廬詩草》卷八（北京市：商務印書館，1931年），頁17。

3 錢仲聯：《人境廬詩草箋注》卷首（上海市：上海古籍出版社，1981年），頁3頁。

4 梁啟超著，舒蕪校點：《飲冰室詩話》（北京市：人民文學出版社，1959年），頁24。

5 黃遵憲：《與胡曉岑書》，羅香林：《胡曉岑先生年譜》，《南洋學報》第十七卷第二輯《黃遵憲研究專號》（1963年），頁35。

6 梁啟超：《人境廬詩草跋》，錢仲聯：《人境廬詩草箋注》附錄（上海市：上海古籍出版社，1981年），頁1086。

　　這是他從不屑僅僅為詩人，到不得不有意識地做一個詩人的開始。從此，詩，在黃遵憲的生活中，佔有比以前更重要的位置；詩，在黃遵憲的思想中，負載了更沉重的使命。他再不能擺脫「政事」與「餘事」——詩在他思想中的糾纏裂變。這是他從以詩為「政餘之事」到「餘生之事」的轉變時期。

　　戊戌變法失敗，黃遵憲名列黑籍，被革職放歸，他的政治生涯從此結束。但他窮且益堅，終不改憂國憂民之初衷。在政治生涯走向「窮途」的時候，他只能做一個詩人了。於是，詩，在晚年黃遵憲那裏，成為生命的寄託，成了表達政見與一腔憂憤的主要手段。真是：「悲憤年年合問誰？空餘血淚化新詩。」[7]康有為說：「自是久廢，無所用，益肆其力於詩。上感國變，中傷種族，下哀生民。……公度豈詩人哉？」[8]黃遵楷也寫道：「其詩散見於宇內者，輒為世人所稱頌。以非詩人之先生，而使天下後世，僅稱為詩界革命之一人，是豈獨先兄之大戚而已哉？」[9]蔣智由《挽黃公度京卿》有云：「公才不世出，潦倒以詩名。……才大世不用，此意誰能平？」[10]狄葆賢的挽詩更恰切地概括了黃遵憲的一生：「竟作人間不用身，尺書重展淚沾巾。政壇法界俱沉寂，豈僅詞場少一人？」[11]

　　的確，黃遵憲不是專門致力於文學創作的文學家，他一生「不屑

7　狄葆賢：《平等閣詩話》，錢仲聯：《人境廬詩草箋注》附錄（上海市：上海古籍出版社，1981年），頁1275。

8　康有為：《人境廬詩草序》，舒蕪、陳邇冬、王利器編注：《康有為詩文選》（北京市：人民文學出版社，1958年），頁101。

9　黃遵楷：《人境廬詩草跋》，《人境廬詩草》卷末（北京市：商務印書館，1931年），頁1。

10　梁啟超著，舒蕪校點：《飲冰室詩話》（北京市：人民文學出版社，1959年），頁117。

11　狄葆賢：《平等閣詩話》，錢仲聯：《人境廬詩草箋注》附錄（上海市：上海古籍出版社，1981年），頁1275。

以詩人自居」[12]，作詩為文始終不是他追求的主要目標。正如鍾叔河所指出的：「黃遵憲首先是一位維新運動家，一位啟蒙主義者，一位日本研究專家，然後才是一位詩人。他是一位學術型的政治人物，他的詩，也主要是學術的詩，政治的詩。」[13]同樣，黃遵憲也不是專門的文學理論家，儘管他有著豐富的文學思想，在中國近代文學思想史上顯示著他的獨特地位與貢獻。黃遵憲的文學思想與政治學術思想密切相關，或者說，黃遵憲的文學思想是他全部思想在文學方面的表現與折射，是他文化思想的一個有機組成部分。因此，「餘事且詩人」不僅是黃遵憲文學創作的特點，也是他文學思想的特點。這是他文學思想產生的基礎，生長的土壤，黃遵憲的文學思想就是在這樣的思想背景下展開，而且始終帶著這樣的思想特質。於是，我們將這裏作為考察黃遵憲文學思想的起點。

一 文章巨蟹橫行日，世變群龍見首時

在黃遵憲的文學思想中，文學功能論佔有極為重要的地位。他非常重視文學的社會功能，強調以文學開啟民智，改造社會，救國救民。這一思想表現得相當充分，相當集中，這也是「餘事且詩人」的黃遵憲思想發展的必然。

黃遵憲一再表述對文學社會功能的關注與強調。在任駐日本使館參贊期間即不止一次地論及過。光緒四年（1878）他寫道：「書固小道，然孔孟之道，即於是乎屬，此吾願習字者益思精其義而察其理也。」[14]可見他對書法「載道」功能的重視，談的雖不是文學，但對

---

12 梁啟超著，舒蕪校點：《飲冰室詩話》（北京市：人民文學出版社，1959年），頁24。
13 鍾叔河：《中國本身擁有力量》（香港：中華書局，1989年），頁29。
14 黃遵憲：《中學習字本序》，錢仲聯輯：《人境廬雜文鈔》（上），《文獻》第七輯（北京市：書目文獻出版社，1981年），頁69。

瞭解其文學觀不無參考價值。他還批評當時日本士大夫寫文章「無益於用」[15]的文人習氣，表現出對文學之「用」的關注。光緒六年（1880）的一段話，更集中地表現了黃遵憲對文學社會功能的認識：「居今日五洲萬國尚力競強攘奪博噬之世，苟有一國焉，偏重乎文章，國必弱。故文章為今日無用之物。文章之有詩，又等而下之矣。……然則詩之興與國之盛衰，未嘗不相關也。……以余聞歐羅巴固用武之國也，而其人能以詩鳴者，皆絕為當世所重。東西數萬里，上下數千年，所以論詩者何必不同，安可以其無用棄之哉？」[16]指出重視與發展文學並非參與世界「尚力競強」、救國救民的主要手段，但卻可以作為其途徑之一；文學亦非「無用」之物，而是與國勢盛衰密切相關。黃遵憲結合西方和日本社會的情形，更清楚地認識到文學的巨大社會作用。他也曾寫下了這樣的詩句：「文章亦小技，能動處士議。武門兩石弓，不若一丁字。」[17]

到了光緒二十三年（1897），黃遵憲第一次張開了「新派詩」的旗幟，並對以文學改造社會寄託了更大的希望：「廢君一月官書力，讀我連篇新派詩。……文章巨蟹橫行日，世變群龍見首時。」[18]他希望看到新詩與新文學的大發展，盛行於世，帶來中國乃至世界面貌的巨大深刻的變化。直到晚年鄉居時，他在光緒二十八年（1902）給丘菽園的信中，仍然表現出對文學功用的強烈關注和堅定信心：「詩雖

---

15 黃遵憲：《巡迴日記序》，錢仲聯輯：《人境廬雜文鈔》（上），《文獻》第七輯（北京市：書目文獻出版社，1981年），頁66。

16 黃遵憲：《明治名家詩選序》，錢仲聯輯：《人境廬雜文鈔》（上），《文獻》第七輯（北京市：書目文獻出版社，1981年），頁71-72。

17 黃遵憲：《近世愛國志士歌》，《人境廬詩草》卷三（北京市：商務印書館，1931年），頁10。

18 黃遵憲：《酬曾重伯編修》，《人境廬詩草》卷八（北京市：商務印書館，1931年），頁16。

小說道,然歐洲詩人出其鼓吹文明之筆,竟有左右世界之力。僕老且病,無能為役矣。執事其有意乎?」[19]他在致梁啟超的信中也寫道:「此詩布於世,於世界詩界,或不無小補。」[20]可見,黃遵憲從早年到晚年的許多論述,都表現了他對文學功能的極大關注與著重強調,都表現了他力圖以文學拯救國家、開啟民智的信心和熱情。

另一方面,關於文學的社會功能,黃遵憲又曾這樣說:「自物競天擇、優勝劣敗之說行,種族之存亡,關係日大。……即轟轟然以文化著於五洲,如吾輩華夏之族,亦歎式微矣!文章小說技,於道未尊,是不足以爭勝。凡我客人,誠念我祖若宗,悉出於神明之冑,當益騖其遠者大者,以恢我先緒,以保我邦族,此則願與吾黨共勉之者也。」[21]黃遵憲病篤時還曾發出這樣的感歎:「平生懷抱,一事無成,惟古近體詩能自立耳,然亦無用之物,到此已無可望矣!」[22]似乎他又認為文學完全為無用之物,就拯救國勢傾頹、解除民生疾苦而言,文學並無直接功效。為了光大中華文化,為了振興國家民族,應該追求那些「遠者大者」,即最有實效的事業。似乎他又對文學的社會功能與社會作用完全喪失了信心和希望,跟上文所述他對文學的重視與強調相比照,二者之間似乎全然矛盾。黃遵憲何故發此之論?

其實,如果透過這種貌似矛盾相反的表面現象,對黃遵憲文學功能論的深層結構作一考察,即可發現,這兩種表面矛盾對立的表述之

---

19 黃遵憲:《與丘菽園書》,錢仲聯輯:《人境廬雜文鈔》(下),《文獻》第八輯(北京市:書目文獻出版社,1981年),頁83。

20 黃遵憲:《黃遵憲致梁啟超書》,《中國哲學》第八輯(北京市:生活・讀書・新知三聯書店,1982年),頁377。

21 黃遵憲:《梅水詩傳序》,錢仲聯輯:《人境廬雜文鈔》(上),《文獻》第七輯(北京市:書目文獻出版社,1981年),頁76。

22 黃遵楷:《人境廬詩草・跋》,《人境廬詩草》卷末(北京市:商務印書館,1931年),頁1。

間實則有著共同的思想基礎。希冀「文章巨蟹橫行日,世變群龍見首時」,盛讚文學「竟有左右世界之力」,表明黃遵憲從當時的社會需要出發,從他自身的追求出發,對文學改造社會、拯救國難使命的著力強調,其包含著相當強烈的理想因素。當他對自己的未來抱有信心,對建功立業懷有希望的時候,他對以文學拯救國家於危難、振興社會於衰微也充滿信心與嚮往,渴望文學也成為實現他的政治理想的得力一助。他的希冀是如此熱切,理想是如此完美,他對文學功能也就這樣著力地強調,以至於達到過甚其實的程度。然而,當他面對陷入全面危機的社會現實、面對疲苶不振的文學現狀的時候,當他晚年回顧自己一生上下求索和懷才不遇,尤其是反觀寫詩作文所發生的實際作用的時候,他對以文學為救國之一種有力工具的希望於是陡然變成失望和幻滅,於是發出了文學為「無用之物」的慨歎。前者是美好理想的描繪和嚮往,後者是殘酷現實的寫照和體認。因為望之過切,故而失之過痛,於是產生了這兩種極端的然而又是相通的言論。

因此,不僅文學「有左右世界之力」表現了黃遵憲對文學社會作用的極大重視,文學為「無用之物」的感慨也同樣表現著他對文學社會作用的強烈期待,或許是更深切的期待。只是前者從正面以正常的方式表述,後者則從反面以一種變形的方式表述而已。二者之間實際上存在著一種相互發明、彼此一致的關係,存在著相互轉化的內在機制。

平心而論,不論是文學「有左右世界之力」,還是文學為「無用之物」,均存在著明顯的理論偏頗,一為過於強調文學的功能,一為過於輕視文學的作用。正是在這種兩極搖擺動盪的文學社會功能論中,我們看到了黃遵憲之所以如此的深層原因和思想基礎,就是他對救國危難、解民倒懸、改革社會、走向富強的強烈嚮往,就是從悠遠的傳統中繼承而來,至近代中國的文化背景下發展到極致的中國知識

分子的歷史責任感和時代使命感，就是在如此強大的力量驅動之下的
急切焦灼的傷時憂國、有時甚至是發生了明顯傾斜的文化心態，還有
在匆匆行進的中國文化近代化歷程中來不及縝密思索與理論構建的思
想形態。

　　黃遵憲極為強調文學的社會功能，但他又不是一味片面地追求文
學作用於社會，而是同時也相當重視文學的審美功能，具體表現為對
文學作品藝術性和感染力的關注。他曾經指出：「吾論詩以言志為
體，以感人為用。」[23]即在強調以詩言志的同時，也強調以詩感人；
在重視文學思想性與社會功能的同時，也不忽視文學藝術性與美學效
果的追求。

　　黃遵憲晚年對梁啟超小說《新中國未來記》的評論也集中表現了
他對文學藝術特性的深刻認識。光緒二十八年（1902），黃遵憲曾致
信梁啟超，對《新小說》雜誌及刊於其上的《新中國未來記》作了高
度評價之後，又中肯地指出小說的不足。他說：「此卷所短者，小說
中之神采（必以透切為佳）、之趣味耳（必以曲折為佳）。」[24]從信中
看，「神采」當是指由人物形象、語言文采等構成的小說的整體風格；
「趣味」當是指由故事情節與結構方式等表現的藝術魅力。《新中國
未來記》的確存在著由於「專欲發表區區政見」[25]，太過注重政治宣
傳，以至於影響了小說藝術效果的重大缺陷。黃遵憲當時即予以指
出，表現了他成熟精湛的藝術修養和對文學作品藝術特性的重視。
黃遵憲有著豐富的創作經驗，深知文學作品內容與形式、社會功能與

23　北京圖書館善本組整理：《黃遵憲致梁啟超書》，《中國哲學》第八輯（北京市：生
　　活‧讀書‧新知三聯書店，1982年），頁383。
24　同上書，頁372。
25　梁啟超：《新中國未來記‧緒言》，阿英編：《晚清文學叢鈔‧小說一卷》（北京市：
　　中華書局，1960年），頁1。

審美功能之間的密切關係，他的絕大部分詩歌也體現了二者的和諧統一。

因此，黃遵憲對文學藝術性的重視，在很大程度上豐富了他的文學功能論，儘管他對文學社會功能的強調與追求仍是首要的，但對審美功能的關注構成了他文學功能論的有力的一翼，從而避免了更嚴重的理論傾斜，從而賦予他文學功能論以較強的科學意義和理論價值。

黃遵憲文學功能論的形成，是個人因素與時代環境共同作用的結果，其原因是複雜而多方面的。約略言之，可從如下諸方面進行分析理解。

第一，從小就有的「樹勳名之念」[26]，一貫主張的「實事求是，歸於有用」[27]，「期於有用」[28]、「期適用也」[29]的思想品格，還有他「捐其軀以報國」[30]的入世情懷和獻身精神。三者的結合，必然使黃遵憲的文學思想著上這樣的色彩，「餘事且詩人」的他，必然著力強調文學的社會功能。

第二，走出國門後，在海外十餘年的外交官生涯，使他有機會瞭解日本、歐美的社會狀況與文學狀況，外國的富強發達與文學的大行於世，使他覺得文學「竟有左右世界之力」，於是越發盼望中國的「文章巨蟹橫行日，世變群龍見首時」。

第三，為官從政的抑鬱難達、懷才不遇，使他逐漸對文學予以愈

26 北京圖書館善本組整理：《黃遵憲致梁啟超書》，《中國哲學》第八輯（北京市：生活‧讀書‧新知三聯書店，1982年），頁375。

27 黃遵憲：《春秋大義序》，錢仲聯輯：《人境廬雜文鈔》（上），《文獻》第七輯（北京市：書目文獻出版社，1981年），頁68。

28 鄭子瑜、實藤惠秀編校：《黃遵憲與日本友人筆談遺稿》（東京：早稻田大學東洋文學研究會，1968年），頁284。

29 黃遵憲：《凡例》，《日本國志》卷首，光緒十六年（1890）羊城富文齋刊本，頁4。

30 北京圖書館善本組整理：《黃遵憲致梁啟超書》，《中國哲學》第八輯（北京市：生活‧讀書‧新知三聯書店，1982年），頁376。

來愈多的重視；尤其是戊戌放歸，政治改革之路徹底途窮之後，文學遂成了表現他「杜鵑再拜憂天淚，精衛無窮填海心」[31]的主要手段，他對文學社會功能的強調也得到了最充分的表現。

第四，黃遵憲是以文學創作活動為基礎的文學思想家，有著豐富的創作經驗和精湛的藝術修養。這種素質使他能夠在追求以文學開啟民智、推進改革、救國傾頹的同時，也相當注意文學的藝術特性，使他的文學功能論具有比較重要的理論價值和實踐意義，具有比較突出的合理性和相容性，也顯示出黃遵憲一貫冷靜深邃的思想特點。

第五，黃遵憲文學功能論的形成，也是時代風會影響的必然結果。中國文學長久以來「興觀群怨」、「文以載道」、「經世致用」文學觀的傳承，加之近代開放以後日本、歐美文學的影響，使強調文學的社會功能與教育作用，成為近代中國內憂外患文化背景之下富於責任感與使命感的近代文學家的必然選擇，形成了一股影響廣泛、引人注目的文學思潮。從龔自珍、魏源等人開始，到維新派、革命派的許多文學家都表現出這一趨向，而他們發動的一系列文學改革運動更代表了這一文學趨向的主潮與高峰。甚至宋詩派、同光體、後期桐城派、湘鄉派的某些作家也不同程度地表現出這種傾向。蔣智由的「文字收功日，全球革命潮」[32]表達的思想觀念與黃遵憲的「文章巨蟹橫行日，世變群龍見首時」異曲同工；梁啟超從譏刺《水滸傳》、《紅樓夢》等舊小說「誨盜誨淫」[33]到宣布新「小說為文學之最上乘」[34]，

---

31 黃遵憲：《贈梁任父同年》，《人境廬詩草》卷八（北京市：商務印書館，1931年），頁10。

32 蔣智由：《盧騷》，北京大學中文系文學專門化1955級《近代詩選》小組選注：《近代詩選》（北京市：人民文學出版社，1963年），頁367。

33 梁啟超：《譯印政治小說序》，郭紹虞主編：《中國歷代文論選》第四冊（上海市：上海古籍出版社，1980年），頁206。

34 梁啟超：《論小說與群治之關係》，郭紹虞主編：《中國歷代文論選》第四冊（上海市：上海古籍出版社，1980年），頁208。

跟黃遵憲從讚美文學「有左右世界之力」到慨歎文學為「無用之物」
何其相似。這種文學思潮為黃遵憲文學功能論的生成與發展提供了適
宜的環境，這種文學走向代表了中國近代文學思想的一個重要側面。

　　黃遵憲的文學功能論，匯入了中國近代文學救亡圖存的主潮，反
映了那個極特殊的時代對文學的必然要求，從他的文學思想中可窺見
壯闊的文學潮流；同時，他的文學功能論與他豐富的創作實踐和深入
的藝術體驗相通，顯示出他獨特的思想特點和對中國近代文學思想史
的突出貢獻。

二　詩之外有事，詩之中有人

　　黃遵憲是以豐富的創作實踐為基礎提出文學理論主張的，他非常
重視文學思想的實踐可行性，因此，對文學創作論的探討，就成為其
重要的內容之一。「詩之外有事，詩之中有人」即表現了他對文學創
作過程中作品內容與作家主體之間關係的認識。

　　黃遵憲指出：「僕嘗以為詩之外有事，詩之中有人；今之世異於
古，今之人亦何必與古人同？」[35]他還說過：「詩可言志，其體宜於
文，（以五經論，《易》以言理，《春秋》以經世，《書》以道政事，
《禮》以述典章。皆辭達而止，是皆文字。惟詩可謂之文章。）其音
通於樂，其感人也深。惟晉宋以後，詞人淺薄狹隘，失比興之義，無
興觀群怨之旨，均不足學。意欲掃去詞章家一切陳陳相因之語，用今
人所見之理，所用之器，所遭之時勢，一寓之於詩。務使詩中有人，
詩外有事，不能施之於他日，移之於他人；而其用以感人為主。」[36]

35　錢仲聯：《人境廬詩草箋注》卷首（上海市：上海古籍出版社，1981年），頁3。
36　黃遵楷：《先兄黃公度先生事實述略》，北京大學中文系近代詩研究小組編：《人境
　　廬集外詩輯》（北京市：中華書局，1960年），頁133。

黃遵憲宣導的「詩之外有事，詩之中有人」或「詩中有人，詩外有事」，有其特定內涵，在當時具有特殊的意義。

「事」就是時事，就是古人未見未歷的新的現實內容；「詩之外有事」或「詩外有事」，就是要求作家在作品中反映自己時代獨特的歷史狀況，描述當代時事，從而使作品獲得獨特的歷史價值和認識價值。這樣的作品不可模仿、不可重複，因而，這樣的作家和作品也就具有了不可或缺的意義。

黃遵憲在理論上這樣宣導，在創作上也首先躬親實踐著這一主張。綜觀他一生的詩歌創作，始終貫串著「詩之外有事」的思想。他從少至老，以一顆憂國憂民之心，從來未曾淡忘對國事民瘼的極大關注。他以政治家的敏銳，歷史家的深邃，文學家的熱誠，始終注視著中國近代的一切重大歷史事變，並將他所歷所見的時事寫入作品之中。太平天國、洋務運動、中法戰爭、中日甲午戰爭、戊戌變法、義和團運動等等，都在他的作品中有所反映；日本明治維新以後的巨大變革，美國當時的社會歷史狀況，西歐的奇異風光，南洋的民俗風情，華僑在海外的生活際遇，近代工業革命帶來的新技術、新知識等，也都可以在他的詩篇中看到。

而且，黃遵憲詩歌中所寫之「事」，總是有屬於他自己的獨特角度與獨特方式。黃遵憲門人楊徽五嘗回憶道：「蓋先生作詩，首重選題，故無率意之作也。」[37]黃遵憲從弟遵庚也說過：「其為詩也，必先搜集材料，然後下筆。」[38]可見黃遵憲恪守「詩外有事」原則之一斑。梁啟超在《飲冰室詩話》中贊曰：「公度之詩，詩史也。」[39]就許多人境廬詩而言，「詩史」之稱誠可謂名副其實。范當世也有詩贈黃

---

37 楊備子：《榕園續錄》卷三（梅州市：梅縣東山中學，1944年），頁6。
38 錢仲聯：《夢苕庵詩話》（濟南市：齊魯書社，1986年），頁162。
39 梁啟超著，舒蕪校點：《飲冰室詩話》（北京市：人民文學出版社，1959年），頁63。

遵憲云：「詩言起訖一生事，眼有東西萬國風。燕處危巢豈有命，龍遊涸澤竟無功。」[40]殊亦非過譽之詞。

「人」就是作家，就是作家的獨特個性和表現在作品中的創作主體的形象。「詩之中有人」或云「詩中有人」，就是要求作家在作品中表現自己的思想、感情、個性和形象，從而使作品具有獨特個性，展示其真誠情懷和心路歷程。從這一角度考察黃遵憲的詩，也可以稱之為「詩中有人」的典範。人境廬詩的不少篇章，樹立起了創作主體的形象。有少年的宏圖遠志，有青年的上下求索，有建功立業的追求和成功的喜悅，也有失意的鬱悶牢騷和堅韌不拔。

戊戌放歸之後，他更把餘生傾注於詩中，晚年的詩篇更是他情感的直接外化和生命的最大依託。還是在同治十三年（1874）所寫的《人境廬詩草·自序》中，他就曾說過：「此計兩卷，蓋《人境廬詩草》之副本也。十年心事，大略具此。」[41]梁啟超也曾對黃遵憲作於光緒二十五年（1899）的《己亥雜詩》發表評論說：「近頃見人境廬主人亦有《己亥雜詩》數十首，蓋主人一生歷史之小影也。」[42]誠可謂知己之語。在生命的最後幾年，黃遵憲看到江河日下的國家狀況，看到列強環伺的危急局勢，無限憂憤，然而，「劫餘卻撫好頭顱」[43]的他，卻只能在詩中追問「憂天熱血幾時攄」[44]，只能在人境廬裏寫下

---

40 范當世：《旅中無聊流觀昔人詩-於千首有感於黃公度之人之詩而遽成兩律以相贈》，《范伯子先生全集·詩集》卷十，（北京是：中國書店影印，1932年11月）浙西徐氏校刻本，頁3。

41 錢仲聯輯：《人境廬雜文鈔》（下），《文獻》第八輯（北京市：書目文獻出版社，1981年），頁96。

42 梁啟超著，舒蕪校點：《飲冰室詩話》（北京市：人民文學出版社，1959年），頁101。

43 黃遵憲：《仰天》，《人境廬詩草》卷九（北京市：商務印書館，1931年），頁3。

44 黃遵憲：《日本國志書成誌感》，《人境廬詩草》卷五（北京市：商務印書館，1931年），頁8。

長歌當哭之作。這正如黃遵楷所回憶的：「遂舉其胸中抑鬱不平之氣，仰天椎心，不敢告人之語，一泄之於詩。酒酣耳熱，往往自歌自哭，自狂自聖，謂『他日之讀我詩者，其亦忽喜忽怒、忽歌忽泣乎？非所知也。』」[45]這是黃遵憲「詩之中有人」思想最集中的體現。由此，我們再一次看到了他文學理論主張與創作實踐之間的內在一致和緊密契合。

可見，黃遵憲的「詩外有事」與「詩中有人」，二者各有側重，明顯有別，從而造就了他豐富多樣的創作題材與內容特徵，展現了一位詩壇大家的天骨開張、大氣包舉的創作風範。另一方面，它們之間又相互聯繫，密切相關。事中有人，事是特定人物眼中之事；人關乎事，人是處於特定環境中的人。詩外之事與詩中之事密不可分，詩外之事與詩中之人相互聯繫，詩外之人與詩中之人相互映襯。因此，「詩外有事」與「詩中有人」之間形成了一種對立統一關係，從這裏我們看到黃遵憲文學思想中的樸素的辯證法思想，進一步展示了這位集思想家與詩人於一身的人物的思想品格。由此觀之，楊徽五《校讀〈人境廬詩草〉題句》中的「公詩詩史亦心史」[46]之論，確為有識之見。

為了實踐「詩之外有事，詩之中有人」的創作主張，黃遵憲還進一步展開他的理論思維，提出了作家修養問題。光緒六年（1880），黃遵憲就在與日本友人的筆談中指出：「文章之佳，由於胸襟器識，尋章摘句，於字句求生活，是為無用人耳。」[47]強調「胸襟器識」對

---

45 黃遵楷：《先兄公度先生事實述略》，北京大學中文系近代詩研究小組編：《人境廬集外詩輯》（北京市：中華書局，1960年），頁133。

46 楊備子：《榕園續錄》卷三（梅州市：梅縣東山中學，1944年），頁7。

47 鄭子瑜、實藤惠秀編校：《黃遵憲與日本友人筆談遺稿》（東京：早稻田大學東洋文學研究會，1968年），頁320。

於文學創作的重要性，反對「尋章摘句，於字句求生活」的徒事摹擬與捨本逐末的創作傾向。光緒二十八年（1902），被放歸家居的黃遵憲在致梁啟超信中，討論小說創作，再次論及這一問題：「僕意小說所以難作者，舉今日社會中所有情態一一飽嘗爛熟，出於紙上，而又將方言俗語一一驅遣，無不如意，未足以稱絕妙之文。前者須富閱歷，後者須積材料。閱歷不能襲而取之。」[48]黃遵憲認為，要創作出「絕妙之文」，須具備三個條件，即：第一，必須對「今日社會中所有情態一一飽嘗爛熟」，也就是說要「富閱歷」，盡可能廣泛深入地體驗生活，瞭解社會，品味人生；而且，這是不可「襲而取之」的，作家必須身體力行，躬自實踐。第二，具備了豐富的閱歷，廣泛熟悉了社會情態之後，只是創作的準備，關鍵的步驟是要能使之「出於紙上」，這就涉及了作家對社會生活進行分析提煉，使文學素材轉化為文學形象的問題。第三，為了更好地表情達意，還要向書本學習，要「積材料」，要學習「方言俗語」，力求創造富於個性的文學語言。這可以說是他「胸襟器識」說的發展深化。

可見，黃遵憲強調作家修養，首要的是向社會、向人生學習，同時也並不排斥向書本、向前人學習，但後者畢竟不是文學創作的根本性因素。黃遵憲的這些文學觀念與馬克思主義文藝觀關於文學與生活關係的基本觀點有著某種相通之處，真可謂心同理同。當然，黃遵憲的文學思想尚處於比較零散、比較樸素的形態，理論的系統性和深刻性均存在明顯不足，無論如何不能與馬克思主義文藝觀相提並論、等量齊觀。

黃遵憲關於作家修養的觀點，與近代宋詩派、同光體以及其它詩

---

48 北京圖書館善本組整理：《黃遵憲致梁啟超書》，《中國哲學》第八輯（北京市：生活·讀書·新知三聯書店，1982年），頁372-373。

派某些末流作家的徒事模擬、皓首窮經、喪失自我、捨本逐末的所謂
修養也不可同日而語。那些末流作家只能把文學引向空疏艱澀、虛偽
枯萎，而黃遵憲卻抓住了社會生活這一文學創作的源頭活水，給文學
帶來了清新的氣息和不盡的活力。強調作家修養，強調文學與生活的
密切關係，展示了黃遵憲文學思想的理論深度和實踐品格，也使「詩
之外有事，詩之中有人」的創作主張獲得了堅實的理論基礎和廣闊的
實踐天地。

　　「詩之外有事，詩之中有人」的創作思想，是中國悠久的現實主
義文學理論傳統在近代的繼承和發展。這一思想與白居易「每與人
言，多詢時務；每讀書史，多求道理；始知文章合為時而著，歌詩合
為事而作」[49]的主張有一脈相通之處，更受到清代客家著名詩人、對
黃遵憲影響甚巨的同鄉先賢宋湘「我詩我自作，自讀還賞之。賞其寫
我心，非我毛與皮」[50]等思想的直接啟發。而且，黃遵憲又賦予了這
一主張以具有近代社會歷史特點的新內容，從而顯示出其在當時文學
風氣、文化背景下的意義和價值。

　　這種對文學創作過程中作家與作品關係的關注，對文學與現實生
活密切聯繫的強調，是集政治活動家、學者、詩人於一身的黃遵憲文
學思想發展之必然，是他從「餘事且詩人」的角度出發，相信和期待
「文章巨蟹橫行日，世變群龍見首時」的到來，以發揮文學「左右世
界之力」的文學功能論的合理延伸和自然發展。他的文學功能論是
「詩中有人，詩外有事」創作主張的根本出發點和理論前提。

　　要求文學反映時代的歷史內容，展現時代的風雲變幻，要求作品

---

49 白居易：《與元九書》，周祖編選：《隋唐五代文論選》（北京市：人民文學出版社，
　　1999年），頁237。
50 宋湘：《湖居後十首》，黃國聲校輯：《紅杏山房集》（廣州市：中山大學出版社，
　　1988年），頁51。

表現出作者的獨特性，展示創作主體的心靈波瀾，也是許多中國近代
文學家的共識，從而表現出與黃遵憲相同或相近的創作思想和理論取
向。啟蒙思想家嚴復即曾寫下了與黃遵憲「詩之中有人」相似的詩
句：「文章一小技，舊戒喪志玩。……大抵論詩功，天人各分半。詩
中常有人，對卷若可喚。撚花示微旨，悟者一笑粲。」[51]梁啟超也曾
評康有為詩云：「南海先生不以詩名，然其詩固有非尋常作家所能及
者，蓋發於真性情，故詩外常有人也。」[52]主張「詩之外有事，詩之
中有人」的黃遵憲，成為一批具有與此相近文學主張的文學家的典型
代表，不論從理論的完整性和明確性來說，還是從思想的深度與影響
來說，黃遵憲都堪當此稱號。

三　未必躡躋古人，其亦足以自立

　　每一處於古今交匯點上的時代文學，都必然面臨古今通變、繼承
創新的選擇。中國文學經過幾千年的發展，降及近代，在古今交替、
中外交融的文化背景下，這一問題顯得愈來愈突出。如何在繼承借鑒
中外古今文學成果的基礎上，創造具有獨立品格和獨特價值的新一代
文學，成為一批近代文學家不斷探索、努力思考的問題。黃遵憲生逢
其時，積極參加了古今通變的理論探索和創作嘗試，取得了較高的成
就，留下了可貴的經驗。

　　黃遵憲在其最有代表性的詩論《人境廬詩草・自序》中，談得最
多的正是繼承與創新的問題，可見他對文學通變問題的重視。他說：

51　嚴復：《說詩用瓊韻》，郭紹虞主編：《中國歷代文論選》第四冊（上海市：上海古
　　籍出版社，1980年），頁152。
52　梁啟超著，舒蕪校點：《飲冰室詩話》（北京市：人民文學出版社，1959年），頁
　　19。

嘗於胸中設一詩境：一曰，復古人比興之體；一曰，以單行之神，運排偶之體；一曰，取《離騷》、樂府之神理而不襲其貌；一曰，用古文家伸縮離合之法以入詩。其取材也，自群經三史，逮於周、秦諸子之書，許、鄭諸家之注，凡事名物名切於今者，皆採取而假借之。其述事也，舉今日之官書、會典、方言、俗諺，以及古人未有之物，未辟之境，耳目所歷，皆筆而書之。其煉格也，自曹、鮑、陶、謝、李、杜、韓、蘇訖於晚近小家，不名一格，不專一體，要不失乎為我之詩。誠如是，未必遽躋古人，其亦足以自立矣。[53]

黃遵憲的理論闡述和創作實踐，表明他非常重視文學的繼承和借鑒。結合他的政治文化思想和處世行事風格，可從如下方面來理解其理論觀念。

第一，主張廣泛繼承古人的優秀傳統，有意突破門戶之見，反對畫地為牢之法。他倡言學習中國詩歌創作中悠遠的比興傳統，學習中國古典詩歌傑作《離騷》、樂府詩之「神理」，即其獨特的精神品質與藝術風格；為增強詩歌的藝術表現力，擴大詩歌的內容涵量，主張以單行之筆法入詩，以古文家之筆法入詩，即繼承杜甫、韓愈、蘇軾、黃庭堅以來以文為詩的創作方法；古代的經史著作，諸子之書，諸家注疏，均可作為詩歌的取材範圍，從而突破陳陳相因的舊套，改變詩歌表現領域愈來愈狹窄的弊病；歷代詩人的創作實績，更是必須廣泛學習的，以汲取有益的經驗，僅這裏列舉的著名詩人，就有曹植、鮑照、陶淵明、謝靈運、李白、杜甫、韓愈、蘇軾等人，可見他對歷代詩歌成就的重視與繼承。

---

53 錢仲聯：《人境廬詩草箋注》卷首（上海市：上海古籍出版社，1981年），頁3。

　　尤其值得注意的是，黃遵憲主張借鑒與繼承，絕不是一味地模仿和照搬，而是要從自己的實際出發，采其「切於今者」，擇其精華，去其糟粕，這是他的一貫主張。早在光緒五年（1879）黃遵憲就深刻地指出：「因他人之法，必擇善者立為軌範，使有所率而循焉，有所依而造焉，而學者乃不迷於所向。……嗟夫！學他人之法，不擇其善者，而芒茫昧昧，竭日夜之力以求其似，不求其善，天下之事，無一而可，豈獨文章也哉？」[54]

　　第二，主張向今人學習，反對厚古薄今的傾向。黃遵憲不僅在理論上提出借鑒「晚近小家」的創作經驗，採取「今日之官書、會典、方言、俗諺」中的材料，而且在創作實踐上也同樣表現出不倦地學習今人的精神。黃遵憲與當時不同流派的詩人有著廣泛的聯繫，他們在政治上，有的屬洋務派，有的屬維新派；在文學上，有的屬新派詩人，有的則屬宋詩派、同光體、中晚唐派、西崑派等；在地域上，有的是嶺南詩人，有的則是其它地區的詩人。黃遵憲以寬闊的胸懷，獨到的識見，與他們唱和交流，從中汲取營養，獲得啟示。

　　第三，主張向民間文學學習，不避俚俗之風和鄉土之氣。他從小就受到客家山歌的薰陶，後來也一直注意從民間文學中得到營養的滋潤，並且有過大規模地搜集整理山歌的意圖，盛讚山歌歌唱者「何其才之大也」[55]，並熱情地記錄山歌，輯入他的詩集裏。這種民間文學影響在他早年的詩歌創作中表現得非常充分，在其晚年詩作中仍然時有表現。客家民間文學與文化成為他詩歌創作的一個根本性的資源，影響了他一生。

　　第四，主張向外國文學學習，對外國文學與文化的優越性有一定

---

54 黃遵憲：《日本軌範序》，錢仲聯輯：《人境廬雜文鈔》（上），《文獻》第七輯（北京市：書目文獻出版社，1981年），頁69-70。

55 錢仲聯：《人境廬詩草箋注》（上海市：上海古籍出版社，1981年），頁55。

程度的認識。在任外交官僚屬的十多年裏，他曾特別留心外國的文學
與文化狀況，注意從中獲得營養和啟發；尤其是在日本的四年多，剛
剛走出國門的黃遵憲，曾對當時日本的文學狀況表示關注，注意到日
本的小說、詩歌、散文和戲劇，更表示了對日本民間文學的喜愛，至
今他的詩集裏還存有一首他根據日本民歌寫成的《都踴歌》，就是有
力的證明。

　　另一方面，繼承與借鑒並不是黃遵憲追求的理想目標，他的繼承
與借鑒立足於今，立足於己，目的是創造「足以自立」的「我之
詩」，這是黃遵憲始終堅持的原則。早年，他就清醒地認識到：「詩固
無古今也，……苟能即身之所遇，目之所見，耳之所聞，而筆之於
詩，何必古人？我自有我之詩者在矣。夫聲成文謂之詩，天地之間，
無有聲，皆有詩也。即市井之謾罵，兒女之嬉戲，婦姑之勃谿，皆有
真意以行其間者，皆天地之至文也。不能率其真，而舍我以從人，而
曰：吾漢、吾魏、吾六朝、吾唐、吾宋，無論其非也，即刻畫求似而
得其形，肖則肖矣，而我則亡也。我已亡我，而吾心聲皆他人之聲，
又烏有所謂詩者在耶？」[56]對惟古是尚、徒事模擬、合我從人的詩風
提出批評，強調詩歌的「真意」、「率真」，主張詩人寫出自己的「心
聲」。

　　光緒二十五年（1899），黃遵憲曾表示贊成韓愈「惟陳言之務
去」[57]的主張，反對「膚淺浮滑，人人能為詩，人人口異而聲同」的

---

56 黃遵憲：《與朗山論詩》，《嶺南學報》（1931年7月），第二卷第二期；又見陳錚編：
　《黃遵憲全集》（北京市：中華書局，2005年），頁291。筆者按：後者雖係據前者
　收錄，然二者字句偶有異同。此處所引據《嶺南學報》，標點為筆者所加。
57 韓愈：《答李翊書》，周祖譔編選：《隋唐五代文論選》（北京市：人民文學出版社，
　1999年），頁205。

傾向，追求「卓然能自樹立」[58]的境界。黃遵憲在《人境廬詩草‧自序》中表示「心嚮往之」的「未必遽躋古人，其亦足以自立」的「我之詩」，直到晚年他都不曾忘懷。光緒二十八年（1902），他在致梁啟超的信中總結自己一生的詩歌創作時曾說：「吾之五言詩，自謂淩跨千古；若七古詩，不過比白香山、吳梅村略高一籌，猶未出杜、韓範圍。」[59]病篤時他也曾表示自己一生「惟古近體詩能自立耳」[60]。可見，追求獨創，追求自立，是貫串黃遵憲一生始終的創作思想，他也的確取得了令人矚目的創作成就，又一次表現了他理論主張與創作實踐相統一的思想品格。

劉勰以「通變」表述文學創作中古與今、繼承借鑒與創造出新的關係，影響至為深遠。《文心雕龍‧通變》有云：「斟酌乎質文之間，而栝乎雅俗之際，可與言通變矣」；「參伍因革，通變之數也」。[61]將繼承會通與創獲革新密切聯繫起來，揭示了二者之間不可或缺、不可偏廢的關係。「文律運周，日新其業。變則堪久，通則不乏。」[62]繼承是創新的基礎，創新是繼承的昇華，最終的目的是「望今制奇」[63]，「日新其業」，創造出日新的文學。

考察黃遵憲的文學理論主張與詩歌創作實踐，可以說，他是深得「通變」三昧的。一方面，他強調通古、借鑒，又處處不忘今變、創

---

58 黃遵憲：《劉庵〈盆瓴詩集〉序》，陳錚編：《黃遵憲全集》（北京市：中華書局，2005年），頁283。

59 北京圖書館善本組整理：《黃遵憲致梁啟超書》，《中國哲學》第八輯（北京市：生活‧讀書‧新知三聯書店，1982年），頁372。

60 黃遵楷：《人境廬詩草‧跋》，《人境廬詩草》卷末（北京市：商務印書館，1931年），頁1。

61 劉勰著，詹鍈義證：《文心雕龍義證》（上海市：上海古籍出版社，1989年），頁1094-1098。

62 同上書，頁1106。

63 同上。

新，前者是後者的基礎和前提，從而使繼承與借鑒不曾喪失自我的主
體性地位，與那些徒事模擬、盲目效法、能入而不能出者有根本性的
不同。另一方面，他力求今變、創新，又時時不棄通古、借鑒，前者
又是後者的發展和目的，從而又使他的古今通變保持適當的幅度和張
力，與那些一味求新、急躁主變者亦有顯著區別。黃遵憲處理古今通
變、繼承創新之關係時，表現得溫和穩健、冷靜務實，這也是他一生
思想和行事的重要特徵。他的文學思想與他的政治思想、學術思想、
人生態度在這裏獲得了相輔相成的密切關係與內在關聯。黃遵憲的古
今通變思想與劉勰的通變論一樣，包含著樸素辯證法的思想特點，具
有比較長久的理論價值和普遍的思想意義。

　　將黃遵憲的古今通變思想置於當時的具體環境中，與「詩界革
命」派、宋詩派、同光體作一簡單的聯繫比較，可以加深對這一思
想的價值與地位的認識。據梁啟超《飲冰室詩話》中所述，光緒二十
二年（1896）至光緒二十三年（1897）前後，出現了一批宣導「詩界
革命」，並且動手創作「新詩」的詩人，「提倡之者為夏穗卿，而復生
亦慕嗜之」，他們「頗喜捃扯新名詞以自表異」，「作詩非經典語不
用」[64]，以至於出現了「苟非當時同學者，斷無從索解」[65]的詩作，
如譚嗣同《金陵聽說法》有句云：「綱倫慘以喀私德，法會勝於巴力
門。」夏曾佑也有詩句云：「有人雄起琉璃海，獸魄蛙魂龍所徙。」[66]
這種「以堆積滿紙新名詞為革命」[67]的使人「無從索解」的詩作，儘
管是中國古典詩歌改革的一種探索和嘗試，但留下的更多的是失敗的
教訓。這種一意求新求變，輕視了必要的通古和繼承，淡忘了古今通

---

64 梁啟超著，舒蕪校點：《飲冰室詩話》（北京市：人民文學出版社，1959年），頁49。
65 同上。
66 同上。
67 同上書，頁51。

變之間必要的張力與時代文學現狀，當然不會取得很大的成功，也難以發生深廣的影響。連梁啟超自己也說過：「至今思之，誠可發笑。」[68]因為「此類之詩，當時沾沾自喜，然必非詩之佳者，無俟言也」。[69]梁啟超總結了這次嘗試的經驗教訓，從黃遵憲的詩作中得到了重要的啟示，說：「時彥中能為詩人之詩，而銳意欲造新詩國者，莫如黃公度。其集中有《今別離》四首，及《吳太夫人壽詩》等，皆純以歐洲意境行之，然新語句尚少。蓋由新語句與古風格，常相背馳。公度重風格者，故勉避之也。」又指出：「夏穗卿、譚復生，皆善選新語句，其語句則經子生澀語、佛典語、歐洲語雜用，頗錯落可喜，然已不備詩家之資格。」[70]在此基礎上，梁啟超重新闡發「詩界革命」的指導思想說：「過渡時代，必有革命。然革命者，當革其精神，非革其形式。吾黨近好言詩界革命。雖然，若以堆積滿紙新名詞為革命，是又滿洲政府變法維新之類也。能以舊風格含新意境，斯可以舉革命之實矣。」[71]於是，梁啟超盛讚黃遵憲取得的創作成就，並把黃作為「詩界革命」的一面旗幟。

與這種「新派詩」相反，宋詩派、同光體詩人中某些人的創作又走向了另一個極端。他們一般模擬唐之杜甫、韓愈，宋之黃庭堅與江西詩派，走的是一條以復古為創新手段的道路。陳衍嘗將晚清取徑宋詩者的理論主張概括為「學人之言與詩人之言合」[72]，「合學人詩人之

---

68 梁啟超著，舒蕪校點：《飲冰室詩話》（北京市：人民文學出版社，1959年），頁49。

69 同上書，頁50。

70 梁啟超：《汗漫錄》（《夏威夷遊記》），鍾叔河主編：「走向世界叢書」之《歐洲十一國遊記二種・新大陸遊記及其它・癸卯旅行記・歸潛記》（長沙市：嶽麓書社，1985年），頁593。

71 梁啟超著，舒蕪校點：《飲冰室詩話》（北京市：人民文學出版社，1959年），頁51。

72 陳衍：《近代詩鈔・序》（北京市：商務印書館，1923年），頁1。

詩二而一之」[73]。他曾又評價陳三立曰：「散原為詩，不肯作一習見語，……蓋其惡俗惡熟者至矣。」[74]一般文學史著對他們的評價是，大多遠離現實，思想保守，以學問考據為詩的材料，艱澀僻奧，食古不化，喪失自我，走向了從字句間求生活的擬古主義道路。因此，他們中間儘管有人學問功力甚深，政治地位頗高，創作數量亦豐，足以在中國近代詩壇佔據比較重要的地位；但總的說來，他們同樣沒有能妥當處理古今通變之關係，太過保守，片面擬古，疏於新變，並不曾走出一條藝術創造的通暢之路。他們與夏曾佑、譚嗣同等人對詩歌改革的見解不同，探索的方向也相反，得到的結果也有異，但同樣留下了探索中的失誤，嘗試中的教訓。

　　黃遵憲以其「愛古人而不薄近人」的胸懷和「道廣用宏」[75]的膽識，在古今通變之間做出了明智的選擇，既克服了「詩界革命」中急躁冒進的不足，又避免了宋詩派、同光體等的擬古保守的缺陷，給前者以直接的啟示和影響，給後者以有力的針砭與教益，在當時發生了非常深廣的影響。正如錢鍾書所說，一時間「凡新學而稍知存古，與夫舊學而強欲趨時者，皆好公度」，「公度獨不絕俗違時而竟超群出類，斯尤難能罕覯矣」。[76]錢仲聯指出：黃遵憲「真能牢籠百變，拓詩界疆宇而廣之。……裁新意，納古規，不摹古，而不繆古。莊子云：『風之積也不厚，則其負大翼也無力。』若先生之詩，所謂積厚者非耶？彼斷斷焉媚唐謟宋，持主奴之見論先生詩，固不足以知先生；而徒揭革新之幟，托先生以為重者，更何足以知先生哉？」[77]吳天任也

---

73 陳衍：《近代詩鈔》第一冊祁寯藻詩（北京市：商務印書館，1923年），頁1。

74 陳衍：《近代詩鈔・石遺室詩話》，《近代詩鈔》第十五冊陳三立詩（北京市：商務印書館，1923年），頁1。

75 錢鍾書：《談藝錄》（補訂本）（北京市：中華書局，1984年），頁347。

76 同上。

77 錢仲聯：《序》，《人境廬詩草箋注》卷首（北京市：商務印書館，1936年），頁1。

認為：「先生之於詩，早已邃於舊學，深知此中甘苦，從萬卷中挹取精髓，以成其新派之詩，與淺學妄人，侈談創新者，固不可同日而語矣。」[78]

黃遵憲以卓越的理論見解和傑出的創作實踐，在古今交潛、中西交匯的中國近代文學中佔有重要位置。可以說他是中國近代詩歌改革中成功者的代表，他對古今通變的妥善處理，他具有樸素辯證法特色的思想方法，不僅是對中國近代文學思想史的貢獻，也是中國古代傳統通變論的發展。直至今天，仍不失其借鑒的價值。

四　語言與文字合，則通文者多

文學是語言的藝術，文學語言形式承載著文學的思想內容，對文學語言的不同選擇，體現著文學家不同的文學觀念。黃遵憲在新的文化背景下，在中國文學面臨深刻變革、文學語言面臨新的選擇的時候，對這一問題也進行了不懈的探索和有益的嘗試。

黃遵憲受到中國文學中古已有之的通俗化與口語化傳統的影響，尤其是直接受到其同鄉前輩詩人宋湘詩歌創作和詩歌主張的啟迪，並且得到通曉明快、自然天成的客家山歌的薰陶，很早萌發了語言文字一致的思想。還是剛剛步入青年的時候，黃遵憲就以初生之犢的勇氣，針對當時文壇的復古思想，空疏無用之學，八股科舉等弊端，明確提出反對「古文與今言，曠若設疆圉」的言文分離的現狀，犀利諷刺了「俗儒好尊古，日日故紙研，六經字所無，不敢入詩篇」的復古擬古詩風，相信今人今語的價值與地位，明確指出：「即今流俗語，我若登簡編，五千年後人，驚為古斕斑。」[79]他認為今與古不是固定

---

78 吳天任：《黃公度先生傳稿》（香港：香港中文大學出版社，1972年），頁434。
79 黃遵憲：《雜感》，《人境廬詩草》卷一（北京市：商務印書館，1931年），頁5-6。

不變的概念，而是歷史發展進程中的不同階段，古即是昔日的今，今亦將成為後世之古，表現出對今日流行廣泛、深入民間的「流俗語」的極大關注，並且明確提出：「我手寫我口，古豈能拘牽。」[80]

「我手寫我口」是早年黃遵憲文學觀念中一個著名命題，是他言文一致思想的一次最早的表述。儘管這一思想還有待於發展深化，但卻是他「語言與文字合」理論主張的濫觴。他早期也曾寫下了一些通俗明快、富於口語化特點的詩歌，實踐著他的理論主張。其中最有代表性的當推《新嫁娘詩》五十一首。這一具有敘事特點的組詩，採用客家山歌的藝術形式，本色率真，暢達明快，口語化程度很高，從創作實踐上表現了黃遵憲對文學語言通俗化的追求。

光緒三年（1877），黃遵憲開始了長達十餘年的外交官生涯。海外的生活，使他增長了見識，開闊了視野，他的言文一致思想也有了較大的發展，逐漸走向了成熟階段。尤其是在日本，他看到了當時日文中開始大量使用平假名，改變了過去語言與文字不一致的狀況，從而使「語言與文字合而為一，絕無障礙，是以用之便而行之廣」[81]，明治維新以後日本文壇新氣象給他深刻的啟發，而且他有機會瞭解到西方社會狀況和語言文字特點，於是立即開始了力圖改變長期以來中國語言文字差距甚大的落後狀況的思考。黃遵憲早年「我手寫我口」的主張在日本得到了一次有力的驗證。這一思想與他的開啟民智、救國危難、尋求富強之道的追求結合起來，從而使他的「我手寫我口」主張獲得了更加豐富的現實歷史內容。從此，他的言文一致思想進入了成熟階段。

黃遵憲在《日本國志》中曾明確指出：

---

80 同上書，頁6。

81 黃遵憲：《日本國志》卷三十三《學術志二》，光緒十六年（1890）羊城富文齋刊本，頁4。

文字者，語言之所從出也。雖然，語言有隨地而異者焉，有隨時而異者焉；而文字不能因時而增益，畫地而施行。言有萬變，而文止一種，則語言與文字離矣。居今之日，讀古人書，徒以父兄師長遞相授受，童而習焉，不知其艱。苟跡其異同之故，其與異國之人進象胥舌人而後通其言辭者，相去能幾何哉？余聞羅馬古時，僅用臘丁語，各國以言語殊異，病其難用。自法國易以法音，英國易以英音，而英法諸國文學始盛。耶穌教之盛，亦在舉《舊約》《新約》就各國文辭普譯其書，故行之彌廣。蓋語言與文字離，則通文者少；語言與文字合，則通文者多，其勢然也。然則日本之假名有禆於東方文教者多矣，庸可廢乎？泰西論者，謂五部洲中，以中國文字為最古，學中國文字為最難，亦謂語言文字之不相合也。然中國自蟲魚雲鳥，屢變其體，而後為隸書，為草書。余烏知夫他日者不又變一字體為愈趨於簡，愈趨於便者乎？自《凡將》《訓纂》，逮夫《廣韻》《集韻》，增益之字，積世愈多，則文字出於後人創造者多矣。余又烏知乎他日者不有孳生之字，為古所未見，今所未聞者乎？周秦以下，文體屢變，逮夫近世，章疏移檄，告諭批判，明白曉暢，務期達意，其文體絕為古人所無。若小說家言，更有直用方言以筆之於書者，則語言文字幾幾乎復合矣。余又烏知夫他日者不更變一文體，為適用於今，通行於俗者乎？嗟乎！欲令天下之農工商賈、婦女幼稚皆能通文字之用，其不得不於此求一簡易之法哉！[82]

黃遵憲考察了日本與歐美語言合一、文學興盛、社會發達的情形

82 黃遵憲：《日本國志》卷三十三《學術志二》，光緒十六年（1890）羊城富文齋刊本，頁5-7。

之後，希望中國出現一種愈來愈簡便適用的字體，希望中國根據不斷發展的需要創造古人和今人均未見過的新字，這實際上提出了漢字簡化與改革的問題；希望沿著「語言文字幾幾乎復合」的方向發展，促進中國的文體變遷，創造一種通俗適用的新文體。總之是主張中國走向語言文字合一的道路，從而實現「令天下之農工商賈、婦女幼稚皆能通文字之用」的目的，力求文化科技的普及，文學的興盛發達，國民素質的迅速提高，國家的改革振興。

《日本國志》在光緒五年（1879）即黃遵憲出使日本、任駐日本使館參贊的第三年已開始草創，歷七八年之後方定稿完成。因此，「語言與文字合，則通文者多」這一思想，至遲在光緒十三年（1887）《日本國志》正式完成之時即已明確提出了。這一思想的提出，標誌著黃遵憲語文合一思想的走向成熟，是他早年「我手寫我口」主張與他一貫的愛國主義、啟蒙主義思想相結合，並在外來文化影響下進一步深化完善的結果，也是他從一個文學家兼歷史學者的角度對中國語言文字變革與社會政治改革這些重大問題的獨特貢獻。

晚年時，黃遵憲又一次強調這一思想。光緒二十七年（1901）他寫道：「語言者，文字之所從出也。語言與文字合，則通文者多；語言與文字離，則通文者少。余於《日本國志》中，曾屢述其意，識者頗韙其言。五部洲文字，以中國為最古。上下數千年，縱橫數萬里，語言或積世而變，或隨地而變，而文字則亙古至今，一成而不易。父兄之教子弟，等於進象胥而設重譯。蓋語言文字扞格不相入，無怪乎通文字之難也。」[83]次年，他又提出「造新字」、「變文體」[84]的主

---

83 錢仲聯輯：《人境廬雜文鈔》（上），《文獻》第七輯（北京市：書目文獻出版社，1981年），頁76。

84 錢仲聯輯：《人境廬雜文鈔》（下），《文獻》第八輯（北京市：書目文獻出版社，1981年），頁83-84。

張。可見，語言與文字合，是黃遵憲堅持了一生的理論主張，他堅忍執著與入世進取的精神由此亦可見一斑。

對民間文學的一貫重視，也同樣表現了黃遵憲語文合一的主張。他在日本時曾根據日本民歌寫成一首《都踊歌》。在英國時，仍念念不忘故鄉的民歌，記下《山歌》十五首寄給朋友興寧胡曦，並盛讚道：「十五國風，妙絕古今，正以婦人女子矢口而成，使學士大夫操筆為之，反不能爾。以人籟易為，天籟難學也。餘離鄉日久，鄉音漸忘，輯錄此歌謠，往往搜索枯腸，半日不成一字。因念彼岡頭溪尾，肩挑一擔，竟日往復，歌聲不歇者，何其才之大也！」[85]他對民間文學的重視與喜愛，正以其率性天然，語皆本色，通俗曉暢。他還主張學問的普及，指出：「而以俗語通小學，以今言通古語，又可通古今之驛，去雅俗之界，俾學者易以為力。」[86]表現了他對語文合一的多方面探索。晚年鄉居時，黃遵憲仍然沒有放棄「語言與文字合」的實踐。他根據輿論宣傳與教育教學的需要，創作了不少淺易明快、富於口語化特點的通俗歌謠，如《軍歌》、《幼稚園上學歌》、《小學生學校相和歌》等，也產生了較大的影響。這是黃遵憲追求語文合一的最後一次努力。黃遵憲「語言與文字合，則通文者多」的思想，還表現在他對小說的重視與提倡方面。黃遵憲留下的最早評論小說的文字表明，小說所以能引起他的極大興趣，主要在於他在日本看到了小說的廣泛影響和巨大的教育作用，特別是小說語言的通俗化、口語化優勢。他認為小說可以作為「語言與文字合」的典範，可以成為宣導言文一致的手段；小說語言「更有直用方言以筆之於書者，則語言文字

---

85 錢仲聯：《人境廬詩草箋注》（上海市：上海古籍出版社，1981年），頁54-55。
86 黃遵憲：《與胡曉岑書》，羅香林：《胡曉岑先生年譜》，《南洋學報》第十七卷第二輯《黃遵憲研究專號》（1963年），第35頁。

幾幾乎復合矣」[87]。他已如此清晰地認識到小說擁有最廣泛的讀者群，可以發揮最深刻的影響力。

　　黃遵憲描述當時日本小說盛行的情況時說：「若稗官小說，如古之《榮華物語》、《源語勢語》（引者按：疑當為《源氏物語》）之類，已傳播眾口。而小說家簧鼓其說，更設為神仙佛鬼奇誕之辭，狐犬物異怪異之辭，男女思戀媒褻之辭，以聳人耳目。故日本小說家言充溢於世。而士大夫間亦用其體，以述往跡，紀異聞。……讀書人或鄙為俚俗，斥為諺文，然而人人慣用。數歲小兒，學語之後，能讀假字，即能看小說作家書，甚便也。……蓋語言與文字合而為一，絕無障礙，是以用之便而行之廣也。」[88]假名的應用促進了小說的盛行，小說的盛行促進了文化的普及，帶來社會文化的巨大變化。黃遵憲正是從這一角度提倡小說，並論證他的「語言與文字合，則通文者多」的理論觀點的。

　　但是另一方面，黃遵憲的言論出自那樣一個小說難登大雅之堂，被目為「壯夫弗為」之「小道」的時代，並且是在上之朝廷，「期於有用」[89]、「期適用也」[90]的帶有明確政治目的的學術著作中論及小說，必然會引起朝野對小說的刮目相看，客觀上對提高小說的地位，促進中國小說的發達，具有不可忽視的意義，也表現了黃遵憲超群深邃的識見。黃遵憲從改革社會的角度重視小說，與戊戌變法失敗後梁啟超宣導的以小說為改造社會之工具的「小說界革命」的思想基點是

87 黃遵憲：《日本國志》卷三十三《學術志二》，光緒十六年（1890年）羊城富文齋刊本，頁7。

88 黃遵憲：《日本國志》卷三十三《學術志二》，光緒十六年（1890年）羊城富文齋刊本，頁4。

89 鄭子瑜、實藤惠秀編校：《黃遵憲與日本友人筆談遺稿》（東京：早稻田大學東洋文學研究會，1968年），頁284。

90 黃遵憲：《凡例》，《日本國志》卷首，光緒十六年（1890年）羊城富文齋刊本，頁4。

相通的。可以說，黃遵憲在《日本國志》中對小說的關注，是梁啟超宣導的「小說界革命」的思想先導。

　　黃遵憲「語言與文字合，則通文者多」的思想，從理論上回應了他渴望「文章巨蟹橫行日，世變群龍見首時」，相信文章「竟有左右世界之力」的文學功能論，是他著重強調文學社會作用的理論取向在文學語言形式問題上的必然結果。其出發點是為了全民文化水準的提高，為了文學深入民間，為了文學功能的最好發揮，為了思想啟蒙和社會變革。另一方面，這一思想也順應了文學語言發展的內部規律和變革趨勢，在深受進化論思想影響的中國近代知識分子中，容易獲得共識，產生共鳴，發生深遠的歷史影響。

　　黃遵憲「語言與文字合，則通文者多」的主張，是中國近代倡言文體改革、走向語文合一的第一聲吶喊，揭示了文學發展的內部規律，有著重要的文學思想史乃至文化史意義。它是光緒二十三年（1897）裘廷梁「崇白話而廢文言」[91]思想和梁啟超光緒二十五年（1899）在《汗漫錄》（《夏威夷遊記》）中首倡的「文界革命」的理論先導，也是戊戌變法時期大為盛行的「新文體」的思想先驅。而且，黃遵憲的這一主張與裘廷梁、梁啟超等文學思想家的努力一道，直接影響了五四時期的白話文運動，給後來者以理論上的啟迪，樹立了實踐上的榜樣。

五　文界無革命，而有維新

　　每一時代的文學，都是文學發展進程中的一個環節，歷代文學家

91　裘廷梁：《論白話為維新之本》，舒蕪、陳邇冬、周紹良、王利器編選：《中國近代文論選》，（北京市：人民文學出版社，1959年），頁177。

對文學發展多有論述，劉勰即指出：「時運交移，質文代變」[92]，「文變染乎世情，興廢繫乎時序」。[93]黃遵憲沒有專門的文學發展論，甚至沒有明確表達對於文學發展的認識，但是，從他的一些文字中，從他的思想、行事、學術等方面，可以認識他的文學發展觀的某些側面。

戊戌變法前後，一場由維新派人士宣導的文學改革運動方興未艾。光緒二十三年（1897），裘廷梁發表《論白話為維新之本》一文，列舉白話之八益，明確提出了「崇白話而廢文言」[94]的口號，認為「愚天下之具，莫文言若；智天下之具，莫白話若」[95]，代表了當時激進的主張。光緒二十五年十一月（1899年12月），梁啟超在所著《汗漫錄》中，倡言「詩界革命」與「文界革命」。光緒二十八年十月（1902年11月），梁啟超又在《論小說與群治之關係》中，提出「小說為文學之最上乘」，張開了「小說界革命」的旗幟。[96]一時之間，文學發展與文體演變等問題，成為一批文學改革家關注的熱點之一。

嚴復翻譯的西方哲學社會科學名著陸續出版，具有巨大的思想啟蒙價值，影響了不止一代中國知識分子。從思想傾向上看，可以說嚴復也是「文界革命」的同路人之一，但他在翻譯語言的選擇上，卻絕不肯走通俗化的道路。光緒二十七年至二十八年（1901-1902），嚴復翻譯的《原富》出版，梁啟超立即在《新民叢報》加以推薦，並對譯

---

92 劉勰著，詹鍈義證：《文心雕龍義證》（上海市：上海古籍出版社，1989年），頁1653。

93 同上書，頁1713。

94 裘廷梁：《論白話為維新之本》，舒蕪、陳邇冬、周紹良、王利器編選：《中國近代文論選》（北京市：人民文學出版社，1959年），頁177。

95 同上書，頁180。

96 舒蕪、陳邇冬、周紹良、王利器編選：《中國近代文論選》（北京市：人民文學出版社，1959年），頁158-161。筆者按：該書收錄此文標題為《小說與群治之關係》，茲取通用標題。

文過求淵雅提出了商討意見。光緒二十八年（1902），《新民叢報》以
《與〈新民叢報〉論所譯〈原富〉書》為題，發表嚴復致梁啟超書
信，信中說：「且文界復何革命之有？持歐洲挽近世之文章，以與其
古者較，其所進者在理想耳，在學術耳，其情感之高妙，且不能比肩
乎古人；至於律令體制，直謂之無幾微之異可也。……若徒為近俗之
辭，以取便市井鄉僻之不學，此於文界，乃所謂陵遲，非革命也。」[97]
很明顯，嚴復對「文界革命」不以為然，對文學發展與文體演變持保
守態度。

　　黃遵憲雖然僻居家鄉，既老且病，但仍然注視著文壇的狀況，關
心著文學的發展。他熱情地致信嚴復，討論翻譯問題。也是在這封信
裏，表達了他對文學發展的看法。他說：

> 公以為文界無革命，弟以為無革命而有維新。如《四十二章
> 經》，舊體也。自鳩摩羅什輩出，而內典別成文體，佛教益盛
> 行矣。本朝之文書，元明以後之演義，皆舊體所無也，而人人
> 遵用之而樂觀之。文字一道，至於人人遵用之樂觀之，足矣。[98]

　　黃遵憲認為：第一，文學是持續發展的，文體也不斷演變更迭，
這是一個動態的開放的歷史過程，而非固定的、僵化的、封閉的過
程；第二，文學發展與文體演變是漸變的、緩進的，是一個不斷吸收
新鮮質素、揚棄陳舊渣滓的自我完善過程，而不是驟變的、劇烈的、
激進的過程；第三，既然如此，那麼作為一定文化歷史條件下、一定
文學發展時段中的個人，就應該正確認識文學發展與文體演變的個性

97 王栻編：《嚴復集》第三冊（北京市：中華書局，1986年），頁516。
98 黃遵憲：《與嚴幾道書》，錢仲聯輯：《人境廬雜文鈔》（下），《文獻》第八輯）（北
　京市：書目文獻出版社，1981年），頁84。

特徵，尊重文學自身變革揚棄的內部規律，既要使文學愈來愈適應時代與人的需求，又要保持文學應有的獨立品格，以保證它的持續發展與繁榮昌盛。因此，對文學運動的宣導，對文學的變革就應當採取「維新」的方式，即溫和穩健、循序漸進、有變有襲的方式；而不宜採用「革命」的方式，即劇烈的、破壞的、情緒化的方式。

黃遵憲的這一思想，表明他對文學發展問題的長期思索，對文體演變問題的一貫關注，也融入了他的人生經驗。這種文學發展觀念與他的政治思想、學術思想相呼應，體現著他一貫的富於獨立意識、深邃冷靜、豁達穩健的思想品格。這種思想特點與思考方式既不同於裘廷梁等的急躁激進，也不同於嚴復等人的過於保守，與那些頑固愚昧的冬烘先生相較，更不啻天壤之別。

黃遵憲的文學發展觀也體現在他的詩歌創作實踐中。他的詩歌探索，十分注意現實性與可行性，處處表現出中和穩健，不過激也不墨守的特色。他斟酌於通變之間，栝乎雅俗之際，求索在古今交替之世，博採於中西文學之中，力圖創造「足以自立」的「我之詩」，顯示出獨具一格的思想特徵與創作姿態。黃遵憲的文學發展觀念與詩歌創作實踐之間形成了協調一致的關係。

晚年黃遵憲曾在致梁啟超的書信中說：「日本所謂新體詩何如？吾意其於舊和歌更易其詞理耳，未必創調也。」[99]從這種對日本文學的關切中，又可以看到黃遵憲對文學改革的基本看法。雖然已無從進行實地考察，但他推測日本的新體詩應該在舊和歌的基礎上發展起來，需要就其詞理作一定的變更改造，而不一定採取廢棄舊和歌、重新創造全新的詩體的方式。實際上，這種態度與他的文學「無革命而

---

99 北京圖書館善本組整理：《黃遵憲致梁啟超書》，《中國哲學》第八輯（北京市：生活‧讀書‧新知三聯書店，1982年），頁376。

有維新」的思想是一致的。他曾與梁啟超討論如何創作「報中有韻之文」的問題，認為「當斟酌於彈詞、粵謳之間」，「易樂府之名而曰雜歌謠；棄史籍而採近事」。[100]這種轉益多師、在繼承中求新變、化腐朽為神奇的思想方法，與他的文界「無革命而有維新」的理論又是協調一致的。

黃遵憲文界「無革命而有維新」的思想，與他的政治思想、學術思想和歷史文化觀念相一致。從對他文化思想的整體考察中，可以發現其文學發展觀的深厚思想基礎。溫和穩健，開放務實，不過激，不墨守，反空疏，反封閉，這是黃遵憲一生治學、為政、寫詩、論文的主導風格和一貫特色。這種思想特點，愈到晚年，就表現得愈集中、愈充分。

晚年，他的確說過：「棄而不可留者，年也；流而不知所屆者，時勢也。再閱數年，加富爾變而為瑪志尼，吾亦不敢知也。」[101]他又曾說過：「二十世紀之中國，必改為立憲政體。今日有識之士，敢斷言決之。無疑義也。雖然，或以漸進，或以急進，或授之自上，或爭之自民，何塗之從而達此目的，則吾不敢知也。」[102]切實地說，這些表述難以作為黃遵憲主張「革命」的充分證據。在這裏，他至多是表示並不排除由於時勢的發展變化，加富爾有可能變而為瑪志尼，即有可能由主張君主立憲轉變為傾向民主共和。這種通達豁然、明智開放的思想方式，其實是黃遵憲一貫的思想特點。「吾不敢知也」、「余烏知夫」之類帶有推測意味的表達，也經常出現在他的筆下。

同樣，黃遵憲也並沒有排除發生「急進」或「爭之自民」的社會

---

100 北京圖書館善本組整理：《黃遵憲致梁啟超書》，《中國哲學》第八輯（北京市：生活・讀書・新知三聯書店，1982年），頁398。

101 同上書，頁376。

102 同上書，頁388。

劇烈變革的可能性。但他的理想,是「二十世紀之中國,必改而為立
憲政體」,他相信,「中國之進步,必先以民族主義,繼以立憲政體,
可斷言也」。[103]而且,更足以表現黃遵憲政治思想和歷史觀念的是下
面這樣的話:

> 若夫後生新進愛國之士有唱革命者,唱類族者,主分治者,公
> (引者按:指梁啟超)亦疑其非矣。吾姑無論理之是非,議之
> 當否。然決其事之必無幸成也。[104]今日當道實既絕望,吾輩終
> 不能視死不救。吾以為當避其名而行其實,其宗旨:曰陰謀,
> 曰柔道;其方法:曰潛移,曰緩進,曰蠶食;其權術:曰得寸
> 得寸,曰闖首擊尾,曰遠交近攻。[105]當明治十三四年,初見盧
> 騷(引者按:今譯盧梭)、孟德斯鳩之書,輒心醉其說,謂太
> 平世必在民主國無疑也。既留美三載,乃知共和政體萬不可施
> 於今日之吾國。自是以往,守漸進主義,以立憲為歸宿,至於
> 今未改。[106]公(引者按:指梁啟超)以為由君權而民政,一度
> 之破壞終不可免,與其遲發而禍大,不如速發而禍小。僕以為
> 由蠻野而文明,世界之進步必積漸而至,實不能躐等而進,一
> 蹴而幾也。[107]

由此可見,黃遵憲的主要觀點是:其一,就當時中國的社會狀況
來說,「革命」不合時宜,也絕不會取得成功,而應當選擇「維新」

---

103 同上書,頁386。
104 北京圖書館善本組整理:《黃遵憲致梁啟超書》,《中國哲學》第八輯(北京市:生
　　活‧讀書‧新知三聯書店,1982年),頁389。
105 同上書,頁382。
106 同上書,頁379。
107 同上書,頁391。

的道路，採取「漸進」的方式。其二，「守漸進主義，以立憲為歸宿」，是歷經日本、歐美，考察各國政治，並結合中國社會實際形成的政治歷史觀，直至晚年都未曾改變。其三，社會歷史的發展，世界文明的進步，是一個漸變的歷史過程，而不是劇變的；人應當遵循這一規律，不可強行採取「躐等而進」的方式，以求一蹴而就。由此可見，黃遵憲文界「無革命而有維新」主張的深厚思想基礎，或者說，黃遵憲的文學發展觀是他政治歷史觀在文學方面的投影和反射。

黃遵憲文界「無革命而有維新」的思想，揭示了文學發展過程中的一般規律，反映了文體演變的一般進程，不僅符合文學發展運動的內在邏輯和基本事實，有相當的理論價值，而且給文學家們以有益的啟示：應該有意識地遵從文學自身的發展規律，順應文體演變的正常途徑，從而對文學自身個性的展現，對保證文學的常態發展，均有一定的實踐意義。

另一方面，正如黃遵憲改良維新的政治觀、漸變溫和的歷史文化觀存在的局限性一樣，他的文學發展觀也存在著不可避免的理論誤區。他否定了文學發展運動中的漸變過程中，某些時候可能發生的劇變現象，即持續「維新」過程中可能帶來的「革命」。他也未曾認識到漸變之中實際上包含著劇變的因素，漸變是劇變的積累和醞釀，劇變是漸變的結果和集中表現。他把二者的關係簡單對立起來，沒有認識到它們之間相互轉化的可能性和對立統一的辯證關係。由此，我們看到了黃遵憲由於政治歷史觀的局限帶來的文學發展觀上的片面性。

黃遵憲是那個時代中國知識分子的先行者。黃遵憲的局限乃是一種時代的、歷史的局限，黃遵憲的貢獻乃是對中國近代文學思想史的獨特貢獻。在他的年代裏，具有這樣有文學發展觀念已屬難能可貴，已達到了歷史條件所能允許的最大限度。

黃遵憲文界「無革命而有維新」的思想在當時發生了很大影響。

梁啟超曾表示「生平論詩，最傾倒黃公度」[108]，並推之為「詩界革命」的典範。雖然「革命」一詞在黃遵憲那裏是經常被拒斥的，但他仍然引梁啟超為自己的同道，他對「詩界革命」也並未表示過反對。這實際上並不矛盾。梁啟超將「詩界革命」的宗旨概括為「鎔鑄新理想以入舊風格」[109]，「以舊風格含新意境」[110]，或者「以新理想入古風格」[111]，明確指出「革命者，當革其精神，非革其形式」[112]，這實際上已不是現代意義上的以極端的手段和劇烈的方式徹底改革詩歌內容與形式的「革命」，而只是與維新派政治主張相應的一次詩歌「維新」和「改良」，是一種「舊瓶裝新酒」式的改革。同時或稍後發生的「文界革命」、「小說界革命」亦均可作如是觀。因此，雖然黃遵憲從未宣佈參加這場文學「革命」，但事實上，他的理論主張和創作實踐，均對當時的文學革新運動產生了深刻影響。

不論從理論上和實踐上看，還是從邏輯上和事實上看，都可以說，黃遵憲是晚清文學革新運動的先行者、同路人和支持者，也是這次文學改革的實際參加者。他以自己傑出的詩歌創作和理論觀念，在這次文學革新運動中樹立起一面具有榜樣價值的旗幟。

六　詩之為道，至博而大

中國歷來有「文如其人」的說法，西方亦有「風格即人」的表述。文學風格確是文學思想史上的重要問題之一。黃遵憲論述文學風

108 梁啟超著，舒蕪校點：《飲冰室詩話》（北京市：人民文學出版社，1959年），頁4。
109 同上書，頁2。
110 同上書，頁51。
111 同上書，頁107。
112 同上書，頁51。

格的文字並不是很多，但理論的價值與意義並不是僅僅決定於字數的多寡。從他的思想和創作中可以看到他對文學藝術風格的一貫重視。梁啟超曾說黃遵憲是「重風格者」[113]，關於文學藝術風格的思考與表述，應當是黃遵憲文學思想的一個重要組成部分。

黃遵憲主張文學風格的多樣化，對不同的藝術風格、不同的藝術傾向和美學趣味採取了相容並包的寬容態度。作為一位具有豐富創作實踐經驗的理論家，深刻認識到多彩多姿的藝術風格對文學繁榮發展的重要性。他以博大的理論胸懷，深邃的藝術眼光，多次指出各種各樣的文學風格和美學特徵均不可或缺，都為文學發展所必需。

早在光緒五年（1879），黃遵憲即在與日本友人的筆談中論及文學風格問題。他指出：

> 詩之纖靡，一由於性，一由於習，習之弊又深於性。欲挽救
> 之，仍不外老生常談，曰：多讀書，以廣其識，以壯其氣；多
> 讀杜韓大家，以觀其如何耳。[114]是有性焉，有習焉，不可強而
> 能也。雖然，詩之為道至博而大，若土地焉，如名山大川，自
> 足壯人；則一丘一壑，亦有姿態，不可廢也。[115]

黃遵憲認為：首先，作家個人性格志趣與創作習慣對其藝術風格的形成具有決定性的影響，作家應根據個人和時代的具體條件有意識調整與發展自己的創作，追求自己的獨特風格，不必強求一律，形成完全相同的風格特色；其次，這是因為，詩的藝術風格和美學風貌

---

113 梁啟超：《汗漫錄》，鍾叔河主編：「走向世界叢書」之《歐洲十一國遊記二種・新大陸遊記及其它・癸卯旅行記・歸潛記》（長沙市：嶽麓書社，1985年），頁594。
114 鄭子瑜、實藤惠秀編校：《黃遵憲與日本友人筆談遺稿》（東京：早稻田大學東洋文學研究會，1968年），頁288。
115 同上書，頁289。

「至博而大」，就像茫茫大地的博大廣袤、氣象萬千一樣，「名山大川」般的壯闊雄奇，「一丘一壑」似的玲瓏秀美，均「不可廢也」，都應該得到充分的發展；再次，而且，正是眾多的色彩紛呈的藝術風格構成了文學的總體風貌，各種不同風格的自由發展，爭奇鬥豔，正是菁英薈萃的文學藝術局面形成的重要標誌；最後，各種風格也是在比較中，在競爭中，在交流中得到充分的展現，在文學的整體格局中才真正顯示出其意義和價值。用黃遵憲自己的話說，就是正是眾多的「一丘一壑」構成了「名山大川」，也正是在「名山大川」的映襯下才顯示出「一丘一壑」的姿態與價值。

　　光緒十七年（1891），黃遵憲在《人境廬詩草‧自序》中再次提及文學的藝術風格問題：「其煉格也，自曹、鮑、陶、謝、李、杜、韓、蘇迄於晚近小家，不名一格，不專一體，要不失乎為我之詩。」[116]從列舉的這一長串著名詩人中我們看到，他對詩壇藝術風貌的千姿百態多有認同，對這些詩人藝術創作的自成律度表示欣喜，同樣體現了追求藝術風格多樣化的思想。光緒二十八年（1902），他在致梁啟超的書信中又一次論及這一問題，指出：「報中有韻之文，自不可少。然吾以為不必仿白香山之《新樂府》、尤西堂之《明史樂府》。（西堂以前有李西淮樂府甚偉，然實詩界中之異境，非小說家之枝流也。）當斟酌於彈詞、粵謳之間，或三或九，或七或五，或長短句；或壯如《隴上陳安》，或麗如《河中莫愁》，或濃至《焦仲卿妻》，或古如《成相篇》，或俳如俳枝詞。（即駱駝無角，奮迅兩耳之辭也。）易樂府之名而曰雜歌謠，棄史籍而採近事。」[117]可見，黃遵憲主張在廣泛

---

116 錢仲聯：《人境廬詩草箋注》卷首（上海市：上海古籍出版社，1981年），頁3。
117 北京圖書館善本組整理：《黃遵憲致梁啟超書》，《中國哲學》第八輯（北京市：生活‧讀書‧新知三聯書店，1982年），頁398。筆者按：此段文字原標點有誤，筆者重新標點。

繼承以往優秀文學成果的基礎上，創作一種眾體兼備、風格多樣、面貌獨具的「雜歌謠體」韻文，著重強調創造多姿態的藝術風貌和豐富的美學意蘊。他還特地拈出壯（悲壯）、麗（華麗）、濃（濃豔）、古（古雅）、俳（俳諧）等風格範疇，作為「雜歌謠」努力的方向，顯示了他對藝術風格的廣泛追求，也是他「詩之為道，至博而大」，「不名一格，不專一體」藝術風格思想的進一步發展。

　　黃遵憲主張發展多彩多姿的藝術風格，力求營造眾體兼備、多格並存、泱泱大風的文學局面，保證文學的蓬勃發展，不斷前進。這一理論主張也體現在他的創作實踐中。翻開他留下的一千一百多首詩歌，首先感受到的是多向的美學追求和多姿的藝術風格。在人境廬詩的名篇之中，就有《馮將軍歌》的雄壯，有《支離》、《雁》的憂憤，有《拜曾祖母李太夫人墓》的古雅，有《度遼將軍歌》的諧謔，有《登巴黎鐵塔》的雄奇，有《新嫁娘詩》的溫馨，有《山歌》的曉暢天成，有《日本雜事詩》的亦詩亦史。正如陳融所說，黃遵憲詩「光怪陸離，悉入囊橐」[118]。又如汪辟疆指出的，黃遵憲「中歲以後，肆力為詩，探源樂府，旁採民謠，無難顯之情，含不盡之意。又以習於歐西文學，以長篇敘事，見重藝林，時時傚之，敘壯烈則繪影模聲，言燕昵則極妍盡態。其運陳入新，不囿於古，不泥於今，故當時有詩體革新之目。曾重伯、梁卓如尤推重之，雖譽違其實，固一時巨手也」[119]。可見，黃遵憲這種多向的美學追求和多彩的藝術風貌確是一位詩壇大家走向成熟的標誌，這種博大的理論胸懷和深邃的藝術眼光也確是一位文學思想家必備的理論品質。

---

118 陳融：《顒園詩話》，錢仲聯主編：《清詩紀事》第十八冊光緒宣統朝卷（南京市：江蘇古籍出版社，1989年），頁12387。

119 汪辟疆：《近代詩派與地域》，《汪辟疆文集》（上海市：上海古籍出版社，1988年），頁315-316。

　　追求文學風格的豐富性與多樣化並不是黃遵憲藝術風格論的理論
終點，他一再強調的「足以自立」的「我之詩」便是明證。作為一位
以豐富的創作實踐為基礎的文學思想家，黃遵憲在認同、創造眾多繁
富的藝術風格之基礎上，還有自己的美學偏愛，有自己主導的風格
追求。

　　從個人氣質和才情的角度來看，黃遵憲更傾向於宣導雄渾壯美的
風格，更熱衷於創作富有陽剛之氣的詩篇。光緒五年（1879），黃遵
憲（字公度）與日本友人石川英（字鴻齋）談到當時日本的文人和文
章，二人有這樣一段筆談：

> 公度：僕之蓄於胸中未告人者曰：日本文人之弊，一曰不讀
> 書，一曰器小，一曰氣弱，一曰字冗，是皆通患，悉除之，則
> 善矣。鴻齋：僕輩未免此病，頂門一針，可愧可愧！公度：大
> 約日本之文，為遊記、畫跋、詩序則甚工；求其博大昌明之
> 文，不可多得也。近來《曾文正文集》，亦日本之所無也。[120]

　　黃遵憲在此所推崇的「博大昌明之文」，包含文學內容與體裁的
因素，但更重要的是指文學的藝術風格和美學特徵。「博大昌明」即
是一種雄渾壯美的風格。他所指出的日本文人之弊中的「器小」、「氣
弱」等等，也是友好誠懇地勸說，要日本作家強化陽剛之氣，這是創
作「博大昌明之文」的前提。

　　也是在日本時，黃遵憲在給王韜的書信中稱讚王韜的詩作道：
「弟每讀近人詩，求其無釃齷氣，無羞澀態者，殊不可多得。先生之

---

120 鄭子瑜、實藤惠秀編校：《黃遵憲與日本友人筆談遺稿》（東京：早稻田大學東洋
　　文學研究會，1968年），頁279-281。

詩，盡洗而空之，凡意中之所欲言，筆皆隨之，宛轉屈曲、夭矯靈變而無不達。」[121]黃遵憲深以為貴的「無齷齪氣，無羞澀態」之作，實際上就是具有清新明朗、雄渾豪放、率真本色風格的作品，再次透露出他的藝術偏愛。晚年時，黃遵憲又曾致書梁詩五說：「向來愛詩五，正以其兒女情短，風雲氣多。」[122]他對梁詩五詩歌的推重，正因為其以雄渾的陽剛之美為主體風格，詩中蘊含著令人振奮、給人力量的風雲之氣，而不是彌漫著香軟纏綿、豔冶綺靡的「兒女之情」。可見，黃遵憲對具有陽剛之氣的雄厚奇壯美、豪放闊大風格的確多有偏愛，這種偏愛與他多種風格共生並存的主張一樣，是他一貫的思想。

這一思想也可以從黃遵憲的文學創作實踐中得到驗證。如果對人境廬詩作一動態考察，就可以發現其藝術風格的發展變化，經歷了由稚嫩走向成熟，由流麗輕巧走向隱憂深重的過程，直至形成了獨特的藝術風貌。黃遵憲本人也說及這一點。他在光緒二十三年（1897）所作的一首詩的序言中寫道：「重伯序余詩，謂古今以詩名家者，無不變體；而稱餘善變，故詩意及之。」[123]光緒二十五年（1899）他又說：「往歲，曾重伯太史序吾詩，稱其善變，謂世變無窮，公度之詩變亦無窮。余奚足語此？」[124]此處之「善變」，自然也包括藝術風格與美學情趣之變。雖然黃遵憲此處不無謙虛之意，但曾廣鈞（字重伯）之品評確為有識之見。

---

121 陳錚編：《黃遵憲全集》（北京市：中華書局，2005年），頁325。

122 黃遵憲：《致梁詩五書》，錢仲聯主編：《明清詩文研究資料集》第一輯（上海市：上海古籍出版社，1986年），頁310。

123 黃遵憲：《酬曾重伯編修》詩注，錢仲聯：《人境廬詩草箋注》卷八（上海市：上海古籍出版社，1981年），頁761。

124 黃遵憲：《劉庵〈盆瓴詩集〉序》，陳錚編：《黃遵憲全集》（北京市：中華書局，2005年），頁283。

　　錢鍾書曾指出黃遵憲早年詩歌「傖氣尚存，每成俗豔」[125]、「失之甜俗」[126]的風格特色，一派少年人的氣息，不無批評之意。梁啟超也早已注意及此，嘗說：「《人境廬集》中，性情之作，紀事之作，說理之作，沉博豔麗，體殆備矣，惟綺語絕少概見，吾以為公度守佛家第七戒也。頃見其《都踴歌》一篇，不禁撫掌大笑曰：『此老亦狡獪乃爾！』」[127]早年所作《新嫁娘詩》以及任駐日使館參贊期間與日本友人筆談時隨意寫下的多篇詩作，更是黃遵憲綺麗豔冶詩風的典型代表。

　　隨著詩人閱歷的加深，見識的開闊，思想的進步，也由於時代危難，民生多艱，民族危機日甚，黃遵憲的詩歌不斷發展，藝術風格亦隨之變化。光緒十六年至十七年（1890-1891），黃遵憲年過不惑的時候，詩歌創作已由青年時期的充滿自信和才情勃發，逐漸變得隱憂深重，滿懷感傷。最大的轉變是戊戌變法失敗、黃遵憲被放歸田園之後。此後，他的詩歌風格愈來愈變得深沉凝重，沉鬱頓挫，悲愴蒼涼，一時寫下了很多享有「詩史」之譽的詩篇，並由此獲得了「硬黃」[128]之譽。可以說，愈是到晚年，黃遵憲愈是傾向於雄渾粗豪的陽剛之美；愈是走向成熟，黃遵憲的創作愈是貼近那個時代，作品中愈是清晰地展現著社會的風雲，傳達著歷史的律動。

　　從黃遵憲一生的創作來看，他的確有過多種的藝術追求和創作嘗試，留下了具有多種美學特徵的蘊含豐富的作品。但是創作成就最高、最能代表黃遵憲詩歌藝術風貌的，還是那些大聲鏜鎝、氣勢雄渾的詩篇。談及人境廬詩時，許多人也願意從這一角度著眼。狄葆賢嘗

---

125 錢鍾書：《談藝錄》（補訂本）（北京市：中華書局，1984年），頁23。

126 同上書，頁347。

127 梁啟超著，舒蕪校點：《飲冰室詩話》（北京市：人民文學出版社，1959年），頁34。

128 李詳：《題黃公度人境廬詩草》，李詳著，李稚甫點校：《李審言文集》（南京市：江蘇古籍出版社，1989年），頁1318；錢基博：《現代中國文學史》（長沙市：嶽麓書社，1986年），頁383。

雲人境廬詩「悲壯激發」[129]，袁祖光稱其「雄厚闊淋漓」[130]，錢基博
評曰「規模既大，波瀾亦宏」[131]，這些評論可謂抓住了黃遵憲詩歌的
主導藝術風格和最大藝術魅力之所在。

　　總之，黃遵憲在文學的藝術風格方面的主張是：一方面要發展豐
富多彩的藝術風格，造就百花爭妍的美學風貌，以保證文學的持續發
展和不斷繁榮，表現了一位文學思想家的歷史責任感和理論深度。另
一方面，要根據作家的個性特徵和時代需要，有意識、有目的地創造
自己的文學風格，形成獨特的美學風貌，以保證作家藝術生命之樹的
常青。就他個人而言，就是追求豪放壯美、氣勢雄渾、充滿陽剛之氣
的風格特色。這一點，又展現了一位詩人的敏銳思考和藝術灼見。而
且，在發展多種風格與創造自己的獨特風格之間，形成了一種對立統
一、相互轉換的關係。前者是後者的前提和背景，後者是前者的發展
和具體化；多種風格是具體風格的集合和總匯，主導風格是構成多種
風格的要素；而且，任何一種風格都只有在與其它風格的聯繫比較
中，才能顯示出其價值和地位。

　　黃遵憲的這種多種風格與主導風格對立統一的藝術風格論，與他
文學思想的其它方面的某些觀點一樣，具有樸素辯證法的思想特色，
具有比較長久的理論價值和實踐意義。黃遵憲是他的藝術風格主張的
第一位實踐者，同時，他豐富的創作經驗又在不斷地為豐富發展他的
理論思想提供生動的藝術回饋信息。黃遵憲藝術風格論中的許多見解
超出了他的同時代人，顯示出在中國近代文學思想史上的獨特貢獻與

---

129 狄葆賢：《平等閣詩話》，錢仲聯：《人境廬詩草箋注》附錄（上海市：上海古籍出
　　版社，1981年），頁1275。
130 袁祖光：《綠天香雪簃詩話》，錢仲聯：《人境廬詩草箋注》附錄（上海市：上海古
　　籍出版社，1981年），頁1278。
131 錢基博：《現代中國文學史》（長沙市：嶽麓書社，1986年），頁383。

重要地位，直至今天，也不失其借鑒的價值。

　　黃遵憲的藝術風格主張不是偶然的現象，既是他文學思想發展的必然，他的文學功能論、創作論決定了他藝術風格論的理論形態；也是時代的需求、文學氛圍影響的結果。中國近代內憂外患的歷史文化環境需要這樣的理論主張和文學創作，只有這樣的文學才屬於那個時代，才有可能是那個時代的文學的主旋律；也只有這樣的文學道路才是富於時代使命感和歷史責任感的中國近代文學家的必然選擇。可以說，黃遵憲以其博大的理論胸懷和深邃的藝術灼見匯入了時代的大潮，加入了中國近代文學救亡圖存、呼喚變革、尋求真理的大合唱。

結語：我手寫我口，古豈能拘牽

　　黃遵憲的文學思想包含著較為豐富的內容，涉及到諸多重要的文學理論問題，具備一定的理論形態，擁有相當的理論深度，如文學功能論、文學創作論、文學語言論、文學發展論和藝術風格論等。考察黃遵憲文學思想各個主要方面之間的關係，還可以發現，它們之間存在著明顯的內部聯繫，形成了一種頗具特色的理論結構。黃遵憲在早年詩歌《雜感》中留下了著名的詩句：「我手寫我口，古豈能拘牽。」[132]他的文學思想也同樣具有集創造性與啟發性於一身的思想特點，不僅在中國近代文學思想史上顯示出突出的特色，而且對後來的文學理論與批評發生了重要影響。

　　「窮途竟何世，餘事且詩人」，是黃遵憲從事文學活動的根本出發點，也是他文學思想生成與發展的背景和前提。視文學為「餘事」，正是集政治運動家、啟蒙思想家、歷史學者、詩人於一身的黃

---

132 黃遵憲：《雜感》，《人境廬詩草》卷一（北京市：商務印書館，1931年），頁6。

遵憲思想觀念之必然。因此，他的文學思想，從一開始就與他的政治
思想、學術思想、文化觀念發生了深刻的關聯；或者說，他的文學思
想是他全部思想在文學方面的表現和反映。與黃遵憲一生一貫的品性
相一致，他的文學思想也同樣表現出冷靜深邃、溫和穩健、樸素務實
的獨特品格。他的文學思想以豐富的創作實踐為基礎，並在創作中得
到檢驗與發展，又有效地指導他的藝術實踐。他的文學思想與創作實
踐之間構成了比較好的信息回饋循環系統。因此，黃遵憲的文學思
想，既有明顯的理論思辨色彩，又有突出的實踐性和可行性。從政治
家、思想家、學者的角度，即非文學的角度涉足文學理論領域，闡發
文學思想主張，其必然的理論趨向是對文學社會功能、社會作用的強
烈關注和著力張揚。也就是說，從「餘事且詩人」的角度出發，必然
走向渴望文學「左右世界之力」的充分發揮，迎來「文章巨蟹橫行
日，世變群龍見首時」。這是黃遵憲思想的理論核心，是他一生努力
追求的主要目標，他的文學創作也貫串著這一思想。黃遵憲文學思想
的其它方面，均可以說是從這一核心思想中生發而出，並圍繞著這一
核心各盡其責的。對「詩之外有事，詩之中有人」的要求，對在廣泛
繼承借鑒之基礎上創造出「足以自立」的「我之詩」的企望，對文學
語言通俗化、口語化以使「通文者多」的嚮往，對文學發展過程中
「有維新」的認定，對貼近時代的豪放雄渾、「風雲氣多」風格的偏
愛，等等，都從各自的角度回應了這一文學思想核心，並且是使這一
核心得以成立，使整個文學思想獲得充實豐富的必要條件。它們在黃
遵憲的文學思想中也佔有相當重要的地位，儘管不是核心的地位。

　　另一方面，黃遵憲又是一位詩人，他不曾忘記從文學家的角度構
建他的文學思想。精湛的文學修養，豐富的創作經驗，淵博的學術功
底，使他能夠在著重強調文學社會功能的同時，也相當注意文學自身
藝術特性的展現，尊重文學的內部規律和自身價值。如一再強調以詩

「言志」的同時必須以詩「感人」，重視小說的「神采」與「趣味」，主張文學多種風格同時並存與主導風格的對立統一，關注文學變革、文學運動的現實可行性，等等。儘管這一方面在黃遵憲的文學思想中仍處於比較次要的位置，依舊是他文學思想核心的派生物。但是，作為黃遵憲文學思想的重要一翼，它們對他文學思想理論價值和實踐品格的獲得，對他文學思想中某些樸素辯證思維特點的體現，都有著重要意義；尤其對保證黃遵憲文學思想的正常發展和充分展現，避免嚴重的理論傾斜和理論畸形所產生的制約作用與均衡作用是巨大的，不可低估。

文學思想與文學主張既要適應歷史、時代的需要，又要服從文學內部規律的制約；既要匯入時代文學的主潮，又要保持自身應有的品格。黃遵憲在如何處理文學外部規律與內部規律之關係方面進行了有意義的探索，比較妥當地處理了文學外部與文學內部各方面因素之間的關係，形成了自己的理論見解，留下了可資借鑒的經驗。而且，這一點，正是黃遵憲文學思想中最值得重視的獨特的理論價值之所在，也是他對中國近代文學思想史的特殊貢獻。同時，這也是黃遵憲高於梁啟超及其它文學「革命」派人士的文學理論主張的獨特之處，當然更遠遠超越了那些保守不前的、擬古復古的文學主張，在中國近代文學思想史上具有獨特的思想意義和重要的理論價值。

黃遵憲的文學思想，是中國近代中西交匯、古今交替的特定歷史文化背景下的產物，既不同於中國古代文學思想，又有別於中國現代文學思想，而是明顯地帶有中國文化、文學過渡轉型時期的時代特徵。他既繼承了中國傳統文學思想的精華，又汲取了日本與歐美近代文學思想的某些內容，中西古今的融匯結合，使他的文學思想既具有突出的民族特色，又具有比較明顯的開放意識。在黃遵憲的文學思想中，在中國與外國之間，以中國為根本，以外國為借鑒；在古代與當

代之間，以古代為淵源，以當代為目標；在繼承與創新之間，以繼承
為基礎，以創新為旨趣，從而形成了具有時代色彩與個人特色的理論
風貌。黃遵憲比較妥當地處理了中西古今之間的關係，在中國文學近
代化的歷史進程中，取得了突出的理論成就和創作成就，留下了內容
豐富、價值獨具的歷史經驗，直至今天，仍然具有一定的借鑒價值。

　　黃遵憲的文學思想，代表了中國近代文學思想進程中的一種重要
走向，集中體現了處於內憂外患、亡國滅種的全面危機之中的一代文
學家乃至廣大知識分子的歷史責任感和道德使命感，體現了他們以文
學經邦濟世、呼喚改革、救亡圖存、尋求真理的迫切希望和執著追求。

　　黃遵憲的文學思想在當時產生了廣泛的影響，具有重要的時代意
義。宋詩派、同光體、後期桐城派、湘鄉派的某些文學家也曾給予高
度的評價，常與他贈答唱和，可見他們之間的聯繫和互相影響，以及
中國近代文壇的複雜面貌。黃遵憲對維新派文學家的影響更是直接而
深遠。僅就強調文學的社會功能、期待以文學「左右世界」這一點而
論，黃遵憲的文學思想趨向與梁啟超的文學思想乃至中國近代文學史
上的一系列文學革新運動的理論導向是相通和相關的。黃遵憲是中國
近代文學改革的理論先驅和實踐先鋒，梁啟超的文學思想最直接、最
深刻地受到黃遵憲的思想影響，尤其是梁啟超宣導的「詩界革命」、
「文界革命」和「小說界革命」，或者是受到黃遵憲文學觀念的直接
啟發，或者是得到了黃遵憲的間接支持。可以說，假如沒有黃遵憲的
努力和貢獻，中國近代文學改革運動過程和理論形態將可能是另外一
種面貌。

　　黃遵憲的文學思想，與維新派、革命派文學家的文學主張一道，
匯成了中國近代文學改革的潮流，共同展現著強烈的時代特徵，黃遵
憲是其中的先行者和領路人。黃遵憲的文學思想也與中國近代文學求
新求變、救國救民的主導走向相一致，匯入了時代文學的主潮之中。

可以說，黃遵憲與梁啟超、王國維等文學理論家一道，在中國文學近代化的歷程中，進行過不懈的努力和可貴的探索，作出了傑出的貢獻。

　　黃遵憲的文學思想還影響了五四一代文學家。如對文學功能的重視，對作品內容與現實關係的強調，詩歌通俗化、口語化的努力，語言文字合一的宣導，重視小說與民間文學，等等，均在五四運動時期被重新提出，更在一個新的歷史時期發揚光大。儘管黃遵憲的文學思想與文學主張有其特定內涵和理論出發點，與五四文學思潮有著重大區別，但後代的文學家們還是經常把他引為自己的同道，將他作為五四新文化運動某些重要方面的思想先導。

　　胡適曾高度評價黃遵憲「我手寫我口」的主張，稱之「很可以算是詩界革命的一種宣言」[133]；周作人不止一次地表示欽佩黃遵憲的思想和見識，並稱讚「其特色在實行他所主張的『我手寫我口』，開中國新詩之先河」[134]；鄭振鐸認為：「欲在古舊的詩體中而灌注以新的生命者，在當時頗不乏人，而惟黃遵憲為一個成功的作者。」[135]盛讚他的「山歌確是像夏晨荷葉上的露珠似的晶瑩可愛」[136]；朱自清也曾指出黃遵憲「新詩」的較高成就以及他對五四新詩運動的思想觀念的啟迪：「清末夏曾佑、譚嗣同諸人已經有『詩界革命』的志願，他們所作『新詩』，卻不過撿些新名詞以自表異。只有黃遵憲走得遠些，他一面主張用俗語作詩——所謂『我手寫我口』——，一面試用新思想和新材料——所謂『古人未有之物，未辟之境』——入詩。這回

---

133 胡適：《五十年來中國之文學》，《胡適古典文學研究論集》（上海市：上海古籍出版社，1988年），頁116。

134 周作人著，陳子善選編：《詩人黃公度》，《知堂集外文‧四九年以後》（長沙市：嶽麓書社，1988年），頁326。

135 鄭振鐸：《文學大綱》，「民國叢書」第四編第五十四冊（上海市：上海書店，1992年），頁2047。

136 鄭振鐸：《中國俗文學史》下冊（上海市：上海書店，1984年），頁456。

『革命』雖然失敗了，但對於民七的新詩運動，在觀念上，不在方法上，卻給予很大的影響。」[137]鄭子瑜也專門撰文指出，黃遵憲是「五四新文化運動的先驅」[138]。

這裏不擬具體討論這些論斷的理論出發點、科學性和含義指向，只是想以此表明，黃遵憲的文學創作和文學思想的確發生了深遠的影響。從這些影響之中，可以進一步加深我們對這位愛國詩人、文學思想家之地位與貢獻的認識。

---

137 朱自清：《導言》，《中國新文學大系·詩集》卷首（上海市：上海良友圖書印刷公司，1935年）、（上海市：上海文藝出版社，2003年影印本），頁1。

138 鄭子瑜：《五四新文化運動的先驅黃遵憲》，1989年7月鄭子瑜教授寄示筆者之論文手稿影本。

黃遵憲的中西文化觀與文化心態

引子：走向世界——「風乍起，吹皺一池春水」

　　主動地瞭解和有選擇地接受西方文化，是中國現代化進程中最明顯的特徵之一。這一文化進程也就是向西方近現代文化學習，從而調整與重建中國文化格局，重新尋找和確認自己的文化價值和文化立場、完成文化轉型的過程。它無疑是一個艱難而又漫長的過程。約略而言，中國文化的轉型期從19世紀中葉即已正式開始，直至目前仍在進行之中。

　　作為中國現代化初期求新聲於異邦的一位先行者，黃遵憲對西方文化的瞭解與接受，在接觸和體認西方文化時的心態，所呈現出來的思想矛盾與衝突，都是具有文化史意味的，也是頗有典型性的。從黃遵憲個人瞭解和接受西方文化的過程，從他對西方近代文化的態度和選擇中，可以認識中國文化現代化歷史進程中的某些共有的特徵。

　　從現有的資料來看，黃遵憲對西方文化開始留意並有所瞭解是在他二十歲以後。在此之前，他就是一個頭腦清醒、思維敏捷、關心時事、胸懷大志的讀書人。他用心攻讀，打下了較紮實的學術根底，對中國傳統文化中的儒、道、釋諸家都有較深切的瞭解。他青少年時也寫下不少詠懷言志之詩，表現出不同於封建社會一般讀書士子的襟懷氣概。如有詩云：「儒生不出門，勿論當世事。識時貴知今，通情貴

閱世。」[1]「要搏扶搖羊角直上九萬里，埋頭破屋心非甘。」[2]這也就是他晚年回憶所說的：「自吾少時，絕無求富貴之心，而頗有樹勳名之念。遊東西洋十年，歸以告詩五曰：『已矣！吾所學，屠龍之技，無所可用也。』蓋其志在變法，在民權，謂非宰相不可，為宰相又必乘時之會，得君之專，而後可也。」[3]

同治九年（1870），天津教案發生，二十二歲的黃遵憲還是一個普通讀書士子，但出於對國事民瘼的一貫關心，對此事極為關注，搜羅《萬國公報》和江南機器製造總局翻譯出版的書籍，細心研讀，他究心於時務從此時開始，他開始留意並瞭解西方文化亦可以此為標誌。這一時期黃遵憲瞭解和認識西方文化主要是通過閱讀有關西學的報刊和翻譯著作，這種間接的認知方式較之感同身受，未免隔了一層，但明顯地開擴了他的視野和心胸，為後來直接接觸西學、建立新的文化觀念，打下了良好的思想基礎。

光緒三年（1877），年屆而立的黃遵憲毅然捨棄了科舉之路，做出了與當時一般讀書人由舉人而繼續登進士第的追求大異其趣的選擇：隨同首任駐日公使何如璋出使日本，開始了他人生的一個新階段，也開始了他直接瞭解西學並進而接受西方思想文化的新階段。

作為駐日使館的一位參贊官，剛出國時黃遵憲的心情是自信甚至是自負的。這不僅來自對自己所做出的選擇的信心，更出自對中國文化的自信和自負。在傳統中國人的觀念中，日本一直是個蕞爾小邦，中華相對於東瀛，總是擁有一種無庸質疑的居高臨下的優越感。黃遵

1　黃遵憲：《感懷》，《人境廬詩草》卷一（北京市：商務印書館，1931年），頁1。

2　黃遵憲：《庚午中秋始識羅少珊文仲於矮屋中遂偕詩五共登明遠樓看月少珊有詩作此追和時癸酉孟秋也》，《人境廬詩草》卷一（北京市：商務印書館，1931年），頁16。

3　黃遵憲：《黃遵憲致梁啟超書》，《中國哲學》第八輯（北京市：生活・讀書・新知三聯書店，1982年），頁375-376。

憲此刻的心態同這種傳統觀念相較，並無大的差異。由此亦可見，當時他對中國以外的世界的瞭解是何其有限，對中國之世界地位的認識是多麼模糊不清，當然也可以從中看到此時黃遵憲對西方文化的瞭解程度並不深。從後來所作詩歌中可以看到他當時的文化心態：「浩浩天風快送迎，隨槎萬里賦東征。使星遠曜臨三島，帝澤旁流遍裨瀛。大鳥扶搖搏水上，神龍首尾挾舟行。馮夷歌舞山靈喜，一路傳呼萬歲聲。」[4]然而，一到日本，黃遵憲看到的明治維新之後日本社會各方面發生的深刻變化，顯示出來的生機活力，那種自信自負的優越感陡然為一種意料不到的深刻的危機感所代替，他的思想也第一次陷入難以自拔的困惑之中。中西文化的某些方面在黃遵憲思想意識中構成的衝突，也從此開始。

一　價值觀：從「微言刺譏」到讚譽「亦有足多」

懷有一種居高臨下的文化優越感來到日本的黃遵憲，接觸異質文化的心理準備相當不足。出使日本一事對他來說並不突然，但明治維新以後日本文化給他的感覺卻是意外的。初至日本，他立即陷入了一種文化困境之中。

出於正常的文化防禦心理，黃遵憲有一段時間對日本文化採取了抵拒的態度，對耳聞目睹的日本文化歷史、社會政治狀況大不以為然，倒是與日本的某些保守人士多有同感。如他所說：「餘所交多舊學家，微言刺譏，諮嗟太息，充溢於吾耳。」[5]他自己也正是在這些

4　黃遵憲：《由上海啟行-長崎》，《人境廬詩草》卷一（北京市：商務印書館，1931年），頁1。

5　黃遵憲：《日本雜事詩·自序》，錢仲聯：《人境廬詩草箋注》（上海市：上海古籍出版社，1981年），頁1095。

舊學家的「微言刺譏」之言和「諮嗟太息」之聲中，產生了如遇知音之感，獲得了文化心理的些許平衡。面對「近來西學大行，乃有倡米利堅合眾國民權自由之說者」[6]的情形，黃遵憲就說過這樣的話：「近者士風日趨於浮薄，米利堅自由之說，一倡而百和，則竟可以視君父如敝屣。所賴諸公時以忠義之說維持世教耳。」[7]也就是他所記載的：「德川氏主政二百餘年，深仁厚澤，民不能忘。還政以來，父老過芝山東照宮，多有焚香泣拜者。舊藩士族，維新後窮不自聊，時時有盛衰今昔之慨。」[8]他後來在《櫻花歌》中寫道：「道旁老人三嗟諮，菊花雖好不如葵。即今遊客多如鯽，未及將軍全盛時」；「仍願丸泥封關再閉一千載，天雨新好花，長是看花時」。[9]雖是寫舊藩士族在明治維新以後的今昔盛衰之感，但不能不說其中透露出黃遵憲本人當時的文化心態。

這樣的心理危機雖然並未持續很久，卻是相當值得重視的。它表明黃遵憲在初步接觸到一種異質文化時的心態，透露出他當時價值系統與信仰系統中的矛盾困惑和文化選擇時的無所適從之感。這樣的情形幾乎是文化傳播與交流過程中的一種具有普遍意義的現象，也是一種具有文化史意味、具有重要研究價值的現象。

到日本後的第二年（光緒四年，1878），他已經在很大程度上正確地認識理解了日本明治維新以後的新文化，在很多方面接受了近代日本文化的影響，並向中國介紹日本和西方文化了。黃遵憲文化心態轉變的最重要的標誌就是開始認真地學習瞭解日本的發展歷史，體察

6　黃遵憲：《日本雜事詩》第六首自注，光緒五年（1879年）同文館集珍版，頁4。

7　鄭子瑜、實藤惠秀編校：《黃遵憲與日本友人筆談遺稿》（東京：早稻田大學東洋文學研究會，1968年），頁232。

8　黃遵憲：《日本雜事詩》第二十九首自注，光緒五年（1879年）同文館集珍版，頁14。

9　黃遵憲：《櫻花歌》，《人境廬詩草》卷三（北京市：商務印書館，1931年），頁5-6。

關注日本明治維新以後的社會現實，開始撰著日本研究學術著作《日本雜事詩》和《日本國志》。在這一過程中，黃遵憲對西學確有較為深切的瞭解，但他並沒有拋棄中學，在他看來，不論就當時日本已經取得的成果而言，還是就日本未來的發展進步來說，中學和西學都已發揮並將繼續發揮巨大作用，均有價值，不可偏廢。他明確表示：「維新以來，廣事外交，日重西法，於是又斥漢學為無用，有昌言廢之者。雖當路諸公知其不可，而漢學之士多潦倒擯棄，卒不得志。明治十二三年，西說益盛。」又說：「夫日本之傳漢學也如此其久，其習漢學也如此其盛，而今日顧幾幾欲廢之，則以所得者不過無用之漢學，芻狗焉耳，糟粕焉耳。於先王經世之本，聖人修身之要，未嘗用之，亦未嘗習之也。自唐以來，惟習詩文；自明以來，兼及語錄。夫辭章之末藝，心性之空談，皆儒者末流之失，其去道本不可以道里計。而日本之學者，乃惟此是求。……而究其拘迂泥古，浮華鮮實，卒歸於空談無補。有識之士，固既心焉鄙之。一旦有事，終不能驅此輩清流，使之誦經以避賊，執筆以卻敵。復見夫西人之槍炮如此，輪舶如此，聞其國富強又如此，則益以漢學者流為支離無足用，於是有廢之之心。其幾廢也，大亦彼習漢學者有以招之也。」[10]

黃遵憲分析道，漢學所以衰微，不僅僅在於西學的興盛，根本原因是日本漢學界沒有習得漢學中經世致用的實學思想，為日本社會改革所用。一方面批評長期以來日本學習漢學之弊；另一方面指出當時日本某些人欲廢除漢學之失。黃遵憲對漢學的肯定態度於此清晰可見。其弟黃遵楷亦嘗回憶道：「當是時，日本醉心歐化，……其時鄙夷漢學之風說日熾。先兄與其國士大夫遊，每謂日本維新，偉成明治

---

10 黃遵憲：《日本國志》卷三十二《學術志一》，光緒十六年（1890年）羊城富文齋刊本，頁8-15。

中興事業者，實賴漢學尊王攘夷之說成之，何可廢！聞者翕服，至今猶道弗衰。」[11]黃遵憲對漢學採取的態度，首先，是就中國文化對日本發生過深刻影響這一文化史事實而言的；其次，也是黃遵憲個人對中國文化的濃重依戀之情的委婉表達，是他對中國文化遠播東瀛的得意滿足心理的自然流露。但是在理性層面上，黃遵憲對西學大盛於日本還是持積極肯定態度的，也就是說，他至少對明治維新以後日本社會在物質、科技、政治制度等方面的巨大變化、深刻變遷表示贊同，認識到西學較之中學確有其優長之處。他說：「日本之為國，獨立大海中，於地球萬國均不相鄰，宜其閉門自守，民至老死不相往來矣。然而入其國，問其俗，無一事不資之外人者。中古以還，瞻仰中華，出聘之車，冠蓋絡繹。上自天時地理、官制兵備，暨乎典章制度、語言文字，至於飲食居處之細，玩好遊戲之微，無一不取法於大唐。近世以來，結交歐美，公使之館，衡宇相望，亦上自天時地理，官制兵備，暨乎典章制度，語言文字，至於飲食居處之細，玩好遊戲之微，無一不取法於泰西。當其趨而東也，舉國之人趨而東；及其趨而西也，舉國之人又趨而西。乃至目營心醉，口講指畫，爭出其所儲金帛以購遠物，而於己國之所有，棄之如遺，不復齒數。可謂婆外也已。……日本一島國耳，自通使隋唐，禮儀文物居然大備，因有禮義君子之名。近世賢豪，志高意廣，競事外交，駸駸乎進開明之域，與諸大爭衡。向使閉關謝絕，至今仍一洪荒草昧未開之國耳。則信乎交鄰之果有大益也。」[12]又說：「日本自通商以來，雖頗受外侮，而家國如故，金甌無缺，猶得以日本帝國之名，捧載書而從萬國後；壤地雖

---

11 黃遵楷：《先兄公度先生事實述略》，北京大學中文系近代詩研究小組編：《人境廬集外詩輯》（北京市：中華書局，1960年），頁120。

12 黃遵憲：《日本國志》卷四《鄰交志上一》，光緒十六年（1890年）羊城富文齋刊本，頁1-2。

曰褊小，其經營籌畫，卒能自立，亦有足多矣。」[13]還說過：「泰西人有恆言：疆場之役，十戰九敗，不足慮也；若物力虛耗，國產微薄，則一國之大命傾焉，元氣削焉。彼蓋籌之精而慮之熟矣。……日本維新以來，亦兢兢以殖產為亟務，如絲之售於英法，茶之售於美，海產之售於中國，則尤其所竭精敝神以求之者，可不謂知所先務與？」[14]對日本社會對外開放深表嘉許，對明治維新以來在物質方面、社會制度方面取得的巨大成就極為欽佩。尤可注意者，黃遵憲撰著《日本國志》、《日本雜事詩》的目的不是純學術的或是消閒的，而是「僕之此書，期於有用，故詳近而略古，詳大而略小，所據多布告之書，及各官省年報」[15]，「今所撰錄，皆詳今略古，詳近略遠；凡牽涉西法，尤加詳備，期適用也」[16]，希望為中國的社會變革提供千秋的借鑒。

因此，黃遵憲在此表現出來的對中學西學之關係的看法，對西學東漸的態度，就是極為值得重視的。它表明黃遵憲在肯定日本學習西方取得成功的同時，更對中國的前途進行著嚴肅深刻的思索。其中也透露出這樣的信息：儘管中學不可廢，日本如此，中國更復如此，但是就當時世界狀況和日本、中國的現實而言，西學更能把這兩個東方國家引向富強之路。日本既已先行一步，那麼，中國就當以日本為師，學習西方文化。

黃遵憲走出國門以後不久，就以比較開放的理性的文化心態，在物質和制度層面上接受認同了西方文化，在中國傳統文化與西方近代

---

13 黃遵憲：《日本國志》卷十《地理志一》，光緒十六年（1890年）羊城富文齋刊本，頁2。

14 黃遵憲：《日本國志》卷三十八《物產志一》，光緒十六年（1890年）羊城富文齋刊本，頁2。

15 鄭子瑜、實藤惠秀編校：《黃遵憲與日本友人筆談遺稿》，早稻田大學東洋文學研究會1968年版，頁284。

16 黃遵憲：《凡例》，《日本國志》卷首，光緒十六年（1890年）羊城富文齋刊本，頁4。

文化構成的衝突面前,做出了明智的選擇。在中學與西學之優劣長短這一困擾著幾乎所有走向世界、接觸西學的近代中國人的問題上,黃遵憲的基本態度是:中學西學各有長短,均不可廢,但就當時中國的現實狀況和面臨的文化難題而言,首要的任務是向西方學習,向改革後的日本學習,大力引進西學。

二 體用觀:「不可得而變革者」與「可得而變革者」

「夷夏之辨」,這是貫串中國對外關係史的一個長久的論題。降及近代,這一論題則表現為中西體用之爭。中學與西學,何者為體,何者為用,何者為道,何者為器,是一個影響廣泛、貫串中國近代文化史的複雜問題。黃遵憲生當西學大規模東漸、中西文化衝突集中而強烈之世,自然無法迴避。中西體用之辨,也構成黃遵憲思想中中西文化衝突的一個重要方面。

如上所述,黃遵憲走向世界之後,在一兩年的時間裏,就在物質與制度層面上基本認同接受了西方文化,初步解決了中學與西學關係中的優劣長短問題。但是,中學西學,體用道器之辨,遠較前一問題複雜深刻,這一矛盾也就愈加難以解決。

黃遵憲走出國門從事外交活動的時候,正是洋務自強運動方興未艾之時,也是中西體用之辨影響廣遠之時。雖然馮桂芬早在19世紀60年代即說過:「愚以為在今日,又宜曰鑒諸國。諸國同時並域,獨能自致富強,豈非相類而易行之?尤大彰明較著者,如以中國之倫常名教為原本,輔以諸國富強之術,不更善之善者哉?」[17]薛福成也說:

---

17 馮桂芬:《校邠廬抗議・採西學議》,鄭振鐸編:《晚清文選》(上海市:上海書店,1987年),頁105-106。

「今誠以取西人器數之學，以衛吾堯舜禹湯文武周孔之道，俾西人不敢蔑視中華，吾知堯舜禹湯文武周孔復生，未始不有事乎？……且今日所宜變通之法，何嘗不參古聖人立法之精意也？」[18]但直至19世紀90年代，這一思想才被較完整地表述出來。鄭觀應指出：「道為本，器為末，器可變，道不可變。庶知所變者，富強之權術，非孔孟之常經也。」[19]又說：「合而言之，則中學其本也，西學其末也。主以中學，輔以西學。」[20]沈壽康說：「夫中西學問，本自互有得失。為華人計宜以中學為體，西學為用。」[21]孫家鼐也說：「今中國京師創立大學堂，自應以中學為主，西學為輔；中學為體，西學為用；中學有未備者，以西學輔之，中學其失傳者，以西學還之。以中學包羅西學，不能以西學凌駕中學，此是立學宗旨。」[22]光緒二十四年（1898），張之洞對這一思想進行了系統的闡發，並將其表述為：「舊學為體，新學為用，不使偏廢」；「中學為內學，西學為外學；中學治身心，西學應世事」；「夫不可變者，倫紀也，非法制也；聖道也，非器械也；心術也，非工藝也」；「夫所謂道、本者，三綱、四維是也。若舉此棄之，法未行而大亂作矣。若守此不失，雖孔、孟復生，豈有議變法之非者哉？」[23]

---

18 薛福成：《籌洋芻議・變法》，鄭振鐸編：《晚清文選》（上海市：上海書店，1987年），頁219。

19 鄭觀應：《〈盛世危言〉增訂本新編凡例》，夏東元編：《鄭觀應集》上冊（上海市：上海人民出版社，1982年），頁240。筆者對原標點略有調整。

20 鄭觀應：《西學》，夏東元編：《鄭觀應集》上冊（上海市：上海人民出版社，1982年），頁276。

21 南溪贅叟（沈毓桂）：《救時策》，轉引自李天綱編校《萬國公報文選》（北京市：生活・讀書・新知三聯書店，1998年），頁333。

22 孫家鼐：《議復開辦京師大學堂摺》，中國史學會主編：《中國近代史資料叢刊・戊戌變法》（二），（上海市：上海人民出版社、上海書店出版社，2000年），頁426。

23 張之洞：《勸學篇》，苑書義等主編：《張之洞全集》第十二冊（石家庄市：河北人民出版社1998年），頁9747-9767。

　　與洋務運動思想家們相類似的中西文化衝突也同樣突出地表現在黃遵憲的思想意識中，而且可以說伴隨了他一生。黃遵憲曾在不同時期、不同場合表述過同一種文化困惑。出使日本時期，他指出明治維新以後民風的變化，再不如從前那樣古雅純樸，表現出對日本往昔民俗風情的讚揚和懷戀。他說：「初來泊平戶時，循塍而行，夕陽紅處，麥苗正青。過民家，有馬鈴薯，欲購之，給予值不受。民風渾樸，如入桃源。又聞長崎婦姑無勃谿聲，道有拾遺者，必詢所主歸之。商人所傭客作人，輒令司管鑰；他出歸，無失者。盛哉此風，所謂人崇禮讓，民不盜淫者耶。聞二三十年前，內地多如此。今東京、橫濱、神戶，民半狡黠異常矣。」[24] 還說：「武藏……其東南隅即東京，皆古所謂武藏野之地也，全國最稱坦沃。初江戶屬於扇谷氏，後為北條氏所滅。北條氏亡，德川氏遂遷居焉。……明治元年，乘輿東臨，遂因幕府為宮殿焉。物產五穀豐饒，兼有魚鹽蠶桑之利。風俗則都邑以輕佻豪俠自喜，流於侈靡，惟僻邑猶存樸實之風。」[25] 他經常將當時的日本與明治維新以前的日本作比照，肯定在物質技能方面取得的成就，同時對其社會風俗、思想行為等方面發生的變化多有批評。比如，他又認為：「日本自開港通商以來，其所得者在力勸農工，廣植桑茶，故輸出之貨驟增；其所失者在易服色，變國俗，舉全國而步趨泰西。凡夫禮樂制度之大，居處飲食之細，無一不需之於人，得者小而失者大。執政者初不料其患之一至於此也！邇年來杼柚日空，生計日蹙，弊端見矣。」[26] 他還說過：「形而上者謂之道，形而

---

24 黃遵憲：《日本雜事詩》原本第十八首自注，光緒五年（1879年）同文館集珍版，頁10

25 黃遵憲：《日本國志》卷十《地理志一》，光緒十六年（1890年）羊城富文齋刊本，頁14。

26 黃遵憲：《日本國志》卷二十《食貨志六》，光緒十六年（1890年）羊城富文齋刊本，頁28-29。

下者謂之器。形而上者，自上古以來，逮於堯舜禹湯文武周公孔子，
其所發明者備矣；形而下者，則自三代以後，歷漢魏晉宋金元明，猶
有所未備也。……舉一切光學、氣學、化學、力學，咸以資工藝之
用，富國也以此，強兵也以此。其重之也，夫實有其可重者在也。中
國於工藝一事，不屑講求，所作器物，不過依樣葫蘆，沿襲舊
式。……今萬國工藝，以互相師法，日新月異，變而愈上。夫物窮則
變，變則通。吾不可得而變革者，君臣也，父子也，夫婦也，凡關於
倫常綱紀者是也；吾可得而變革者，輪舟也，鐵道也，電信也，凡可
以務財、訓農、通商、惠工者皆是也。」[27]黃遵憲在日本時也常說：
「形而上，孔孟之論至矣；形而下，歐米之學盡矣。論當今之事者，
不可無此見解也。」[28]

很明顯，在日本時期，黃遵憲對明治維新以後日本出現的「易服
色，變國俗」這樣的變化——即在思想行為方式、民俗風情、價值信
仰系統等文化深層發生的新變化不以為然，認為是日本明治維新帶來
的負面效應，為「所失者」。由此聯想到中國的變革，當變者在於使
國富民強的器物技能諸方面，而文化深層的「凡關於倫常綱紀者」均
不可變。

基於這樣的文化心理，他對西方國家不同政黨之間的競爭表示反
對，指出當以此為戒：「一黨獲勝，則鳴鼓聲炮以示得意；黨首一為
統領、為國相，悉舉舊黨之官吏廢而易置之，僚屬為之一空。（美國
俗語謂之官吏逮捕法。謂譬如捕盜，則盜之黨羽必牽連逮捕之也。）

---

27 黃遵憲：《日本國志》卷四十《工藝志》，光緒十六年（1890年）羊城富文齋刊本，
　　頁1-2。
28 岡千仞：《觀光紀遊》十三，明治十七年八月一日（光緒十年六月十一日，1884年8
　　月1日）日記，轉引自王錫祺輯《小方壺齋輿地叢鈔》第八冊第五帙（杭州市：杭
　　州古籍書店，1985年），頁178。

舉舊日之政體，改而更張之，政令為之一變。譬之漢唐宋明之黨禍，不啻十百千倍。斯亦流弊之不可不知者也。」[29]他對當時傳播於日本的新思想發表評論說：「然吾以為其流弊不可勝言也。推尚同之說，則謂君民同權，父子同權矣；推兼愛之說，則謂父母兄弟同於路人矣。天下之不能無尊卑，無親疏，無上下，天理之當然，人情之極則也。聖人者知其然而序以別之，所以已亂也；今必欲強不可同、不能兼者兼而同之，是啟爭召亂之道耳。」[30]

後來在任駐新加坡總領事時，黃遵憲也發表過類似的意見。他說：「南洋各島華僑，不下百餘萬人，約計沿海貿易，落地產業所有利權，歐洲、阿拉伯、巫來人，各居其一，而華人仍占十之七。……雖居外洋已百餘年，正朔服色，仍守華風，婚喪賓祭，亦沿舊俗。」[31]又說：「自餘奉使外國，由日本往美洲，所見如古巴、秘魯，往泰西所歷，如印度、亞丁，多有華民。及總領南洋，則群島流寓，不下數百萬，遠者四五世，近者數十年，正朔服色，仍守華風，婚喪賓祭，各沿舊習。余私心竊喜。然其中漸染異俗。或解辮易服，蔑棄禮教，視其親族姻連若秦越人之視肥瘠者，亦頗有其人。」[32]他還曾發佈過訪求節婦的告示《曉諭採訪節婦示》云：「南洋各島，往往有琴瑟偶

---

29 黃遵憲：《日本國志》卷三十七《禮俗志四》，光緒十六年（1890年）羊城富文齋刊本，頁22。

30 黃遵憲：《日本國志》卷三十二《學術志一》，光緒十六年（1890年）羊城富文齋刊本，頁2。

31 黃遵憲：《上薛公使書》，鄭子瑜編著：《人境廬叢考》，（新加坡：商務印書館新加坡分館，1959年），頁129；又見鄭海麟、張偉雄編校《黃遵憲文集》，（京都：中文出版社，1991年），頁
272-273。

32 黃遵憲：《皇清誥授榮祿大夫鹽運使銜候選道章公墓誌銘》，錢仲聯輯：《人境廬雜文鈔》（下），《文獻》第八輯（北京市：書目文獻出版社，1981年），頁93；又見鄭海麟、張偉雄編校《黃遵憲文集》（京都：中文出版社，1991年），頁137。

乖，遂對簿公庭，視夫如仇者；又有屍棺在殯，遂挾資改醮他人入室者。此皆人情之所深惡，內地之所絕無。……夫十步之內，必有香草，豈可因諮諏不及，謂貞節竟無其人？滄海之內，每撼（引者按：此字誤，當作憾）遺珠，豈可因道里雲遙，使王澤末由下逮？為此出示曉諭：凡我商紳人等，宜各周諮博訪，據實直陳，上以邀朝廷綽楔之榮，下以表閭閻彤管之美。本總領事實有厚望焉！」[33]對於身居海外的華僑，黃遵憲也仍然稱讚並且希望他們長久地保持中華民族的道德傳統和風俗習慣，批評沾染異族風習、蔑棄傳統禮教的行為。

直至晚年鄉居時，他仍然思考著如何引進西方文化，如何促進中國文化的再興，使國家自立富強的問題。在致梁啟超信中，他就說過：「公謂養成國民，當以保國粹為主義，當取舊學磨洗而光大之，至哉斯言！恃此足以立國矣。雖然，持中國與日本較，規模稍有不同。日本無日本學，中古之慕隋唐，舉國趨而東；近世之拜歐美，舉國又趨而西。當其東奔西逐，神影並馳，如醉如夢；及立足稍穩，乃自覺己身在亡何有之鄉，於是乎國粹之說起。若中國舊習，病在尊大，病在固蔽，非病在不能保守也。今且大開門戶，容納新學，俟新學盛行，以中國固有之學，互相比較，互相競爭，而舊學之真精神乃愈出，真道理乃益明。屆時而發揮之，彼新學者或棄或取，或招或拒，或調和，或並行，固在我不在人也。國力之弱，至於此極，吾非不慮他人之攪而奪之也。吾有所恃，恃四千年之歷史，恃四百兆人之語言風俗，恃一聖人及十數明達之學識也。」[34]黃遵憲主張首先大力汲取西學，在此基礎上建立適應世界發展大趨勢的中國文化，他對中

---

33 鄭海麟、張偉雄編校：《黃遵憲文集》（京都：中文出版社，1991年），頁271-272。筆者對原標點略有調整。

34 黃遵憲：《黃遵憲致梁啟超書》，《中國哲學》第八輯（北京市：生活·讀書·新知三聯書店，1982年），頁399-400。筆者對原標點有所調整。

國文化充滿信心，認為中國文化的根本精神是不會消亡的。從根本上說，他主要依賴的是中國傳統文化的道德倫理觀念、價值信仰系統、思想行為模式等深層結構的內容，依舊是以中國文化為本、為道之傳統思想觀念的傳承。

黃遵憲明確主張學習西方文化，不僅限於器物技能層面，更深入到政治制度層面，這無疑比洋務派的僅限於堅船利炮、聲光化電前進了一步。同時也應指出，他還沒有在深層體認和把握著西方文化，在他的思想意識中，甚至有意無意地抵拒著西方文化的最深層，即思想行為層面。也就是說，從根本上看，黃遵憲在中西體用這一問題上的觀點，仍未真正超越洋務派「中學為體，西學為用」文化觀的範疇，從而達到一個新的思想高度。

黃遵憲所處的時代，正是洋務自強思潮向維新變法思潮過渡轉變時期，當時具有維新變法傾向的許多人物實際上都多少面臨著同樣的文化難題，文化心理中都不同程度地發生著中學西學、體用道器的文化衝突。黃遵憲在這一問題上選擇的艱難，具有一定的代表性，反映出傳統中國知識分子、中國傳統文化在深層接受西方文化的艱難，傳統中國走向現代化歷程的漫長。

三　源流觀：「凡彼之精微，皆不能出吾書」

「西學中源論」，即通過追尋西學的源流，把西方近代文化與中國傳統文化聯繫起來，從而論證中學乃是西學之淵源，中西文化本是同源同宗，一體相屬。這同樣是中國近代文化史上一個具有廣泛影響的引人注目的文化思潮。在19世紀七八十年代，此論即已出現，主要是洋務派作為反對守舊派的一個文化依據。19世紀90年代以後，西學源於中學之論影響漸廣，不少學術界、思想界的著名人物發表過意

見，指出西方學術文化出自中國，言之鑿鑿，如鄭觀應、朱一新、皮
錫瑞、章太炎、唐才常、陳熾等，均從不同角度論說中國乃西學之發
源地。

黃遵憲作為一個學術型的政治人物，作為近代重要的啟蒙思想家
之一，在接受西方文化的過程中，也同樣發表過不少西學源於中學的
言論，在「西學中源論」思潮中有一定的影響。

黃遵憲的這一思想起得很早，他在日本較多地接觸西學之後不
久，就產生了西學出自中學的看法。《日本雜事詩》中就曾詳細論證
西方學術皆出自中國，他說：「余考泰西之學，墨翟之學也。尚同、
兼愛、明鬼、事天，即耶穌十誡所謂『敬事天主』、『愛人如己』。」
此外，化學、重學（引者按：今譯力學）、算學、光學均出自《墨
子》，「《韓非子》、《呂氏春秋》備言墨翟之拔（引者按：此字誤，當
作技），削鳶能飛，非機器攻戰所自來乎？古以儒、墨並稱，或稱
孔、墨，孟子且言天下之言歸於墨，其縱橫可知。後傳於泰西，泰西
之賢智者衍其緒餘，遂盛行其道矣」。他還認為，「地球渾圓、天靜地
動」之說，電氣，機器，天文、算法、幾何、火器等學說技術，「凡
彼之精微，皆不能出吾書。第我引其端，彼竟其委，正可師其長技。
今東方慕西，學者乃欲捨己從之，竟或言漢學無用。故詳引之，以塞
蚍蜉撼樹之口」。[35]他在另一處又指出：「余嘗以為泰西格致之學，莫
能出吾書之範圍。」[36]指出被時人認做新學問的西方近代自然科學幾
乎全部出自中國古籍之中，同時也指出應當學習其中的優長之處，但

---

35 黃遵憲：《日本雜事詩》原本第五十一首自注，光緒五年（1879年）同文館集珍
　　版，頁23-24。

36 黃遵憲：《牛渚漫錄序》，錢仲聯輯：《人境廬雜文鈔》（上），《文獻》第七輯（北京
　　市：書目文獻出版社，1981年），頁73；又見鄭海麟、張偉雄編校：《黃遵憲文集》
　　（京都：中文出版社，1991年），頁120。

不可放棄中學這個安身立命的學術本源。

　　黃遵憲關於西學源於中學的文化主張，不僅一直堅持到晚年，而且有所發展深化。他曾認為：「力學氣學，已見於佛經矣。」[37]他關於西學源於中學的思想在罷官鄉居時期致梁啟超的書信中說得更清晰，表現得更加集中而充分，嘗說：「舊學中能精格致學者，推沈夢溪，聲、光、化、電、力、氣無一不有。其使遼時，私以蠟、以泥模塑地圖，即人裏鳥裏之說，亦其所創也。（前有《夢溪筆談》一書存尊處，今必烏有矣。然此書尚可購覓，日本應亦有之。）他日必有人表而出之。（康熙間，有劉獻廷亦頗通各科學，然尋其所言，當由西教士而來，不過諱言所自耳。非如夢溪之創見特識，無所憑藉，自抒心得也。）」[38]黃遵憲十分推重沈括和他的《夢溪筆談》，因為在他看來，此書就包含著西方近代自然科學的內容，而且全部是沈括的創見和心得。他還曾相當詳細地論述道：「吾讀《易》至泰、否、同人、大有四卦，而謂聖人於今日世變，由君權而政黨，由政黨而民主，聖人不啻先知也。……而謂聖人之貴民，重文明，重大同，聖人不啻明示也。〔……大象明之曰：『先王以建萬國，親諸〔侯〕，自天祐之。』繫（引者按：此字誤，當作係）辭曰：『履、信、思順、尚賢。』非民主而何？……〕所尤奇者，孔子繫辭曰：『方以類聚，物以群分，吉凶生矣。』此非生存競爭、優勝劣敗之說乎？『在天成象，在地成形，變化見矣。』此非猴為人祖之說乎？試想此辭，在天地開闢之後，成男成女之前，有何吉凶變化之可言？而其辭如此。若謂品物既生，有類有群；此類此群，自生吉凶；由吉凶而生變化，而

---

37 黃遵憲：《己亥雜詩》第五首自注，《人境廬詩草》卷九（北京市：商務印書館，1931年），頁5。

38 北京圖書館善本組整理：《黃遵憲致梁啟超書》，《中國哲學》第八輯（北京市：生活·讀書·新知三聯書店，1982年），頁400。

形象乃以成。達爾文悟此理於萬物已成之後，孔子乃採此理於萬物未
成之前，不亦奇乎？往嚴又陵以乾之專直，坤之翕闢，佐天演家質力
相推之理；吾今更以此辭為天演之祖，公聞之不當驚喜絕倒乎？二十
年前客之罘，與李山農言及孔子乘桴浮海，欲居九夷之奇。山農謂孔
子雖大聖，然今之地圓，大聖亦容有不知。余曰：『固然。然《大戴
禮》已有四角不掩之語矣。且孔子即不知地圓，而考之群經，實未嘗
一言地方也。』山農大笑，今並舉以博一粲。若謂以西學緣附中學，
煽思想之奴性而滋生之，則吾必以公為《山海經》之山膏矣。」[39]黃
遵憲認為，不僅西方自然科學的許多方面，如以生存競爭、優勝劣敗
為核心的生物進化論、類人猿為人類祖先的學說、地球為宇宙中一圓
球之學說等，早已大備於中國，而且，西方社會人文科學的一些內
容，一些近代傳入中國的新觀念，如人類社會的發展遵循由君主制變
為政黨制，再由政黨制變為民主的過程，民主觀念，也早已略備於中
國古籍之中。

　　可見，認為西學源於中學，西方文化並未超出中國傳統文化範
疇，但並不排除、排斥西學中的某些值得學習借鑒的優長之處，這是
黃遵憲從出使日本時期即已開始探索，直至晚年罷官鄉居時期仍在不
斷思考的問題，也是他信奉並堅持了一生的文化主張。如同其它「西
學中源論」者一樣，黃遵憲持這一主張，實際上是在文化尋根意識驅
動下，以中國文化為本位對西方文化做出的一種帶有很大誤讀成分的
解釋。

　　西學中源這一文化思潮實際上表現了西學東漸之後中國傳統知識
分子對西方文化的一種認同態度，也反映了他們發展中國物質技術、

39　北京圖書館善本組整理：《黃遵憲致梁啟超書》，《中國哲學》第八輯（北京市：生
　　活・讀書・新知三聯書店，1982年），頁396。按：「〔侯〕」字為筆者據文意所加。
　　此段文字，原標點多有未當，筆者已調整改正之。

變革社會政治的真誠願望。從當時的社會思潮趨向來看，西學中源思想的出現固不排除策略和手段的因素，即是說，持此論者希望在繼續以中國傳統文化為本位的前提下，對西方文化採取這種溫和接受、部分認同的態度，在一定程度上是為了減少外來文化對本土文化的衝擊，盡可能地適應民族文化心理的承受能力，特別是為了減輕頑固派對輸入西學的干擾阻撓。從中國傳統知識分子的思維定勢、心理習慣來看，西學中源思想的出現更是基於他們個人出於文化防禦心理的需要和對中國文化的依戀，從而在文化交融變革過程中，在心理上保持文化優越者的地位，以圖獲得精神安慰和心理的微妙平衡。

　　黃遵憲認為西學源於中學，除了上述社會思潮和個人文化心理原因外，作為瞭解外國文化之工具的外文水準的低下也是一個不可忽視的因素。黃遵憲出使海外時間達十幾年之久，有機會接觸感受西方文化的許多方面，此為他的優越之處；但是，正如當時出使異邦的大多數知識分子一樣，他不諳外文，雖身在海外，主要還是通過間接的方式瞭解西方文化，無法直接瞭解異域文化深層的許多方面，不能準確把握西學的精義，使他對西方文化的認識存在不少有意無意的誤讀曲解成分，時常將西學附會到中國傳統文化的某些方面來。也正是因為如此，錢鍾書曾這樣品評黃遵憲的詩：「差能說西洋制度名物，掎摭聲光電化諸學，以為點綴，而於西人風雅之妙、性理之微，實少解會。故其詩有新事物，而無新理致。」[40]也是指出黃遵憲對西方文化的瞭解體認主要尚處於較淺顯的層面，觸及他文化心理結構深層的矛盾和困惑，確是有見地之論。

---

40 錢鍾書：《談藝錄》（補訂本）（北京市：中華書局，1984年），頁23-24。

結語：現代化之路——「眾裏尋他千百度」

任何一個國家和民族的文化都是極其豐富複雜的完整體系，對作為人類物質文明和精神文明成果總和的文化很難進行特別精確的切割劃分。但是為了文化研究的可操作性，人們又不得不在具體的研究過程中採取這樣或那樣的權宜之計，以便使文化由原生態較順利地進入理論研究的操作層面。

有學者把中國的現代化過程歸結為如下三個層次，筆者以為對考察中國近代以來的文化衝突與文化變遷頗具啟示意義：

第一，器物技能層次的現代化。這是文化的最外層，是被西方文化衝破的第一道防線。文化中物質因素的轉變較非物質因素為快，器物技術層面的文化轉變是最容易、最迅速的，遇到的抵抗和阻力也最小。

第二，制度層次的現代化。它更多地觸及文化的內層，比器物技能層次的現代化又深了一層，也難了一層，遇到的阻力更大些。在中國的現代化過程中，這一層次的現代化比器物技能層次的現代化是落後一步的。

第三，思想行為層次的現代化。它是最難的，它牽涉到一個文化的信仰系統、價值系統、社會習俗等最深層的質素。思想行為層次的現代化是最深刻的，因此也是最艱難的、最緩慢的，它遭到的社會文化抗拒也最強烈。[41]

依循這樣的思路考察黃遵憲思想中的中西文化衝突和文化心態，也可以獲得許多值得深思的文化啟示。黃遵憲作為近代中國走向世

---

41 參考金耀基《從傳統到現代》第四篇《中國的現代化》（臺北市：時報文化出版公司，1979年），頁153-192。

界、向西方尋求真理的先行者之一,中國傳統文化與西方近代文化構成的衝突,伴隨、困擾了他一生。在西學東漸這一三千年未有之創局中,中國文化應當如何轉換新生,華夏文明怎樣方可重放異彩,是他一直苦苦思索、再三追問的文化難題。黃遵憲領悟西學,主張向西方學習,已經超越了經世實學家的「以夷攻夷」、「師夷長技以制夷」[42]和初期洋務自強派的師法西方堅船利炮、聲光化電,而是在此基礎上提高到主要學習西方政治制度階段,這是中國學習西方、中國文化現代化歷程中的一個飛躍式的進步。同時,由於傳統文化的作用和傳統知識分子思維定勢的影響,加之不諳外文,他對西方文化的瞭解受到很大限制,很難真正領悟西學的精義。因此,他還遠未真正在最深層接受西方文化。這一文化困境伴隨了他一生。

黃遵憲思想中的中西文化衝突,集中表現為傳統中國與近代西方在思想意識、道德倫理、價值觀念、信仰系統、風俗民情等文化的最深層面展開的強烈衝突,這一點,不論是就他個人的思想意識來說還是就近代西學東漸以來中西文化構成的衝突來說,都是深刻的、意味深長的。黃遵憲思想中的中西文化衝突是具有典型意義的,昭示了中國傳統文化在面臨異質文化衝擊挑戰、不得不做出回應之際的困境,中國傳統文化醞釀向現代文化過渡轉型時期抉擇的艱難。也表明,傳統中國知識分子在文化轉型期裏心理結構、文化心態、思維方式發生根本性的變化是何其沉重、何其艱難!他們在內憂外患的文化格局裏「同情之理解」西學,真正接納西方文化是多麼不易!

無論如何,先行者留下的足跡對後來者來說都是珍貴的、可資鑒借的,因為,黃遵憲和他的同代知識分子面臨的文化難題今天仍然擺

---

42 魏源:《海國圖志敘》,鄭振鐸編:《晚清文選》(上海市:上海書店,1987年),頁12。

在我們面前，他們心靈深處的文化衝突、價值困惑依然在我們的心靈中不斷出現、縈繞難逝。時間過去了一個多世紀，世事變遷，滄海桑田，但是對中國人來說，有一個文化主題是共同的：在中學與西學、傳統與現代、繼承與變革之間，如何取捨抉擇，創造中國文化的未來？中國的現代化之路該怎樣走？

黃遵憲的婦女觀

　　記得有位名人說過，要認識一個人的見識之高下，有一個簡捷的方法，即是看他對女人的看法如何，對婦女問題抱有怎樣的態度。此話確有道理。眾所週知，中國婦女在長達幾千年的封建社會中，被壓在社會的最底層，「三從四德」、「三綱五常」等腐朽愚昧的卻又是根深蒂固的觀念，給她們戴上了一重又一重的精神枷鎖，使她們受盡了屈辱，歷盡了苦難。婦女地位的提高，婦女精神的解放，婦女如何真正取得「人」的地位，如何真正取得「女人」的地位，一直是中國社會的一個重大問題。古往今來，不少的有識之士、傑出人物都對婦女的苦難表示同情，均為她們的解放奔走吶喊，婦女們也在努力追求自身的解放。然而，積重難返，幾千年的痼疾，從根本上療救談何容易？中國婦女的解放之路總是步履維艱。

　　降及近代，隨著封建統治的全盤腐朽，封建社會的全面危機，隨著歐風美雨、西學東漸，愈來愈多的人們（包括婦女在內）逐漸蘇醒了，全體中國人特別是中國婦女要掙脫被奴役的地位，要爭取自身的解放。在這樣的潮流中，婦女問題被再次提出，而且愈來愈顯得那麼尖銳，那麼緊迫，為以往歷代所不及。中國近代文化史上的許多啟蒙思想家、政治活動家都對婦女問題表示過強烈的關注，為婦女解放做出過艱辛的努力。作為晚清著名啟蒙主義者、愛國外交官和傑出詩人的黃遵憲，也是其中頗有代表性的一位。

　　黃遵憲的婦女觀，是中國傳統文化受到西方文化衝擊、二者交匯融合時期的產物。黃遵憲生長的大地，給了他深厚的傳統文化的滋

養；黃遵憲遊歷的世界，又給了他異域的精神啟迪。黃遵憲的婦女觀乃至他的全部思想，一端與中國文化傳統相聯，一端又與近代西方文化的前沿相接。因此，他對婦女問題的全部觀念，則表現為新與舊、進步與保守、積極與消極、精華與糟粕等對範疇的糾纏雜糅，是一種充滿矛盾的複雜綜合體。正是這種處於過渡狀態的思想觀念，使今天的人們看到了黃遵憲及其同時代的知識分子的抗爭拼搏，看到了他們真切切的思想與活生生的人，從而反射出中國文化近代化過程中的某些特有的文化現象和文化走向，這正是他們那一代人在文化史上的獨特地位與重要價值的充分表現。

較集中地體現黃遵憲婦女觀的文字，主要見於他的《人境廬詩草》、《日本雜事詩》、《日本國志》和《黃遵憲與日本友人筆談遺稿》的某些部分中，以及他留下的散文雜著中。他談論婦女問題雖多為片言隻語，並無系統，但是將他的相關文字作一疏理，可以看到其中包含著較為豐富的內容，涉及一些較為重要的問題，從而可以加深我們對這位先進的中國人的認識，看到他那顆與時代緊緊相聯的心靈，當然也可以看到他的歷史局限。

茲根據現存黃遵憲著作中關於婦女問題的言論及相關材料，將黃遵憲的婦女觀概括為以下五個方面，並一一述之。

其一，反對纏足。婦女纏足的愚昧陋習延續了千餘年，猶如慘酷的刑罰，不知殘害了多少中國婦女的肉體與心靈。到了黃遵憲生活的時代，婦女纏足之風仍然流行。他對纏足的行徑進行了批判，讚揚天足的自然。

《己亥雜詩》云：「睂娘側足跛行苦，楚國纖腰瘦死多。說向妝臺供媚姿，人人含笑看黎渦。」作者自注說：「有耶穌教士語餘：西人束腰，華人纏足，惟州人無此弊，於世界女人，最完全無憾云。」[1]

---

1 黃遵憲：《人境廬詩草》卷九（北京市：商務印書館，1931年），頁6。

尖刻諷刺了纏足那種病態的「金蓮之美」，雖引西人之語，卻見黃氏
自己之情。又如《寄女》云：「江南二三月，夾道花爭妍，誰家女如
雲，各各扶婢肩，碧羅湖水媚，茜紗秋雲娟。就中最嬌詡，繡羅雙行
纏，一裙覆百金，一襪看千錢，婷婷復嫋嫋，纖步殊可憐。笑謂蠻方
人，半是赤足仙，新樣尖頭鞋，略仿浮海船，上繡千鴛鴦，下刺十丈
蓮，指船大如許，伸腳笑欲顛。汝輩聞此語，當引扇障顏。父母誰不
慈，忍將人雕鐫，幸未一缸淚，買此雙拘攣。邇聞西方人，設會同禁
煙，意欲保天足，未忍傷人權。吁嗟復吁嗟，作俑今千年。」[2]詩人
描繪了這樣一幅畫面：不知流淌了多少血淚的纏足女子，反倒嘲笑那
些大腳的姑娘，身受殘害的女人竟渾然不覺，反倒以為美甚堪羨。由
此可以看出纏足酷刑的害人之深，婦女命運的可悲可歎。這裏實際上
也提出了一個婦女自身覺醒、自己在人格上和精神上獲得解放的問
題，黃遵憲對婦女纏足問題的思考之深刻，由此亦可見一斑。黃遵憲
把纏足與吸鴉片聯繫起來，將它們視為同樣可憎可惡的愚昧現象，並
且提高到「人權」的高度來認識，這無疑是受到近代西方民主思想影
響的結果。他還譴責批判纏足的始作俑者，將筆鋒指向千年以前，可
見他對纏足酷刑的痛恨之深。

　　梁啟超曾以上海《時務報》的名義組織「不纏足會」，黃遵憲是
入會的第一人。黃遵憲任湖南長寶鹽法道、署湖南按察使時，曾親擬
告示，明令禁止纏足，指出：「纏足一事，貽害無窮，作俑千年，流
毒四域。今以不纏足為富國強種根本，所見尤大。」[3]因為這種傷天
害理的刖足割肉的「古之酷刑」使「四萬萬人半成無用之物，二十一

2　黃遵憲：《人境廬詩草》卷八（北京市：商務印書館，1931年），頁10。

3　黃遵憲：《黃公度廉訪批》，《湘報》第五十三號（北京市：中華書局，1965年），頁
　　449。

省增內顧之憂，害於而家，凶於而國矣」[4]，必將使整個民族衰弱下去。黃遵憲反對纏足的思想是一以貫之的，而且他有力地將這種思想主張付諸實際的行動，再次體現了他政治實踐型啟蒙思想家的特點。

其二，宣導女學。黃遵憲反對「女子無才便是德」的封建舊觀念，讚賞女子的才學，提倡婦女讀書識字。

他在《山歌題記》中寫道：「十五國風，妙絕古今，正以婦人女子矢口而成，使學士大夫操筆為之，反不能爾。以人籟易為，天籟難學也。」[5]對《國風》的讚美中透露出對婦女之才的肯定。《古香閣詩序》中有云：「予歷使海邦，詢英法美德諸女子，不識字者百僅一二，而聲名文物為中華，乃反異於是，嗟夫！三代以後，女學遂亡，惟以執箕帚，議酒食為業，賢而才者，間或能詩，他亦無所聞焉。而一孔之儒，或反持女子無才是德之論，以諷議之，而遏抑之，坐使四百兆種中，不學者居其半，國胡以能立？近者風氣甫開，深識之士，於海濱創設女學，聯翩競起，然求其能為女師者，猝不易得。……中國女學之陋，非獨客人。」[6]黃遵憲從「立國」的高度考察了西方社會的婦女教育情況，提出了中國必須興女學的明智見解，而且注意到師資力量的培養問題，對那些見識狹窄的一孔之儒進行了有力的批駁。值得注意的是，他認識到婦女是占人口總數二分之一的重要力量，婦女的教育狀況如何，直接關係到全民族的興衰，這確是有識之見。

《日本雜事詩》定本第一百零三首描寫了與中國女子迥然不同的日本女子：「不環不釧不釵光，鴉頭襪子足如霜。」[7]定本第五十八

4　黃遵憲：《梟憲告示》，《湘報》第五十五號（北京市：中華書局，1965年），頁466。

5　錢仲聯：《人境廬詩草箋注》（上海市：上海古籍出版社，1981年），頁54-55。

6　鄭子瑜編：《人境廬叢考》（新加坡：商務印書館新加坡分館，1959年），頁175。

7　鍾叔河輯注：《日本雜事詩廣注》，鍾叔河主編：「走向世界叢書」之《日本日記‧

首、第五十九首以讚揚的口吻描寫日本女子師範和女學生，前者云：
「深院梧桐養鳳凰，牙籤錦帨浴恩光；繡衣照路鸞輿降，早有雛姬掃
玉床。」後者云：「捧書長跪藉紅氈，吟罷拈針弄繡襦；歸向爺娘索
花果，偷閒鉤出地球圖。」[8]把明治維新以後日本婦女的新狀況介紹
到中國來，寫得那麼輕盈愉快，充滿情趣，見出詩人的讚譽之情。

　　宣導女學，在當時是很有眼光的新主張。中國婦女幾千年來受壓
迫、受奴役，除了眾多的外在的社會原因之外，也是因為她們自身的
蒙昧懦弱，自暴自棄，甚至並不覺得自己是生活在痛苦之中。只有讀
書識字，增長見識，才能提高她們的覺悟，使她們也成為婦女解放的
一股力量。因為婦女解放，不僅僅是別人去解救她們，更重要的是她
們自身的覺醒，自我的拯救，這才是最根本的解放。

　　其三，提倡男女平權，但又不脫倫常綱紀。黃遵憲對歧視婦女、
男尊女卑的舊觀念表示反對，讚揚並提倡夫妻之間的相親相愛。

　　《山歌》中反映的婦女對忠貞不渝愛情的追求，親人遠離時的痛
苦以及別後的思念，其中也包含了作者對愛情的理解以及對婦女的態
度。《新嫁娘詩》也對夫妻間的纏綿悱惻之情作了細緻入微的描寫，
表達了作者的豔羨情懷。如第四十一首即寫到新郎為新婦畫眉的情景
云：「拈毫悄語煩郎手，學畫雙眉尚未成。」[9]《日本雜事詩》定本第
九十首詠訂婚事云：「得寶無須聘婦錢，新弦唱徹想夫憐；同牽白髮
三千丈，共結紅絲一百年。」[10]第九十三首詠合巹事云：「三千大神監

　　甲午以前日本遊記五種・扶桑遊記・日本雜事詩廣注》（長沙市：嶽麓書社，1985
　　年），頁695。

8　同上書，頁653-654。

9　北京大學中文系近代詩研究小組編：《人境廬集外詩輯》（北京市：中華書局，1960
　　年），頁11。筆者對原標點有所調整。

10 鍾叔河輯注：《日本雜事詩廣注》，鍾叔河主編：「走向世界叢書」之《日本日記・
　　甲午以前日本遊記五種・扶桑遊記・日本雜事詩廣注》（長沙市：嶽麓書社，1985
　　年），頁685。

誓詞，萬億菩薩作盟司；君看壺頭雙蛺蝶，夫夫婦婦不相離。」[11]第一百零四首詠夫婦遊春事云：「駘蕩春風士女圖，妾眉如畫比郎須；並頭鸚鵡雙雙語，此喚檀那彼奧姑。」[12]作者對青年男女百年偕老、恩愛長久的祝願，對夫妻雙雙同遊共樂的讚美，均表現了他對婦女的極大關注。

黃遵憲受到西方自由民權思想的影響，還從男子平權的高度認識婦女應得的地位。如《為同年吳德壽其母夫人》云：「西俗重婦女，安居如天堂，一簪值十萬，一衣百萬強，登樓客持裾，試馬夫引韁。夢中不識役，矧乃身手當，雖則同女身，苦樂何參商？吁嗟三代後，女學將毋忘。執業只箕帚，論功惟酒漿。所託或寒微，持身備嬪嬙，拳拳事女君，縮縮足循牆。人權絀已甚，世情習為常。」[13]將西方婦女與中國婦女社會地位的參商之別相比照，發出了中國社會人權、女權已絀的感慨，也發出了提高婦女地位的急切呼籲。

《己亥雜詩》寫道：「世守先姑《德象》篇，人多《列女傳》中賢。若倡男女同權論，合授周婆制禮權。」[14]對婦女的賢良辛勞予以肯定，以男女同權的思想為參照觀察中國婦女的地位，這是值得肯定與讚譽的歷史性進步，表明黃遵憲的視野已走出了中國，具備了相當程度的世界眼光與國際胸懷。但同時也必須看到，他的局限性也是明顯的：他的理想境界仍然是希望婦女載入《德象》篇和《列女傳》，依舊是以封建社會的倫理道德為目標。他還認為西方的男女同權思想源於中國，應當「合授周婆制禮權」。這裏表現出他提倡男女平權的同時所存在的保守傾向，他對西方文化的認識與理解尚有一些偏頗，

---

11 同上書，頁687。
12 同上書，頁696-697。
13 黃遵憲：《人境廬詩草》卷八（北京市：商務印書館，1931年），頁4。
14 黃遵憲：《人境廬詩草》卷九（北京市：商務印書館，1931年），頁6。

對男女平權的理解也還是較淺層次的。

　　從更大一點範圍來看，黃遵憲對西方文化的接受也是處於可變形下之器而不可變形上之道的階段。因此，他在呼籲婦女解放、提倡男女平權時所表現出來的局限也是必然的。比如，他曾經這樣說：「夫物窮則變，變則通。吾不可得而變革者，君臣也，父子也，夫婦也，凡關於倫常綱紀者皆是也；吾可得而變革者，輪舟也，鐵道也，電信也，凡所可以務財訓農通商惠工者皆是也。」[15]他在《皇朝金鑒序》中也說過同樣的話：「吾取法於人，有可得而變革者，有不可得而變革者。其可得而變革者，輪舟也，鐵道也，電信也，凡以務財訓農通商惠工者皆是也。其不可得而變革者，君臣也，父子也，夫婦也，凡關於倫常綱紀者皆是也。」[16]他也曾這樣認為：「推尚同之說，則謂君民同權，父子同權矣；推兼愛之說，則謂父母兄弟同於路人矣。天下之不能無尊卑，無親疏，無上下，天理之當然，人情之極則也。」[17]《黃遵憲與日本友人筆談遺稿》中，他對日本友人談到對日本明治維新之後社會變化的見解，也表現了某些不以為然的態度：「近者土風日趨於浮薄，米利堅自由之說，一倡而百和，則竟可以視君父如敝屣。所賴諸公時以忠義之說維持世教耳。」[18]他又在《皇清誥授榮祿大夫鹽運使銜候選道章公墓誌銘》中寫道：「自余奉使外國，由日本往美洲所見，如古巴、秘魯，往泰西所歷，如印度、亞丁，多有華

15 黃遵憲：《日本國志》卷四十《工藝志》，光緒十六年（1890年）羊城富文齋刊本，頁2。

16 錢仲聯輯：《人境廬雜文鈔》（上），《文獻》第七輯，書目文獻出版社1981年，頁67。

17 黃遵憲：《日本國志》卷三十二《學術志一》，光緒十六年（1890年）羊城富文齋刊本，頁2。

18 鄭子瑜、實藤惠秀編校：《黃遵憲與日本友人筆談遺稿》（東京：早稻田大學東洋文學研究會，1968年），頁232。

民。及總領南洋,則群島流寓,不下數百萬,遠者四五世,近者數十年,正朔服色,仍守華風,婚喪賓祭,各沿舊習。余私心竊喜。然其中漸染異俗,或解辮易服,蔑棄禮教,視其親族姻連若秦越人之視肥瘠者,亦頗有其人。」[19]在駐新加坡總領事任內,黃遵憲對於為保護婦女、挽救頹風而興建的保良局表示支持,並慨捐鉅資以助之。但他又在所作《曉諭採訪節婦示》中這樣說:「南洋各島,往往有琴瑟偶乖,遂對簿公庭,視夫如仇者;又有屍棺在殯,遂挾資改醮他人入室者。此皆人情之所深惡,內地之所絕無。……夫十步之內,必有香草,豈可因諮諏不及,謂貞節竟無其人?滄海之內,每憾遺珠,豈可因道理雲遙,使王澤末由下逮?為此出示曉諭:凡我紳商人等,宜各周諮博訪,據實直陳,上以邀朝廷綽楔之榮,下以表閭閻彤管之美,本總領事實有厚望焉!」[20]他對夫妻不睦對簿公堂,對夫死妻子再嫁均表示不以為然,仍守著「節婦烈女」之說,仍相信「烈女不事二夫」之節烈觀。

　　可見,雖然黃遵憲的思想不再封閉,不再局限於中國一隅,較此前的傳統保守觀念已多有不同,但他對西方世界道德習俗的看法仍多有保留,仍有不準確的理解或不同的意見。他雖然嚮往西方的自由和民權,但仍有自己的思想防線,那就是中國傳統的綱常倫理道德;他雖然提倡男女平權,旨在解救婦女於受壓迫受奴役的困境,提高她們的社會地位,但他仍然不能超越自己思想意識深層的中國傳統的道德規範。因此,他既希望婦女不再纏足,不再不識一丁,不再被壓迫在社會的最底層,但又不希望完全打破倫常綱紀對婦女的束縛。這是黃遵憲的矛盾,這種矛盾是他意識深層的衝突,也是具有文化史意味的

---

19 錢仲聯輯:《人境廬雜文鈔》(下),《文獻》第八輯(北京市:書目文獻出版社,1981年),頁93。原標點有未當處,筆者已作調整。

20 鄭子瑜編:《人境廬叢考》(北京市:商務印書館新加坡分館,1959年),頁93。

深刻衝突。提倡男女平權，可以說是五四運動時期「女性的發現」的
思想先導。但是，封建的倫常綱紀，又給這種新觀念籠罩上一層灰暗
的色彩。

其四，讚美勤勞，提倡賢德。黃遵憲對婦女的辛苦勞作、勤儉持
家、賢慧溫順予以高度的讚揚，認為這是婦女應當堅持與發揚的傳統
美德。

這一點在他描寫家鄉客家婦女生活的作品中表現得尤為集中。
《己亥雜詩》第二十八首即「世守先姑德象篇」一首注云：「婦女皆
勤儉，世家巨室，亦無不操井臼、議酒食、親縫紉者。中人之家，則
無役不從，甚至務農業商，持家教子，一切與男子等。蓋客人家法，
世傳如此。五部洲中，最為賢勞矣。」[21]《送女弟》有云：「儉嗇唐魏
風，蓋猶三代民。就中婦女勞，尤見風俗純。雞鳴起汲水，日落猶負
薪。盛妝始脂粉，常飾維縭巾。汝我張黃家，頗亦家不貧。上溯及太
母，劬勞無不親。客民例操作，女子多苦辛。送汝轉念汝，恨不男兒
身。」又云：「太母持門戶，人言勝丈夫，靡密計米鹽，辛勤種瓜
壺。一門多秀才，各自誇巾裾。粥粥擾群雌，申申言女婆。」[22]在讚
美、誇譽客家婦女的字裏行間，也流露出詩人的同情與理解。還有，
在五古長詩《拜曾祖母李太夫人墓》中，雖然主要是懷念這位老人對
詩人的慈愛，但從詩中也可以看到李太夫人的勤勞質樸，也表現了黃
遵憲對婦女辛勤勞作的讚美之情。

如果說勤儉辛勞主要表現為黃遵憲對婦女的外在美的要求，那
麼，孝順長者，尊敬丈夫，慈愛兒孫則是他對婦女內心修養的希望。
在黃遵憲的心目中，外部行為規範之美與內在道德修養之美應當相輔

---

21 黃遵憲：《人境廬詩草》卷九（北京市：商務印書館，1931年），頁6。
22 黃遵憲：《人境廬詩草》卷一（北京市：商務印書館，1931年），頁4。

相成，二者兼得，和諧統一，這樣的婦女才是出色的、完美的。《送女弟》詩中對其妹妹提出希望說：「所重德功言，上報慈母慈。」又說：「汝須婉以順，朝夕承歡娛。歡娛一以承，我心一以愉。」[23]《為同年吳德壽其母夫人》中云：「作婦甘卑屈，為親宜顯揚，顯揚萬分一，恩義終難詳。盤龍恭人誥，雕螭節孝坊，悠悠《鹿鳴》詩，並坐歌笙簧。歌我《述德篇》，彤管何芬芳。持謝有母人，念彼永毋忘！」[24]黃遵憲對婦女內在修養的要求有一些可取的內容，如賢慧柔順、慈愛誠摯、善良曉理等；同時也表現出明顯的局限性。他的思想，仍然是要求婦女恪守長期以來的溫良恭儉讓之類的規範，嚮往的還是那些「恭人語」的榮譽，「節孝坊」的佳名，他並沒有給婦女內在美的標準增添具有近代意義的新內容。

黃遵憲提倡的「男女平權」仍與封建社會對婦女的要求相聯繫、相雜糅，由此可以看到他婦女觀內容的龐雜性，也表現了處於過渡轉型過程中的中國近代文化的某些特徵，展現著中國傳統文化走向現代化的曲折軌跡與艱難歷程。

其五，既好色選美而又同情婦女。黃遵憲既表現出對某些特殊身份的女性美貌的欣賞，又表達對她們生活與命運的一定程度的同情。

「食色，性也。」[25]「飲食男女，人之大欲存焉。」[26]作為一個平凡而正常的人，黃遵憲也自然有兒女之情，常人之欲。但是這一點，他並不輕易地表現出來。他持身可謂謹嚴，對什麼可以傳揚，什麼不應當留存，均有所考慮。在日本時他與源桂閣筆談時曾說過：

---

23 同上。

24 黃遵憲：《人境廬詩草》卷八（北京市：商務印書館，1931年），頁4。

25 《孟子・告子上》，楊伯峻：《孟子譯注》（北京市：中華書局，1960年），頁255。

26 《禮記・禮運》，楊天宇：《禮記譯注》（上海市：上海古籍出版社，2004年），頁275。

「其中（引者按：指筆談中黃氏之語）頗有不可傳揚之言，如君輩則無妨。故幸見還，至禱至禱！」[27]黃遵憲談女人、談男女之欲的文字在他的詩文等著作中極難窺見，卻較集中地留存在《黃遵憲與日本友人筆談遺稿》中，這大概是他始料不及的。另一方面，也是因為筆談並非正襟危坐地做文章，從中可以獲取許多寶貴的資料，可以更接近生活中的黃遵憲。在現存黃遵憲文字中，這些筆談也是惟一可以窺見他這一側面的材料。

《戊寅筆話》第二十六卷第一百七十話中黃遵憲曾這樣說過：「僕之好色，不如好聲；好淫，不如好色。」又說：「惑溺於色，是何足責？人患不好色耳，好色而善用情，推之可為孝子，可為忠臣，是人吾方病其不好色也。」還說：「凡不知所自起，一往而深者為情；若此心不動，而曲徇他人之言，是偽也，偽則可為不忠不孝。」[28]黃遵憲之言好色，要旨並非僅限於斯，他的「好色」與「情」相聯通，他讚美誠摯熱烈的真情，又與「忠臣」、「孝子」的理想相聯繫，儘管這聯繫未免有點牽強。可見他對「好色」有自己的理解。《戊寅筆話》第二十五卷第一百六十八話中黃遵憲說道：「僕生平未嘗一遊花柳地，以為如佛所謂味如嚼蠟者。及來日本，以為東國佳麗之所萃，又每每呼之侑酒，是又學孔子之無可無不可也。」[29]此處黃遵憲一則自道其心跡行事，一則顯然牽強地以聖人之語為自己的好色之舉找口實。這裏既看到了黃氏的機智，又流露了他「遊花柳地」時的矛盾心態。夫子自道，真切可信。

《日本雜事詩》定本第一百零六首描述冶遊之事云：「繁華南部

27　鄭子瑜、實藤惠秀編校：《黃遵憲與日本友人筆談遺稿》（東京：早稻田大學東洋文學研究會，1968年），頁29。

28　同上書，頁258。

29　同上書，頁237。

記煙花，七十鴛鴦數狹邪。欲聘狸奴先問價，紅箋分送野貓家。」[30]
寫得輕鬆風趣，流露出作者的欣然之態。《戊寅筆話》第二十六卷第
一百七十話中又有一段話，表達了黃遵憲的通達見解：「僕謂作人自
聖人外皆作平等觀。孔子吾不得為之矣，則為和尚可也，為官可也，
為閒人亦可也，為色徒亦可也；吾未見和尚遂勝於色徒也，閒人遂不
如作官也。」[31]他認為人生的道路並非僅有一條，而是可以隨遇而
安，根據自己的具體條件選擇適合自己的生活方式。這種開通達觀的
見解大有李太白「天生我才必有用」之浪漫氣度，也大有龔自珍「不
拘一格降人材」的流風遺韻，在當時自有其意義與價值。但是也應看
到，黃遵憲的首要目標是成為聖人，他對孔子表現出由衷的崇敬。在
做聖人不成的情況下，他才採取了如此達觀的人生態度，未始不有點
無可奈何之態。他所言應作「平等觀」的思想，本來是新的觀念，但
他卻將聖人排除在外，並沒有衝破「聖人」的光環。在這裏，他對
「色徒」也是認可了的。《戊寅筆話》第六卷第四十二話中黃遵憲與
源桂閣的一段筆談，又可以看出黃遵憲對人欲的抑制，也流露出他接
受封建傳統倫理道德影響之深；這正與他嘲笑沈梅史在女人問題上的
「饑不擇食」相一致：

　　桂閣：君未擒獲一個女子否？
　　公度：有待有待。姑徐徐云爾。彼梅史者，饑者甘食，僕所不
　　取也。

---

30 鍾叔河輯注：《日本雜事詩廣注》，鍾叔河主編：「走向世界叢書」之《日本日記‧
　甲午以前日本遊記五種‧扶桑遊記‧日本雜事詩廣注》（長沙市：嶽麓書社，1985
　年），頁700。
31 鄭子瑜、實藤惠秀編校：《黃遵憲與日本友人筆談遺稿》（東京：早稻田大學東洋文
　學研究會，1968年），頁253。

　　桂閣：君亦忍餓否？

　　公度：能忍亦盛德。

　　桂閣：是可忍，孰不可忍也？[32]

　　《戊寅筆話》第七卷第四十八話中黃遵憲、沈文熒（梅史）與源桂閣的另一段筆談，也表現了黃遵憲思想深處的某些觀念，這些方面是他不輕易流露的：

　　桂閣：公翁名硯，使美人捧之，則一對佳偶，豈何濱姐醜粗所及乎哉？黃公未得愛寵乎？

　　梅史：公度求一佳者，故濡滯也。

　　桂閣：濱姐戀戀久矣，幸君窺隙為兖逾牆之策如何？

　　公度：逾牆而摟其處子，是任氏所為之事，弟所不敢也。

　　桂閣：他非純良處子，誰亦妨乎？

　　梅史：雖有意於黃叔度，而任公子之若魚，他人未容染指也。

　　桂閣：緣木求魚之譬，是之謂也。

　　公度：魚我所欲也；義，亦我所欲也。二者不可得兼，則捨魚而取義。

　　桂閣：熊掌猶易，處女不易得。不如與任謙齋商量，而轉換黃公所聘之美人如何？弟如有黃公之位，則疾逾牆耳。中華人何重義之甚？

　　梅史：黃公所求乃絕色，所見藝者，均不當意，其眼法高矣。[33]

32 鄭子瑜、實藤惠秀編校：《黃遵憲與日本友人筆談遺稿》（東京：早稻田大學東洋文學研究會，1968年），頁22。

33 鄭子瑜、實藤惠秀編校：《黃遵憲與日本友人筆談遺稿》（東京：早稻田大學東洋文學研究會，1968年），頁42。

　　黃遵憲的「忍」「欲」並稱之為「盛德」，不敢「逾牆而摟其處子」卻說「捨魚而取義」，明顯表現出對中國道德倫理規範的遵從，也可以看到他對男女間「真情」的重視。既想衝破舊觀念向前邁出一步，但這一步又不敢邁得太大，舉足時那麼小心翼翼，左顧右盼，這就是他當時的心態，這就是他內心的微妙衝突。黃遵憲還提出了他的選美標準，從中可以瞭解他對婦女的要求。

　　《戊寅筆話》第十二卷第七十八話中有一段較長的筆談，黃遵憲向源桂閣很詳細地詢問在日本娶妾的有關問題，並表示了他欲買妾而不欲租賃的想法。從這裏可以瞭解到黃氏在這一問題上的嚴肅認真，而非朝三暮四朝秦暮楚之輩，從他買妾之念中也可以窺見他受封建倫理束縛的痕跡，因為從當時的社會習俗和道德標準看來，「買妾則名正言順，可對君父」[34]。這與他做忠臣孝子的願望不相悖謬，從而實現一種理與欲的折中調和。《戊寅筆話》第十五卷第一百零一話中黃遵憲說出了自己的選美要求：「東京婦人，有能擊劍者否？有能豪負俠氣如男子者否？有能通漢文者否？兼是三者，美惡老少不足計也，為僕謀之。」[35]他更注重女子的內在修養與獨特個性，而容貌之美醜、年齡之老幼尚在其次。接下來的話，又表明了他處理男子地位的觀點：「若不如我，則吾奴隸之；若勝於我，則俯首甘拜下風，彼奴隸我，何恤焉。」[36]這裏他放下了「夫為妻綱」、「男尊女卑」的封建教條，具有男子平等的新質素，也有非你「奴隸」我，即我「奴隸」你的舊觀念。《戊寅筆話》第二十五卷第一百六十八話中，黃遵憲又這樣寫道：「僕論美人，以為苟美矣，癡亦好，妒亦好，狡猾亦

34　廖錫恩（樞仙）與大河內輝聲（源桂閣）筆談時語，同上書，頁167。

35　鄭子瑜、實藤惠秀編校：《黃遵憲與日本友人筆談遺稿》（東京：早稻田大學東洋文學研究會1968年），頁149。

36　同上書，頁150。

好。」[37]這當然是一時興到之語，將外在容顏之美與內在性格特徵分割開來，經不住推敲琢磨，可取之處不多。但另一方面，也同樣表現了黃遵憲對婦女之美所採取的比較寬容的態度，表現了他一貫豁達開放的胸懷和相容並包的氣度。

除了好色選美，而又未能完全打破封建傳統倫理藩籬的束縛，表現了黃遵憲思想意識深層的人情人欲與天理聖道之間的衝突，再現他婦女觀的一個側面之外，黃遵憲還有一些文字，從另一個側面表明了他對婦女的態度，表現出對下層婦女的關注，對她們的苦難，對她們受壓迫、受奴役、受蹂躪的遭遇表示深切的同情。相對而言，這類文字則較容易見到，尤其是較集中地體現在《日本雜事詩》的有關部分中。如定本第一百零五首云：「眉心點翠額安黃，雲鬢堆鴉學豔妝。繡葆呱呱懷抱裏，小姑居處尚無郎。」[38]流露出對未婚卻當了母親的日本少女的同情。將此詩與初刊本第一百一十五首相對照，更可以看到詩人同情下層婦女思想的發展，詩云：「生來未敢學夫人，曉酒司茶事事親。記得某侯年最少，花枝親揀到儂身。」[39]完全是另一種筆調。定本第一百零七首寫藝妓云：「彈盡三弦訴可憐，沉沉良夜有情天。樓頭月照人團聚，到老當如雞卵圓。」[40]初刊本第一百一十八首云：「手抱三弦上畫樓，低聲拜手謝纏頭。朝朝歌舞春風裏，只說歡娛不說愁。」[41]定本第一百零八首寫官許云：「狹巷陰宮獄氣淒，馬纓

---

37 鄭子瑜、實藤惠秀編校：《黃遵憲與日本友人筆談遺稿》（東京：早稻田大學東洋文學研究會1968年），頁238。

38 鍾叔河輯注：《日本雜事詩廣注》，鍾叔河主編：「走向世界叢書」之《日本日記・甲午以前日本遊記五種・扶桑遊記・日本雜事詩廣注》（長沙市：嶽麓書社，1985年），頁699。

39 同上。

40 同上書，頁702。

41 同上。

一樹夜烏棲。花陰月黑羊車過,供鬼揶揄作鬼妻。」[42]此首又可與初刊本第一百二十一首相對照來讀,看出黃遵憲的思想變化:「花屋明燈貨座敷,樓頭團坐月明初。願郎莫短纏頭費,奴是官家許女閭。」[43]初刊本第一百二十二首云:「琵琶偷抱月昏黃,唱徹聲聲夜度娘。薄命自憐沉地獄,女青亭裏學鴛鴦。」[44]可以看到,黃遵憲對藝妓、妓女等被壓在社會底層的婦女表示了深深的同情,對她們所受的苦難與殘害表示了抑鬱不平之氣。

後來,在任駐美國三藩市總領事時,黃遵憲又有過查禁華人婦女在那裏賣淫為娼的建議,曾說要「杜絕妓婦」。他在上鄭玉軒稟文中說:「前陳議禁娼妓一事,查各國繁盛之區,無不有娼僚妓院,雖各設禁條,亦有未能除絕之者。論為政大體,原不在乎汲汲於此。第以金山華婦,娼妓多於良家,又有三合會黨訛索分肥,往往茲事。」[45]可見,他對資本主義國家的賣淫嫖娼的醜惡腐敗現象認識不清,認為無礙「為政大體」。他要查禁三藩市妓女本來是保護婦女的一項有益工作,具有解放婦女的意義,但他陳述原因時又出現了明顯的局限:其一,「金山華婦,娼妓多於良家」,數量太多;其二,因此社會秩序不安定,「往往滋事」。他建議查禁娼妓,並非從解放婦女,救她們於水火的角度出發,並不是對婦女的人的地位的充分肯定,這又表現了黃遵憲婦女觀的矛盾與缺陷。

黃遵憲既好色選美,又同情婦女,這的確反映了他思想意識中的矛盾衝突。通過這些現象,也讓我們看到了他人性的兩個側面,一面

---

42 同上。

43 同上書,頁703。

44 同上書,頁702。

45 黃遵憲:《上鄭欽使第三十五號》,陳錚編:《黃遵憲全集》(北京市:中華書局,2005年),頁493。

是人情人欲的渴望，一面又是天理聖道的束縛。他實際上陷入了一種難以擺脫的困境之中，也在試圖尋找一種折中穩妥的辦法，尋求一個二者兼顧的方案。在這種情與理的衝突中，我們看到了黃遵憲性格與思想的人性深度，也看到了他表現出來的婦女觀的真實性與可信性。而且，在黃遵憲的時代，這種理與情、靈與肉的糾纏裂變現象，還具有文化史的意義。這裏透露出中國文化與西方新思想接觸碰撞時，中國傳統倫理觀念面臨轉型重構之際的某些必然趨勢和過程。可以說，黃遵憲的足跡，也折射出中國近代文化曲折歷程的某些側面。

總之，從對黃遵憲婦女觀的考察中我們看到，他的確對婦女受壓迫、遭蹂躪的命運表示關注與同情，也為婦女的解放做出過努力。但是，由於他自己並未完全走出封建的傳統，沒有完全擺脫種種舊觀念的羈絆，還沒有真正獲得一種全新的思想武器，他也有他的謬誤，留下了深深的遺憾。他呼喊婦女地位的提高，婦女有解放，仍然處於表面的較淺顯的層次，一觸及他意識深層的道德防線的時候，他就止步退縮，不肯越雷池一步了。由此我們也可以看到，婦女地位的提高，婦女有真正解放，的確是一個艱難而長期的任務，遠非一兩代知識分子的努力即可臻於完成，更重要的還要有婦女自身的覺醒，自我的抗爭，爭得「人」的地位，爭取「女人」的地位。不僅是解放婦女，更深刻的是婦女自身的解放。這一點在黃遵憲的時代還遠未完成，或者說尚未真正開始。

儘管如此，黃遵憲仍然在中國近代思想文化啟蒙、在婦女解放的歷史進程中留下了他難能可貴的足跡。只要我們回顧一下中國婦女解放、覺醒之路是多麼坎坷不平，多麼曲曲折折，也就可以稍稍體會得到先驅者留下的這些有正有歪的足跡的歷史貢獻與意義了。黃遵憲在婦女解放的道路上只能走這麼遠。歷史就這樣匆匆過去。黃遵憲在婦女問題上的貢獻，成為後人繼續前進的起點；而他留下的缺憾，又成

為來者繼續探索的借鑒。黃遵憲和他的同時代人沒有完成的使命，留給了五四一代知識分子乃至今天的人們。

黃遵憲論小說

　　黃遵憲不以小說名家，甚至沒有寫過小說，但在小說空前興盛的背景下，他也曾留意並關注小說，發表過一些意見。從黃遵憲文學思想研究和近代小說理論研究的角度看，這些關於小說的論述卻頗有價值，足堪重視。

　　今見黃遵憲最早談論小說的文字是他出使日本之後留下的。光緒四年八月初十日（1878年9月6日）下午，在東京月界院中國駐日本公使館內，黃遵憲等中國使館人員與日本友人源桂閣、石川英筆談，較詳細地談及中國小說《三國演義》和《紅樓夢》、日本小說《源氏物語》等等問題。

　　其一，他們討論了史書《三國志》與小說《三國演義》的關係，討論了《三國演義》的版本，特別提及毛宗崗注本、金聖歎批本與羅貫中原著的關係；黃遵憲介紹了羅貫中生平與著述情況，他說：「羅貫中為元末明初人，其它著述皆不可知，蓋此種小說，民間盛行，而藏書家及四庫目皆不著於錄，故不可知。」[1]

　　其二，他們談及中國小說在日本流佈傳播的情況，尤其值得注意的是高度評價了《紅樓夢》。當石川英介紹「民間小說傳敝邦者甚鮮，《水滸傳》、《三國志》、《金瓶梅》、《西遊記》、《肉蒲團》數種而已」[2]，《紅樓夢》尚未流傳時，黃遵憲立即向日本友人推薦，並對這

1　鄭子瑜、實藤惠秀編校：《黃遵憲與日本友人筆談遺稿》（東京：早稻田大學東洋文學研究會，1968年），頁181。
2　同上書，頁182。

部小說予以極高的評價，說道：「《紅樓夢》乃開天闢地、從古到今第一部好小說，當與日月爭光，萬古不磨者。恨貴邦人不通中語，不能盡得其妙也。」[3]又評論道：「論其文章，直與《左》、《國》、《史》、《漢》並妙。」[4]表現了黃遵憲對小說的深刻理解和他的敏銳眼光。

其三，他們還談論了日本古典小說名著《源氏物語》，並且將其與中國小說《紅樓夢》聯繫比較。源桂閣介紹說：「敝邦呼《源氏物語》者，其作意能相似。他說榮國府、寧國府閨闈，我寫九重禁庭之情，其作者亦係才女子紫式部者，於此一事而使曹氏驚悸。」[5]石川英也說道：「此文古語，雖國內解之者亦少。」黃遵憲答曰：「《源氏物語》，亦恨不通日本語，未能讀之。今坊間流行小說，女兒手執一本者，僕謂亦必有妙處。」[6]

黃遵憲對《三國演義》、《紅樓夢》等小說的重視與評論，開啟了19世紀末至20世紀初興起的「小說界革命」運動中中國小說史研究的先聲。他將小說與史書相提並論，與此前的李贄、袁宏道、金聖歎等人的思想方式一脈相承。黃遵憲對《紅樓夢》的評論，也引起了國際紅學界的重視，稱之為中國近代最早高度評價《紅樓夢》的文字。在日本時，黃遵憲還把自己攜帶的一部《紅樓夢》贈送給日本友人閱讀，對這部小說走向世界作出了貢獻。黃遵憲對《紅樓夢》研究乃至對中國小說史研究作出的貢獻，雖說是他始料不及的，但是，再作《紅樓夢研究史》時，也該不會忘記寫上黃遵憲一筆的吧。

光緒三年（1877），黃遵憲一到日本，就感覺到蒸蒸日上的日本

3　同上。

4　同上書，頁183。

5　鄭子瑜、實藤惠秀編校：《黃遵憲與日本友人筆談遺稿》（東京：早稻田大學東洋文學研究會，1968年），頁183。

6　同上。

與江河日下的中國之間的巨大差異，一直關心祖國命運、始終渴望國富民強的他，立即開始思考追索日本迅速強大起來的原因。他感到日本文化的普及與發達對其社會全面發展具有重要作用，而文化的普及又與日本文字的簡便易學大有關係，拼音文字的使用也使小說極為流行，小說盛行也就成為日本富強的重要原因之一。於是他開始重視小說，並在《日本國志》中論述說：

> 日本古無文字而有歌謠，上古以來口耳相傳，漢籍東來後乃偕漢字之音而填之以國語，如古《萬葉集》所載和歌，悉以漢字填之，既開後來用音不用義之法。然漢字有一字而兼數音者，則審音也難；有一音而具數字者，則擇字也難；有一字而具數十撇畫者，則識字也又難。自草書平假名行世，音不過四十七，字點畫又簡，極易習識，而其用遂廣。……若稗官小說，如古之《榮華物語》、《源語勢語》（引者按：似當為《源氏物語》）之類，已傳播眾口。而小說家簧鼓其說，更設為神仙佛鬼奇誕之辭，狐犬物異怪異之辭，男女思戀媟褻之辭，以聳人耳目。故日本小說家言充溢於世，而士大夫間亦用其體，以述往跡，紀異聞。……讀書人或鄙為俚俗，斥為諺文，然而人人慣用，數歲小兒，學語之後，能讀假字，即能看小說作家書，甚便也。……蓋語言與文字合而為一，絕無障礙，是以用之便而行之廣也。[7]

在《日本雜事詩》第十七首中，黃遵憲也曾提及小說《榮華物語》：「翠華馳道草蕭蕭，深苑無人鎖寂寥。多少榮華留物語，白頭宮

7　黃遵憲：《日本國志》卷三十三《學術志二》，光緒十六年（1890年）羊城富文齋刊本，頁3-4。

女說先朝。」自注云:「《榮華物語》出才嬪赤染門手,皆紀藤原道長驕奢之事。道長三女為後,故多敘宮壼。」[8]詩雖是言日本西京事,仍表現出黃遵憲關注小說之情。而剛剛從閉關的封建帝國走出,剛剛接受了一點西方近代文明的黃遵憲,能有如此敏銳的眼光,深刻的見識,清醒開放的文化觀,實在難能可貴。

　　黃遵憲觀察日本的一切,時時以中國的情況為參照,處處與中國的現狀作對比。他在看到日本小說之發達、文明之發展以後,立即聯想到發展中國的文化和中國的小說,並對之抱有信心。他說:

　　　　蓋語言與文字離,則通文者少;語言與文字合,則通文者多,其勢然也。然則日本之假名有禆於東方文教者多矣,庸可廢乎?泰西論者,謂五部洲中,以中國文字為最古,學中國文字為最難,亦謂語言文字之不相合也。然中國自蟲魚雲鳥,屢變其體,而後為隸書,為草書。余烏知夫他日者不又變一字體為愈趨於簡,愈趨於便者乎?自《凡將》《訓纂》,逮夫《廣韻》《集韻》,增益之字,積世愈多,則文字出於後人創造者多矣。余又烏知乎他日者不有孳生之字,為古所未見,今所未聞者乎?周秦以下,文體屢變,逮夫近世,章疏移檄,告諭批判,明白曉暢,務期達意,其文體絕為古人所無。若小說家言,更有直用方言以筆之於書者,則語言文字幾幾乎復合矣。余又烏知夫他日者不更變一文體,為適用於今,通行於俗者乎?嗟乎!欲令天下之農工商賈、婦女幼稚皆能通文字之用,其不得不於此求一簡易之法哉![9]

8　黃遵憲:《日本雜事詩》卷一,錢仲聯:《人境廬詩草箋注》附錄(上海市:上海古籍出版社1981年),頁1102-1103。

9　黃遵憲:《日本國志》卷三十三《學術志二》,光緒十六年(1890年)羊城富文齋刊本,頁5-7。

　　黃遵憲以漢字的演進為據，希望它進一步發展變化，試圖從漢字
的改革開始，使語文合一，使文化普及。他對小說「直用方言」，使
小說通俗化，走向語文合一表示欣喜，並進一步設想由此創造一種通
俗實用的新文體，使各行各業的人們，使男女老幼「皆能通文字之
用」。他還從對日本、中國語言文字現象的比較觀察中，得出了帶有
理論色彩的結論：「語言與文字離，則通文者少；語言與文字合，則
通文者多，其勢然也。」後來至光緒二十七年（1901），他再次申明
這樣的觀點：「語言者，文字之所從出也。語言與文字合，則通文者
多；語言與文字離，則通文者少。」[10]可見，追求語言文字合一是黃
遵憲的一貫主張。

　　顯而易見，黃遵憲在學術著作《日本國志》中提到小說，出發點
並不在文學本身，正如他自己所說，撰著《日本國志》之目的是「期
適用也」[11]，「期於有用」[12]，他提倡小說的目的也自是如此。小說只
是作為他主張「語言文字合一」的論據之一，只是作為實現他的學術
目的乃至變法革新的政治目的的手段或工具之一。但是另一方面，黃
遵憲的言論出自那樣一個小說為不登大雅之堂的「小道」的時代，並
且是在上之朝廷以期生效的帶有政治色彩的學術著作中論及，必將促
進當時思想界、學術界、文學界對小說的重視，從而對提高小說的地
位，改變中國傳統雜文學體系的內部結構，建立現代純文學結構模式
產生積極的影響。這種從非文學目標出發提倡文學，卻在客觀上引起
人們重視文學，從而提高文學地位的文化現象在中國近代文壇絕非偶

10 黃遵憲：《梅水詩傳序》，錢仲聯輯：《人境廬雜文鈔》（上），《文獻》第七輯（北京
　　市：書目文獻出版社，1981年），頁76。

11 黃遵憲：《凡例》，《日本國志》卷首，光緒十六年（1890年）羊城富文齋刊本，頁
　　4。

12 鄭子瑜、實藤惠秀編校：《黃遵憲與日本友人筆談遺稿》（東京：早稻田大學東洋文
　　學研究會1968年），頁284。

然，這是具有深層原因和時代特徵的文學、文化歷史現象。

到了戊戌變法失敗之後，由於政治改革受挫而逐漸高漲的「詩界革命」、「文界革命」和「小說界革命」等文學改革運動，均與黃遵憲這一思想一脈相通，他們在文學觀念、思維方式與價值取向上均表現出驚人的一致。因此，可以認為，黃遵憲是較早提出重視小說、發揮小說改造社會作用的近代文學家之一，是後來一系列文學改革運動的思想方法、行動方式上的先導。儘管他的論述很不系統，尚欠深入，但是其首倡之功實不可沒。

戊戌變法失敗後，已被罷官放歸的黃遵憲，雖遠在家鄉，但仍然關心著文壇狀況和國家局勢。光緒二十八年六月（1902年7月），他致書嚴復，討論翻譯文體問題和文學發展問題，再次提及小說。他寫道：

> 公以為文界無革命，弟以為無革命而有維新。如《四十二章經》，舊體也；自鳩摩羅什輩出，而內典別成文體，佛教益盛行矣。本朝之文書，元明以後之演義，皆舊體所無也，而人人遵用之而樂觀之。文字一道，至於人人遵用之樂觀之，足矣。[13]

黃遵憲以元明兩朝之後大量流行的演義小說為例，論述其文界「無革命而有維新」的觀點，勸說嚴復順應歷史的大趨勢，走語言文字通俗化的道路。黃遵憲對演義小說這一後起文體的「人人遵用之樂觀之」表示欣喜，認為這是文學發展的必然趨向。這裏雖非專論小說而只是將「演義」作為論據之一而提及，但同樣可見黃遵憲對小說的重視和發展變易的文學觀念。

---

13 黃遵憲：《與嚴幾道書》，錢仲聯輯：《人境廬雜文鈔》（下），《文獻》第八輯（北京市：書目文獻出版社，1981年），頁84。

　　光緒二十八年十月十五日（1902年11月14日），流亡海外的梁啟
超在日本橫濱創辦《新小說》雜誌，張開了「小說界革命」的旗幟。
光緒二十八年至光緒三十一年（1902-1905）間，既老且病的黃遵
憲，在生命的最後幾年裏，忍著日益加劇的病痛與梁啟超書信往還。
在這些書信裏，黃遵憲多次談及小說問題，比較集中地表達了對於小
說的看法。

　　當他讀到《新小說》創刊號時，立即表現出難以抑制的欣喜；當
他讀到發表於該刊的梁啟超所作小說《新中國未來記》時，馬上對之
發表了中肯的評價。光緒二十八年十一月十一日（1902年12月10日）
在給梁啟超的信中，黃遵憲寫道：

> 《新小說報》初八日見之（僅二月餘，得報以此為最速，緣汕
> 頭之洋務局中，每有專人飛遞故也），果然大佳，其感人處竟
> 越《新民報》而上之矣。僕所最賞者，為公之《關係群治論》
> 及《世界末日記》。讀至「愛之化尚開」一語，如聞海上琴
> 聲，歎先生之移我情也。《新中國未來記》表明政見與我同者
> 十之六七，他日再細評之，與公往復。此卷所短者，小說中之
> 神采（必以透切為佳）、之趣味耳（必以曲折為佳）。俟陸續見
> 書，乃能言之，刻未能妄測也。僕意小說所以難作者，非舉今
> 日社會中所有情態一一飽嘗爛熟，出於紙上，而又將方言諺語
> 一一驅遣，無不如意，未足以稱絕妙之文。前者須富閱歷，後
> 者須富材料。閱歷不能襲而取之，若材料則分屬一人，將《水
> 滸》、《石頭記》、《醒世姻緣》以及泰西小說，至於通行諺語，
> 所有譬喻語、形容語、解頤語，分別抄出，以供驅使，亦一法
> 也。公謂何如？《東歐女豪傑》，筆墨極為優勝，於體裁最

合。總之，努力為之，空前絕構之評，必受之無愧也。[14]

這是黃遵憲論小說最為集中、最為詳盡的一段文字，其中涉及較多的小說理論問題和創作實踐問題。

他首先稱讚梁啟超創辦的《新小說》雜誌，認為其感人程度遠遠超過了「驚心動魄，一字千金」[15]的《新民報》（指1902年創刊的《新民叢報》），並對發表於《新小說》創刊號上的梁啟超的《關係群治論》（即《論小說與群治之關係》）和法國佛林馬利安著、梁啟超譯的小說《世界末日記》表示了由衷的稱讚。

關於《新中國未來記》，黃遵憲指出其「政見與我同者十之六七」，表現了黃遵憲、梁啟超二人政治觀點的相近相通，其中也蘊含著黃遵憲對小說思想內容的總體肯定。同時，他也指出了小說的藝術缺陷，一是缺少「神采」，二是缺乏「趣味」。從信中看，「神采」當是指由人物形象、語言文采等構成的小說的總體風格；「趣味」當是指由故事情節表現的小說的藝術魅力。平心論之，梁啟超的《新中國未來記》的確存在著太過注重政治宣傳，「專欲發表區區政見」[16]，以至於影響了小說藝術效果的明顯缺陷。黃遵憲在當時即予指出，不能不說他目光敏銳，見解深刻，藝術修養精湛。

黃遵憲有著豐富的文學創作經驗，在討論文學理論問題時，便顯示出他過人的鑒賞評論水準。黃遵憲在詩歌創作中也能妥當處理思想性與藝術性的關係，正如他在光緒二十九年（1903）致梁啟超的信中

---

14 北京圖書館善本組整理：《黃遵憲致梁啟超書》，《中國哲學》第八輯（北京市：生活・讀書・新知三聯書店，1982年），頁372-373。

15 同上書，頁397。

16 梁啟超：《緒言》，《新中國未來記》卷首，阿英編：《晚清文學叢鈔・小說一卷》（北京市：中華書局，1960年），頁1。筆者對原標點略有調整。

所說:「吾論詩以言志為體,以感人為用。」[17]這一點,不僅及時地指出了梁啟超文學理論與小說創作上的偏頗,而且有助於糾正以梁啟超為代表的一大批文學家太重政治宣傳、政治鼓動而忽視藝術追求的理論偏向。

在對具體作品進行評論之後,黃遵憲還在這段文字裏談到小說創作問題。雖然他沒有小說創作的實踐,但是他的見解仍然價值獨具。他著重於作家的修養,強調小說家必須具備兩個方面的功力:一是要將「今日社會中所有情態一一飽嘗爛熟,出於紙上」,即是作家要深入體驗生活,瞭解社會,品味人生,對豐富繁雜的社會現象加以分析提煉,從中發現具有典型意義的東西,寫入作品之中;二是要加強語言修養,能夠「將方言諺語一一驅遣,無不如意」,運用自如,即是小說語言的通俗化和個性化問題。這一點,與黃遵憲一貫主張的語文合一與文學的通俗化追求相一致。由這一段論述我們看到,黃遵憲的小說理論主張與詩學思想之間有著密切的關係,顯示出這位文學思想家理論上與創作上的一致性和相關性。

在致梁啟超書信中,另有一段文字論及小說中的「雜歌謠」問題。黃遵憲寫道:

> 小說中之雜歌謠,公徵取之至再至三,吾何忍固拒?此體以嬉笑怒罵為宜,然此四字乃非我所長,試為之,手滑又慮傷品,故不欲為。《軍歌》以外,有《幼稚園上學歌》十首、《五禽言》五章(庚子五月為杜鵑也),即當錄寄,漸可敷衍,余且聽下回分解矣。[18]

---

17 北京圖書館善本組整理:《黃遵憲致梁啟超書》,《中國哲學》第八輯(北京市:生活・讀書・新知三聯書店,1982年),頁383。

18 北京圖書館善本組整理:《黃遵憲致梁啟超書》,《中國哲學》第八輯(北京市:生活・讀書・新知三聯書店,1982年),頁376-377。

　　黃遵憲認為小說中的「雜歌謠」應該具備「嬉笑怒罵」皆成文章的特點，既要有風趣，有諧謔，生動活潑，又要有憤怒，有指責，針砭時弊。他還將新作《軍歌》、《幼稚園上學歌》、《五禽言》等寄給梁啟超，希望於他創作小說有益。在書信的另一處，黃遵憲還寫道：「《幼稚園上學歌》以呈鑒，或可供《小說報》一回之材料也。」[19]在結束這段文字的時候，黃遵憲還運用了中國古典小說中一回結束時的套語「且聽下回分解」，雖是不經意的一筆，但在生動活潑的筆調中表現出他對小說的熱愛和提倡。

　　黃遵憲還在致梁啟超書信中寫道：

　　怪哉！怪哉！快哉！快哉！雄哉！大哉！崔嵬哉！何其神通，何其狡獪哉！彼中國惟一之文學之《新小說報》，從何而來哉？東遊之孫行者，拔一毫毛，千變萬態，吾固信之。此新小說，此新題目，遽陳於吾前，實非吾思議之所能及。未見其書，既使人目搖神駭矣。吾輩鈍根，即分一派出一話，已有舉鼎臏絕之態。公乃竟有千手千眼，運此廣長舌於中國學海中哉！具此本領，真可以造華嚴界矣。生平論文，以此為最難，故亟欲先睹為快。同力合作，共有幾人？亦望示其大概。[20]

　　此段文字開端的一大串感慨，活現出黃遵憲讀到《新小說》雜誌時的驚喜難抑、拍案擊節、連聲叫絕之情態。他對梁啟超的成就表示衷心的推崇讚美，並以孫悟空的千變萬化、法力無邊為喻，盛讚梁氏的能力竟越乎孫悟空而上之。前引書信中黃遵憲曾言及小說之「難作」，此處又說「生平論文，以此為最難」，都表明他對小說創作之甘

---

19 同上書，頁272。

20 同上書，頁398。

苦的理解和對小說的重視；這也同他在與日本友人的筆談中將小說與
史學名著相提並論的觀點相通。凡此均表現了黃遵憲對小說的一貫重
視。黃遵憲對梁啟超及其合作者也表示了殷切的關心，簡短的詢問中
透露出他們之間的深厚友誼和深切理解。

　　在寫給梁啟超的書信中，黃遵憲還有幾處運用小說中的人物或小
說語言來表明見解，說明問題，他對小說的濃厚興趣在此又一次得到
彰顯。光緒二十八年四月（1902年5月），黃遵憲稱許《新民叢報》
道：「驚心動魄，一字千金。人人筆下所無，卻為人人意中所有，雖
鐵石人亦應感動。從古至今，文字之力之大，無過於此者矣。羅浮山
洞中一猴，一出而逞妖作怪，東遊而後，又變為《西遊記》之孫行
者，七十二變，愈出愈奇。吾輩豬巴（引者按：當作八）戒，安所容
置喙乎？惟有合掌膜拜而已。」[21]黃遵憲比梁啟超為孫悟空，而自比
豬八戒，顯得風趣機智，更透露出他對小說的重視和熱情。黃遵憲還
寫道：「紙尚未盡，非吾輩作書通例。擱筆吸淡巴菰數口，忽念及演
義報，得一題曰：『飲冰室草自由書，燒炭黨結秘密社。』公謂佳
否？具此本領，足以作小說報、讀小說報否？」[22]在信之末尾，黃遵
憲擬了一對偶句，如同小說回目一般，寫得穩當工整，很適合小說使
用。他是《新小說》的熱心讀者和評論家，更值得注意的是，這裏黃
遵憲還問梁啟超自己是否「足以作小說報」，足見他曾想到過自己能
否也寫作小說、直接加入「小說界革命」運動的問題。黃遵憲對小說
的極為重視、熱情關心歷歷在目了。

　　可見，黃遵憲在晚年致梁啟超的書信中，多次談及小說問題，涉
及小說創作、評論、鑒賞、作家修養等諸多的理論與實踐問題。他對

21　北京圖書館善本組整理：《黃遵憲致梁啟超書》，《中國哲學》第八輯（北京市：生
　　活・讀書・新知三聯書店，1982年），頁397。
22　同上書，頁399。

小說極為重視，對梁啟超宣導的「小說界革命」極為關心，書信中雖然有與梁啟超的商榷及對梁氏的批評，但更多的是鼓勵與讚賞，見出他們求真求實的入世精神與深厚友誼，也見出黃遵憲與「小說界革命」的密切關係，儘管他並未直接參加這一文學改革運動。

正如黃遵憲在與日本友人的筆談中出於介紹宣傳中國文化的目的談論小說，在《日本國志》中出於學術的、政治的目的提及小說，給予小說以青睞一樣，晚年的黃遵憲關注小說，依舊是為了宣傳變法維新，從而達到改革社會、救亡圖存的政治目標。但是，黃遵憲尚能始終強調小說（文學）的藝術價值與藝術效果，在注重文學社會政治功能的同時不曾淡忘文學的藝術本質，認識到文學創作是以藝術審美活動為特徵的精神創造，這在他批評梁啟超《新中國未來記》的文字中得到了最為集中與最有說服力的體現。這正是黃遵憲比梁啟超的高明之處，也顯示出他思想的深度和理論的完整性。因之，黃遵憲的小說理論觀念對糾正「小說界革命」運動中的某些理論偏頗有裨益，只惜未能發生廣泛影響，取得明顯效果。

既要看到黃遵憲等人提倡小說、重視文學的非文學動機和社會功利性，同時也要認識到在那三千年未有之創局中，在中華民族生死抉擇的關頭，出現這樣的理論傾向和文學運動、文化現象亦是歷史的必然，時勢的需求。他們在客觀上提高了小說的地位，使小說逐漸引起了人們的重視，對中國小說的近代化，對中國小說走向文壇中心，促進中國文學結構模式的變革，均起到了歷史性的作用，作出了不可否認的貢獻。

總之，說黃遵憲有關小說的論述具有一定的理論價值和明顯的現實意義，黃遵憲的小說論是對中國近代小說理論史的一個重要貢獻，在中國近代小說理論史上應當佔有一席之地，應該是不過分的。

黃遵憲論曾國藩平議

　　清光緒二十八年（1902），流亡日本的梁啟超與謫居梅縣的黃遵憲建立起了書信聯繫，這使得兩位同遭不幸的忘年交重新獲得了交流的機會；流亡海外的梁啟超由此獲得了又一個深入商討的對象，放歸鄉里的黃遵憲則得到了與外界溝通信息的視窗。

　　梁啟超曾致書黃遵憲，表示欲為曾國藩作傳[1]，並徵求黃氏意見，於是黃遵憲在覆信中對曾國藩作了較為詳細的評論。長期以來，曾經有不少著作引述或提及這段文字，有的以此證明黃遵憲晚年對太平天國的態度發生了根本性的轉變，由早年的仇視而為同情；有的以此論證黃遵憲對曾國藩是批判的，因而黃氏也就有了先進的思想傾向，如反清排滿之類。其實，或由於資料不全，或由於某些時候學術氣氛不正常，大多數的引述均失之偏頗，有違黃遵憲的本意。茲試通過引述黃遵憲對曾國藩的評論，並參之以其它材料，以求得到正確的認識，澄清誤解。

　　1982年，北京圖書館善本組將入藏該館的黃遵憲晚年致梁啟超書信整理校點，以《黃遵憲致梁啟超書》之名公開發表在《中國哲學》第八輯上，儘管整理工作存在次序混亂、標點舛誤等問題，但這份材料的公佈，還是為研究者帶來了方便。為敘述方便，現將這段文字分為十小節，加以序號，逐一引述並略加評論；為避免斷章取義，茲據北京圖書館善本組整理稿原文照錄。

1　筆者按：梁啟超著有《曾文正年譜初稿》（手稿），又嘗編有《曾文正公嘉言鈔》。

（一）公欲作《曾文正傳》，索僕評其為人。僕以為國朝二百
餘年，應推為第一流。即求之古人，若諸葛武侯，若陸敬輿，
若司馬溫公，若王陽明，置之伯仲間，亦無愧色，可謂名儒
矣，可謂名臣矣！雖然，僕以為天生此人，實使之結從古迄今
名儒、名臣之局者也。[2]

這一段可看做黃遵憲對曾國藩的總體評價。首先，黃遵憲認為曾
氏是清朝開國二百多年來「第一流」的人物，可以同歷史上三國蜀漢
之諸葛亮、唐之陸贄、宋之司馬光、明之王守仁相提並論，可以稱為
「名儒」、「名臣」。顯然，這是極為高度的讚譽。其次，黃遵憲又從
變易發展的歷史觀出發，認為「名儒名臣」的時代已經過去，曾國藩
是其最後一位，他「結從古迄今名儒、名臣之局」，這樣的人物不會
再有，因為時代早已發生了深刻的變化。從評論之始，黃遵憲就既考
慮歷史，又關注現實；既有史學家的思維特色，又有思想家的認知方
式。這乃是黃遵憲一貫的思想方法。

（二）其學問能兼考據、詞章、義理三種之長。（舊學界中卓
然獨立，古文為本朝第一。）然此皆破碎陳腐、迂疏無用之
學，於今日泰西之科學、之哲學未夢見也。（郭筠老漸知此
意。彼見日本坊肆所賣書目，驚駭歎詫，謂此皆四庫目中所未
有，曾貽一函，詢日本學問勃興之狀何如。）[3]

黃遵憲認為曾國藩的學問能兼有清一代頗盛行的考據、詞章、義

---

2 北京圖書館善本組整理：《黃遵憲致梁啟超書》，《中國哲學》第八輯（北京市：生
活‧讀書‧新知三聯書店，1982年），頁374。

3 同上。筆者對原標點略有調整。

理三種之長，並稱讚說曾氏在中國傳統學問中可以「卓然獨立」，其古文更是清代第一。同時黃遵憲又批評曾氏學問的「破碎陳腐、迂疏無用」，對西方近代科學和哲學一無所知，並在自注中將曾國藩與他的兒女親家、首任駐英公使郭嵩燾作了對比，認為在究心西學這一點上，曾不如郭。黃遵憲一貫反對那些陳腐空疏之學，主張學術的「實事求是，歸於有用」[4]，因此他口出此言就是極自然的了。他指出曾氏不曾深研泰西新學也是中肯的。但是也應看到，曾國藩生活的道光、咸豐、同治之世畢竟大異於黃遵憲生活的同治、光緒之世，彼時「西學東漸」尚未深入，「歐風美雨」還不強烈。即便如此，在籌建中國近代民族工業、選派幼童出洋留學等方面，曾國藩的確做了不少他人無法代替的工作。在學問修養方面，曾氏除了兼取桐城派的「義理、考據、詞章」之外，還以「經濟」之學彌補桐城的空疏，使學風為之一變。由此說來，黃氏此處的品評就不無紕繆了。

（三）其功業比漢之皇甫嵩、唐之郭子儀、李光弼為尤盛。然彼視洪、楊之徒，張（總愚）、陳（玉成）之輩，猶僭竊竊盜賊，而忘其為赤子、為吾民也。（仁宗之治川、楚教匪也，詔曰：「自古只聞用兵於外國，未聞用兵於吾民。蔓延日久，多所殺戮。是兵是賊，均吾赤子。」故教匪不行獻俘禮，不立太學紀功之碑。文正乃見不及也。）此其所以盡忠以報國者，在上則朝廷之命，在下則疆吏之職耳。於現在民族之強弱，將來世界之治亂，未一措意也。[5]

---

4 黃遵憲：《春秋大義序》，錢仲聯輯：《人境廬雜文鈔》（上），《文獻》第七輯（北京市：書目文獻出版社，1981年），頁68。

5 北京圖書館善本組整理：《黃遵憲致梁啟超書》，《中國哲學》第八輯（北京市：生活．讀書．新知三聯書店，1982年），頁374。筆者對原標點略有調整。

談及曾國藩的功業，黃遵憲仍然採用二分法：首先肯定曾氏之功業遠勝於鎮壓黃巾軍等農民起義的東漢大將皇甫嵩，也遠勝於平定安史之亂的關鍵人物唐代名將郭子儀、李光弼諸人;之後指出其不足，認為曾氏不如仁宗皇帝在詔書中所標榜的「赤子吾民」之說高明，忘記了洪秀全、楊秀清、張總愚、陳玉成等也應當是皇帝的子民，卻把他們看做盜賊，曾國藩之見遠不如仁宗的聖明。黃氏還從「現在民族之強弱，將來世界之治亂」的高度，指出曾國藩仍然不過是遵循朝廷之命，盡其疆吏之職而已。平心論之，這一衡量標準委實太高了些。

另外，還需說明的是，不少論者以此為據，證明黃遵憲晚年同情太平天國起義，這是難以服人的。這裏他只是引述仁宗詔書之語以說明曾氏所見不如皇帝的聖明遠大和君恩浩蕩。黃氏的「赤子吾民」之論也是來自詔書之中，完全是皇帝的口氣。[6]這裏表現出黃遵憲封建忠君思想的局限，而得不出他同情太平天國的結論。關於黃遵憲對待太平天國的態度，茲不擬展開討論，只想說明：黃遵憲在其詩文、書信等著述中，多次言及太平天國，除了少數這類「赤子吾民」的說教外，更多的乃是發自內心的對太平天國的反對。因此，筆者認為，黃遵憲自少至老，對太平天國一直採取敵視立場，終生未改。對此當實事求是地評價，不必為古人諱。

（四）所學皆儒術，而善處功名之際，乃專用黃老。取已成之功，而分其名於鄂督官文;遣百戰之勇，而授其權於淮軍李鴻

6　黃遵憲:《喜聞恪靖伯左公-官軍收復嘉應賊盡滅》有自注云:「嘉慶間剿辦白蓮教匪，仁宗詔曰:『自古只聞用兵於敵國，未聞用兵於吾民。如蔓延日久，是賊是民，皆吾赤子，何忍誅戮?』顯皇曾手書此詔，普告臣下云。」大意相同，可參考。見《人境廬詩草》卷一（北京市:商務印書館，1931年），頁3。

章，是皆人所難能。[7]

這是談曾國藩的「所學」和「所用」。黃遵憲認為，曾氏所學乃儒家的修齊治平入世之學，但卻能審慎妥善地處理功名利祿，採取的是道家黃老之學清淨無為的超然態度。黃遵憲列舉兩件事實以證明他的論斷，並且不無褒揚地說：「是皆人所難能」，非常人所能如此。

（五）生平所尤兢兢者，黨援之禍，種族之爭。於穆騰額（忘其名，不甚確）之參劾湘軍也，亟引為巳（引者按：當為己）過；於曾忠襄之彈糾滿人也，即逼使告退。今後世界文明大國，政黨之爭，愈爭愈烈，愈益進步。為黨魁者，甘為退讓，必無事能成矣。[8]

黃遵憲認為，曾國藩一生為官小心謹慎，尤其對朝廷中之黨禍和滿漢官員間的爭鬥，更採取息事寧人的態度，並列舉二例說明曾氏兢兢之狀。接著又從當時現實的高度對此發表評論，認為「政黨之爭」是世界各大國發展進步的動力之一，作為一黨首領，不但不宜扼制，而且應當參與。言外之意是對曾國藩的退讓、保守提出批評。就黃遵憲的這一評論而言，認為不同政黨間的公平競爭是西方資本主義國家富強進步的原因之一，自不無道理，但將資本主義國家的政黨之爭與封建帝國清王朝內部的「黨禍」和「種族之爭」簡單比附，把曾國藩這一封建大臣視為一黨之魁傑，則不能不說是擬於不倫了。

---

7 北京圖書館善本組整理：《黃遵憲致梁啟超書》，《中國哲學》第八輯（北京市：生活・讀書・新知三聯書店，1982年），頁374。

8 北京圖書館善本組整理：《黃遵憲致梁啟超書》，《中國哲學》第八輯（北京市：生活・讀書・新知三聯書店，1982年），頁374。筆者對原標點略有調整。

（六）其外交政略，務以保守為義。爾時內亂絲棼，無暇禦外，無足怪也。然歐、美之政體，英、法之學術，其所以富強之由，曾未考求，毋乃華夷中外之界未盡泯乎？甚至圍攻金陵，專用地窖，而不願購求輪船、巨炮；比外人之通商為行鹽，以條約比鹽引，謂當給人之求，令推行於內地各省，則尤為可笑者矣。[9]

論曾國藩的外交思想，黃遵憲一方面認為其「務以保守為義」，自然無可稱道。但將曾氏的外交思想放到當時的歷史環境中考察，則又認識到此乃出於不得已，「無足怪也」，表現出一定程度的理解與同情。那正是太平天國如火如荼的時期，曾國藩把主要精力用於對付洪秀全，只能在外交上取「保守」政策。另一方面，黃遵憲又從世界發展的高度指出曾氏外交思想的失誤：曾國藩對歐美各國迥異於中國封建王朝的政體，對突飛猛進的西方近代科技，以及外國富強的原因，均未有認真的考求，這乃是曾氏思想意識中仍然存在著早該清除的「華夷中外之界」。這一點倒是擊中要害。實際上，不僅曾國藩如此，剛剛打開國門去迎接世界文明之時，近代中國的許多文化人均是如此，遠非曾國藩一人為然，甚至連黃遵憲本人也不能免俗[10]。在這一段的最後，又列舉了曾氏外交上「尤為可笑」的兩件事：一是進攻佔據南京的太平軍時，不願從外國購買船炮；一是對世界局勢、中國在當時世界中所處環境認識不清，把外國來華貿易比做古已有之的

9　北京圖書館善本組整理：《黃遵憲致梁啟超書》，《中國哲學》第八輯（北京市：生活‧讀書‧新知三聯書店，1982年），頁374-375。

10 黃遵憲《日本國志》卷四十《工藝志》有云：「吾不可得而變革者，君臣也，父子也，夫婦也，凡關於倫常綱紀者皆是也；吾可得而變革者，輪舟也，鐵道也，電信也，凡可以務財訓農通商惠工者皆是也。」光緒十六年（1890年）羊城富文齋刊本，頁2。是豈非亦「華夷中外之界未盡泯」乎？

「行鹽」，把不平等條約的簽訂比做「鹽引」。作為一位頗有建樹的外交官，黃遵憲對曾國藩的外交政策雖多有微詞，頗有以己之長責彼之短的意味，但同時還是表示了對曾氏外交政策水準的相當程度的理解。

> （七）一生篤志守舊，然有二事甚奇。以長江水師立功，而所作《水師昭忠祠記》，乃以為不變即無用（視彭剛直勝百倍矣），遣留學生百人於美國，期之於二十三十前歸為國用。苟此公在今日，或亦注意變法者與？未可知也。然不能以未來之事概其生平也。[11]

黃遵憲列舉了與曾國藩一生「篤志守舊」性格不相諧調的兩件事：一為曾氏在《金陵楚軍水師昭忠祠記》中表達的發展變易、努力進取的觀點。文中說：「前賢猶因時適變，不相沿襲，況乎用兵之道隨地形賊勢而變焉者也，豈有可泥之法，不敝之制？……惟夫忠臣謀國，百折不回，勇士赴敵，視死如歸，斯則常勝之理，萬古不變耳。其它器械財用，選卒校技，凡可得而變革者，正賴後賢相時制宜，因應無方，彌縫前世之失，俾日新而月盛。又烏取夫顓己守常，姝姝焉自悅其故跡，終古而不化哉？」[12]一為曾氏在同治末年奏請派遣留學生赴美，並終於促成同治十年（1871）首批幼童出洋。黃遵憲言此事「甚奇」，實際上他道出了曾國藩的複雜性格和思想深度。由此可以體會到，黃遵憲並沒有把曾國藩這一歷史人物平面化、簡單化，而以他歷史家的眼光、思想家的識見，注意到曾氏思想中進取和創新的因素，表現了曾氏的可貴之處。由此生發開去，黃遵憲甚至設想，如果

---

11 北京圖書館善本組整理：《黃遵憲致梁啟超書》，《中國哲學》第八輯（北京市：生活・讀書・新知三聯書店，1982年），頁375。筆者對原標點略有調整。

12 曾國藩：《曾國藩全集・詩文》（長沙市：嶽麓書社，1986年），頁328。

曾國藩生活在戊戌變法時期，也許會注意維新，並助之一臂之力的吧！期待中包含著黃遵憲對曾國藩的佳許之情。

> （八）凡吾所云云，原不可以責備三四十年之人物。然竊以為史家之傳其人，願後來者之師其人耳。[13]

寥寥數語，道出了黃遵憲具體的、歷史的評判人物的思想方法和為古人作傳的原則。他評價歷史人物，總是把人物放到當時的歷史條件和文化環境中去，作具體的分析考察，採取實事求是的態度。另一方面，後人為古人作傳，對人物要有選擇，對事件要有分析，因為立傳之目的是使「後來者師其人」，從歷史中得到應有的啟示，從古人身上得到可貴的東西。這樣的史傳原則表現了一位歷史學者的基本態度，其方法和目標是可取的。

> （九）曾文正者，論其兩廡之先賢牌位中，應增其木主，其它亦事事足敬，然事事皆不可師。而今而後，苟學其人，非特誤國，且不得成名。[14]

黃遵憲站在時代的高度，對曾國藩作了總體評論。他認為，從今觀之，應該在曾氏家族先賢牌位中增加一個神主的位置給國藩，因為他不僅自己建立了功業，而且為祖先增添了光彩，為後人留下了榮譽。時間又過去了幾十年，一切都發生了深刻變化，因此他一生雖「事事足敬」，但卻「事事皆不可師」。歷史不可重複，人物也不可重

---

13 北京圖書館善本組整理：《黃遵憲致梁啟超書》，《中國哲學》第八輯（北京市：生活・讀書・新知三聯書店，1982年），頁375頁。

14 同上。

複。如果生搬硬套地效法曾國藩，帶來的將是「誤國」與「不得成
名」的雙重後果。這裏再次表現了黃遵憲從青年時期就已確立的立足
於當今現實、立足於變化發展的政治文化觀念，晚年的黃遵憲在面對
曾國藩這位產生了重大影響的複雜的歷史人物的時候表現出來的見
識，令人不能不佩服黃遵憲的歷史洞察力和入世精神。

> （十）文正之卒在同治末年，爾時三藩未亡，要地未割，無償
> 款，無國債，軌道、礦山、沿海線之權未授之他人。上有勵精
> 圖治之名相（文祥），下多奉公守法之畺臣，固儼然一大帝國
> 也。文正逝而大變矣。吾故曰：「天之生文正，所以結前此名
> 臣、名儒之局者也。」佛言「謗我者死，學我者死」。若文正
> 者，不可謗又不可學者也，不亦奇乎！[15]

　　黃遵憲回顧曾氏在世時清朝的狀況，雖多溢美之詞，但說出了一
個重要的歷史事實，即曾國藩活躍在歷史舞臺上之時，清王朝確還有
些活力，曾國藩正是這座將傾的大廈的一根強有力的支柱。曾氏卒
後，清朝很快如落花流水，一敗不可收拾了。黃遵憲以歷史事實為
據，再次申明在上文提出的觀點：「天之生文正，所以結前此名臣、
名儒之局者也。」最後，黃遵憲對曾國藩的定評是「不可謗又不可
學」，是一位「奇」人。「不可謗」，是說曾氏雖有應該批評之處，但
畢竟建立了卓著的功業，是一位不可否定的歷史人物；「不可學」，是
說歷史又過去了幾十年，一切均今非昔比，亦步亦趨地仿傚曾國藩，
必然鑄成大錯。一從歷史角度立論，一從現實高度評說，將曾國藩的
歷史貢獻與現實價值全部道出。

15　同上。

在這段論述之後，黃遵憲似乎餘興未盡，又寫道：「作此叚（引者按：當作段）畢，自讀一過，頗許為名論，知公之讀之，共擊節歎賞也必矣。繼又念望公之意見，或者即與我同，亦未可知。本此意以作一傳，可以期國勢之進步，可以破鄉俗之陋見，（湘人尤甚，湘之士大夫尤甚。）其價值不在李鴻章一傳之下也。」[16]可以看出，黃遵憲對自己這段文字頗為滿意，他作此品評，經過一番細緻的思考。光緒二十七年（1901），梁啟超曾作《李鴻章傳》（一名《中國四十年來大事記》），通過李鴻章這一關鍵性的歷史人物，展示了中國內政外交的重大事件。黃氏認為如為曾國藩也作一傳，同樣可收以小見大之效，「可以期國勢之進步，可以破鄉俗之陋見」。黃遵憲對曾國藩在晚清政治中之作用與地位的估價，由此亦可見一斑。

凡此均可見，黃遵憲在致梁啟超書信中對曾國藩的評論，乃是以史家的冷靜眼光和公正之筆，從歷史和現實兩個角度對其人其事進行了較為全面的評論。從歷史上說，曾國藩建立了他人難以企及的功業，故「不可謗」，不容否定；就現實而言，曾國藩的時代早成過去，一切均當因時而變，故「不可學」，不必效法。可以說，黃遵憲對曾國藩的這段評論，具有一定的學術意義，遠非個人之好惡，一己之私見。

除此之外，黃遵憲在其它著作中屢次提及曾國藩，不妨於此一提，或可為我們所述問題之一助。同治三年（1864），黃遵憲十七歲時所作《感懷》詩有句云：「拔擢盡豪傑，力能扶危顛。惟念大亂平，正當補弊偏。」錢仲聯注：「指漢奸曾國藩、左宗棠、李鴻章等。」[17]這裏姑且不論曾氏等人是否「漢奸」，據錢注，黃遵憲於此稱

---

16 北京圖書館善本組整理：《黃遵憲致梁啟超書》，《中國哲學》第八輯（北京市：生活‧讀書‧新知三聯書店，1982年），頁375。

17 錢仲聯：《人境廬詩草箋注》卷一（上海市：上海古籍出版社，1981年），頁3-6。

讚曾國藩等人為「豪傑」倒是事實。光緒五年十一月六日（1879年12月18日），時方三十二歲的黃遵憲在駐日本使館參贊任上，與日本友人石川英筆談，言及文章之事，黃遵憲寫道：「大約日本之文，為遊記、畫跋、詩序則甚工；求其博大昌明之文，不可多得也。近來《曾文正文集》，亦日本之所無也。」[18]提及曾國藩文集，雖僅此一筆，依然可見對曾氏文章的推崇，與致梁啟超信中所說曾國藩「古文為本朝第一」相應。

光緒二十三年（1897）黃遵憲五十歲時，有詩二首贈答曾國藩之孫廣鈞，其中一首稱譽曾國藩云：「詩筆韓黃萬丈光，湘鄉相國故堂堂。誰知東魯傳家學，竟異南豐一瓣香。上接孟荀驪論縱，旁通騷賦楚歌狂。灃蘭沅芷無窮竟，況復哀時重自傷。」[19]至光緒二十五年（1899），五十二歲的黃遵憲在懷念曾廣鈞的一首詩中又寫到國藩，詩云：「屈指中興六七公，論才考德首南豐。籠天意氣談天口，轉似區區隘乃翁。」[20]於此可見黃遵憲對曾國藩之「詩」、「才」、「德」的欽佩。還需指出，黃遵憲在光緒二十八年（1902）五十五歲編定詩集時，這些作品仍然保留，這對持身謹嚴、選詩頗費斟酌的他來說，絕非出於無意。

總之，黃遵憲對曾國藩的評論，表現了歷史感與現實感的結合，具有歷史家和思想家的識見，擁有較高的學術價值，對研究黃遵憲的思想和曾國藩其人，均有著重要的意義。過去，人們有意無意地迴避或誤解黃遵憲對曾國藩的評價，也許與曾氏很長一段時間被定為「漢

---

18 鄭子瑜、實藤惠秀編校：《黃遵憲與日本友人筆談遺稿》（東京：早稻田大學東洋文學研究會1968年），頁281。

19 黃遵憲：《酬曾重伯編修》，《人境廬詩草》卷八（北京市：商務印書館，1931年），頁16。

20 黃遵憲：《己亥續懷人詩》，《人境廬詩草》卷九（北京市：商務印書館，1931年），頁14。

奸劊子手」不無關係。其實，不論黃遵憲還是曾國藩，都早該是得到
深入研究和公正評價的時候了。此處所述，僅其一細微問題而已。

黃遵憲晚年思想三題

　　黃遵憲晚年思想中的三個問題，即他對太平天國農民起義的態度，他對晚清重要政治人物曾國藩的評價，他在君主立憲和民主共和兩種政治思想之間的選擇，對研究黃遵憲其人，尤其是研究他的思想相當重要。學界對此也進行了一些探討並取得了相應的結論，比較普遍的看法認為：黃遵憲晚年對太平天國起義的態度較之早年有了轉變，由敵視而為同情；他對曾國藩其人也是嚴加指責譏刺，持堅決的否定態度；晚年黃遵憲的思想繼續發展，不斷前進，在當時論爭頗為激烈的中國是堅持實行君主立憲還是走民主共和之路的問題上，他也表現得相當激進，主張建立民主共和政體，甚至出現了反清排滿的思想傾向。論者也曾提出各自立論的依據。筆者以為諸如此類的結論似與事實真相距離甚大，均難令人滿意並信服。

　　茲擬以現有資料為依據，對這三個問題作一重新探討，以期得出較有事實根據的結論，以求對黃遵憲晚年思想有一個合情合理的、盡可能接近真相的認識。

一　對太平天國的態度

　　黃遵憲早年是反對和敵視太平天國的，這一點大概沒有異議，只要看看《人境廬詩草》卷一和《人境廬集外詩輯》中反映太平天國起

義的詩篇即可明曉[1]。至於後來，不少論者認為黃遵憲由少至老，對
太平天國經歷了一個由反對敵視而為同情贊同的轉變過程。持此見解
者的最主要的幾乎是惟一的根據就是他晚年家居時致梁啟超書信中的
一段話，為明真相，今引錄於此：

> 然彼視洪、楊之徒，張（總愚）、陳（玉成）之輩，猶僭竊盜
> 賊，而忘其為赤子、為吾民也。（仁宗之治川、楚教匪也，詔
> 曰：「自古只聞用兵於外國，未聞用兵於吾民。蔓延日久，多
> 所殺戮。是兵是賊，均吾赤子。」故教匪不行獻俘禮，不立太
> 學紀功之碑。文正乃見不及也。）[2]筆者對原標點略有調整。

這果真可以作為黃遵憲同情太平天國的證據嗎？這需要對黃遵憲
說此話的情境作一具體的分析。這是黃遵憲在評價曾國藩時說的一段
話，其主旨在於評論曾國藩其人以及他的功業，而不是專門討論如何
評價太平天國。他引述清仁宗之語，目的在於以皇帝詔書為標準衡量
曾國藩，說明曾國藩的見識不如皇帝聖明遠大，君恩浩蕩，遠播宇
內。這裏沒有再沿用封建時代對農民起義的普通稱謂曰「賊」曰
「寇」，而是改稱「赤子吾民」。其實，這樣的高論非黃遵憲的發明，
而是明顯地來自嘉慶皇帝仁宗的詔書中，就連口氣也沒有改變，也只
有封建皇帝才可以用這樣的口氣說話。

除此以外，黃遵憲在所作詩《喜聞恪靖伯左公至官軍收復嘉應賊

---

1 筆者按：前些年雖有文章提出新見解，如劉明浩《近代詩人黃遵憲二題》（《蘇州大
學學報》1987年第3期）認為，黃遵憲不但晚年同情太平軍，就是早年也「有著支
持農民起義，擁護農民政權的思想」，但筆者以為此種言論多係擬想之辭，幾近毫
無根據，故無討論之必要。

2 北京圖書館善本組整理：《黃遵憲致梁啟超書》，《中國哲學》第八輯（北京市：生
活・讀書・新知三聯書店，1982年），頁374。

盡滅》中有自注云：「嘉慶間剿辦白蓮教匪，仁宗詔曰：『自古只聞用兵於敵國，未聞用兵於吾民，如蔓延日久，是賊是民，皆吾赤子，何忍誅戮？』顯皇曾手書此詔，普告天下云。」[3]很明顯，此語與上引仁宗詔曰所指為同一事。封建皇帝諸如此類冠冕堂皇的表白到底意味著什麼，有多少可信的成分，今天已無需多論，思想政治覺悟已大大提高的人們也會非常清楚。當年，黃遵憲口出此言，並且不止一次道及，委實表明他封建忠君思想的局限，而由此即得出他同情太平軍的結論，則未免太過匆忙了些。

是不是黃遵憲晚年真的不再稱太平天國為「賊」為「寇」，而且，由此表明他對起義者多有同情，並且已經改變了對太平天國的看法呢？這一問題對研究黃遵憲晚年思想及其一生思想狀況頗為重要，不宜輕易下結論，且來看一看其它材料。

其一，同樣是在致梁啟超書信中，黃遵憲仍稱洪秀全等為「賊」，他說道：「自張陵創五斗米教以來，竟以黃巾擾破季漢。其後如宋之方臘，明之徐鴻儒，近日之洪秀全，皆愚妄無識之徒，而振臂一呼，雲合回應，其貽害遍天下，其流毒至數世而猶未已。彼果操何術以致此哉？其名義在平等，其主義在利益均分、憂患相救而已。法可謂良，而挾之僅以作賊，則殊可痛也！」[4]這說明他的封建正統觀念直至晚年都沒有根本的改變。

其二，黃遵憲對詩集的增刪編定一直是非常嚴謹審慎的，他光緒十六年（1890）四十三歲時始自輯詩稿，直至光緒二十八年（1902）五十五歲時才編定。在這並不短暫的十幾年的時間裏，他將有關太平天國的詩作均予保留，而且詩中明白地表示反對太平軍。如存於《人

3　黃遵憲：《人境廬詩草》卷一（北京市：商務印書館，1931年），頁3。

4　北京圖書館善本組整理：《黃遵憲致梁啟超書》，《中國哲學》第八輯（北京市：生活・讀書・新知三聯書店，1982年），頁386。

境廬詩草》卷一中的《乙丑十一月避亂大埔三河虛》、《拔自賊中述所聞》、《潮州行》、《喜聞恪靖伯左公至官軍收復嘉應賊盡滅》與《亂後歸家》等，都是專門表現由於太平軍與清軍在廣東嘉應地區交戰，使得黃遵憲一家飽嘗流離失所之苦，蒙受家業盡毀之難的作品，也最集中地體現了他對太平天國的態度。詩中雖有對清軍的諷刺，但作者的出發點乃是怨恨清軍在戰爭中表現得虛弱無能，不能很快地平息戰亂；也有個別勸誡安撫的詩句，如云：「終累吾民非敵國（嘉慶間剿辦白蓮教匪，仁宗詔曰：『自古只聞用兵於敵國，未聞用兵於吾民，如蔓延日久，是賊是民，皆吾赤子，何忍誅戮？』顯皇曾手書此詔，普告天下云），又從居亂轉昇平。黃天當立空題壁，赤子雖饑莫弄兵。」[5]他的希望仍舊是「惟念大亂平，正當補弊偏」[6]。詩中屢稱太平軍為「賊」為「寇」。倒是這樣一些詩句真正表現了黃遵憲對太平天國的看法：「一面竟開逋寇網，三邊不築受降城。細民堅壁知何益，魁首同瞻大帥旌。」[7]「恢恢天網四維張，群賊空營走且僵。舉國望君如望歲，將軍擒賊先擒王。十年竊號留餘孽，六百名城作戰場。今日平南馳露布，在天靈爽慰先皇。」又如：「諸侯齊築受降城，狂喜如雷墮地鳴。」[8]

在《人境廬詩草》其它各卷中也明白地看到，詩歌作於不同時期，時間跨度相當長，從青年時直至晚年鄉居時，作者思想觀念、詩學詩藝多有變化，但有一點是相同的，即每當提及太平天國，黃遵憲

---

5 黃遵憲：《喜聞恪靖伯左公-官軍收復嘉應賊盡滅》，《人境廬詩草》卷一（北京市：商務印書館，1931年），頁3。

6 黃遵憲：《感懷》，《人境廬詩草》卷一（北京市：商務印書館，1931年），頁1。

7 黃遵憲：《乙丑十一月避亂大埔三河虛》，《人境廬詩草》卷一（北京市：商務印書館，1931年），頁2。

8 黃遵憲：《喜聞恪靖伯左公-官軍收復嘉應賊盡滅》，《人境廬詩草》卷一（北京市：商務印書館，1931年），頁3。

都是持同樣的否定態度，並未有些微的改變。這些詩如《送女弟》、《二十初度》、《將至潮州又寄詩五》、《鐵漢樓歌》、《羊城感賦六首》、《烏之珠歌》、《述懷再呈藹人樵野丈》、《馮將軍歌》以及《為同年吳德壽其母夫人》等，均可為證據。他在《先妣吳夫人墓誌》中也說過：「吾家累葉豐饒，自己未、乙丑兩經寇亂，驟以貧薄。」[9]這可與他的詩句相參觀：「吾家本豐饒，頻歲遭亂離。累葉積珠翠，歷劫無一遺。」[10]

此外，《人境廬集外詩輯》中的有關作品也同樣表明黃遵憲對太平天國持反對態度，與他在其它時期、其它場合表達的看法並無二致。比如《乙丑十二月闢亂大埔三河虛題南安寺壁八首》、《古從軍樂》、《軍中歌》、《喜聞恪靖伯左公至官軍收復嘉應賊盡滅》、《買書》、《人境廬雜詩》、《由輪舟抵天津作》、《代柬寄詩五蘭谷並問諸友》、《張樵野廉訪以直北苦旱嶺南乃潦詩見示次韻和之》以及《越南篇》等，都可為例證。

其三，在黃遵憲的詩集中，還可以發現，凡是提及農民起義的，如對捻軍起義、義和團之亂等，都毫不含糊地表示反對。這一點，只要翻閱《人境廬詩草》卷十、卷十一中的有關詩篇即可一目了然。既如此，他怎麼可能偏偏對太平天國一事心生同情與讚揚呢？從這一旁證也可看出，如果說他同情太平軍，實在有點匪夷所思，於情於理都難以說通。

因此，說黃遵憲晚年轉變了立場，開始同情太平天國，根據不足，未免皮相之論。從現有的材料來看，可以肯定地說，黃遵憲從少至老，從未改變對太平天國的恐懼、反對與敵視的態度，他對太平軍

9 　錢仲聯輯：《人境廬雜文鈔》（下），《文獻》第八輯（北京市：書目文獻出版社，1981年），頁90。

10 黃遵憲：《送女弟》，《人境廬詩草》卷一（北京市：商務印書館，1931年），頁4。

之亂給他一家造成的衝擊和不幸刻骨銘心，終生難忘。杜維明的一段
話是富於啟示性的：「在中國這種類型的文化發展中，最大的恐懼就是
農民革命。農民革命是大風暴，一切都得摧毀。知識分子即使中央政
權腐敗到了極點，自己深受其害，也不希望革命。王夫之就是個典型
的例子。以此來說明中國知識分子的軟弱性，當然也有道理，但這也
是中華民族得以源遠流長的重要原因──是要求同存異，是要委曲求
全，即使在最痛苦、最困難的情況下，也不能放任，讓既有的積層解
體，因而中國傳統的知識分子一致認為農民革命是不幸的，甚至是不
可容忍的。」[11]黃遵憲雖然已與傳統儒生大不相同，在一定程度上走
出了傳統知識分子的範疇，但也還沒有真正進入嚴格意義上的現代知
識分子的行列。因此，這段話移之於他身上，也完全是恰如其分的。

二　對曾國藩的評價

　　黃遵憲對曾國藩的評價問題，似乎與他對太平天國的評價有著某
種關聯。照一般的看法，黃遵憲既然晚年同情太平軍，那麼必然反對
洪秀全的死對頭曾國藩，這在邏輯上好像也順理成章，其實事情並非
如此簡單。黃遵憲對太平天國的態度既如上述，現在再討論他對曾國
藩的評價。
　　長期以來，多位研究者認為黃遵憲對曾國藩其人其事多所指責批
判，最主要的根據也是黃遵憲晚年致梁啟超的書信。在信中，的確有
一段文字是專門評論曾國藩的，黃遵憲也的確說過這樣的話：

---

11 薛湧：《中國傳統文化縱橫談──杜維明教授採訪記》，《社會科學》（上海市，1986
　年第8期），頁15。

其學問能兼考據、詞章、義理三種之長。（舊學界中卓然獨立，古文為本朝第一。）然此皆破碎陳腐、迂疏無用之學，於今日泰西之科學、之哲學未夢見也。[12]

其所以盡忠以報國者，在上則朝廷之命，在下則疆吏之職耳。於現在民族之強弱，將來世界之治亂，未一措意也。[13]

其外交政略，務以保守為義。爾時內亂絲棼，無暇禦外，無足怪也。然歐、美之政體，英、法之學術，其所以富強之由，曾未考求，毋乃華夷中外之界未盡泯乎？甚至圍攻金陵，專用地窖，而不願購求輪船、巨炮；比外人之通商為行鹽，以條約比鹽引，謂當給人之求，令推行於內地各省，則尤為可笑者矣。[14]

　　黃遵憲以當時西方文化為參照，從民族、世界的高度，批評曾國藩不通西學，不懂得新近東漸的西方科學與哲學。這衡量標準的確夠高，也確實抓住了曾氏思想、行事與學問的要害。其實，從這一角度權衡當時人物，能無愧色者究竟能有幾人？恐黃遵憲本人亦未能真正臻此境地，儘管他比曾國藩晚生了幾十年，彼時風氣更開，得以比曾國藩更多地瞭解西方文化，體察世界局勢。批評之外，他也如此這般地評論曾國藩道：

　　僕以為國朝二百餘年，應推為第一流。即求之古人，若諸葛武侯，若陸敬輿，若司馬溫公，若王陽明，置之伯仲間，亦無愧色，可謂名儒矣，可謂名臣矣！雖然，僕以為天生此人，實使

---

12 北京圖書館善本組整理：《黃遵憲致梁啟超書》，《中國哲學》第八輯（北京市：生活・讀書・新知三聯書店，1982年），頁374。

13 同上。

14 同上書，頁374-375。

之結從古迄今名儒、名臣之局者也。[15]

舊學界中卓然獨立，古文為本朝第一。[16]

其功業比漢之皇甫嵩、唐之郭子儀、李光弼為尤盛。[17]

所學皆儒術，而善處功名之際，乃專用黃老。取已成之功，而分其名於鄂督官文；遣百戰之勇，而授其權於淮軍李鴻章，是皆人所難能。[18]

一生篤志守舊，然有二事甚奇。以長江水師立功，而所作《水師昭忠祠記》，乃以為不變即無用（視彭剛直勝百倍矣），遣留學生百人於美國，期之於二十三十前歸為國用。苟此公在今日，或亦注意變法者與？未可知也。然不能以未來之事概其生平也。凡吾所云云，原不可責備三四十年前之人物。然竊以為史家之傳其人，願後來者之師其人耳。曾文正者，論其兩廡之先賢牌位中，應增其木主，其它亦事事足敬，然事事皆不可師。而今而後，苟學其人，非特誤國，且不得成名。文正之卒在同治末年，爾時三藩未亡，要地未割，無償款，無國債，軌道、礦山、沿海線之權未授之他人。上有勵精圖治之名相（文祥），下多奉公守法之疆臣，固儼然一大帝國也。文正逝而大變矣。吾故曰：「天之生文正，所以結前此名臣、名儒之局者也。」佛言「謗我者死，學我者死」。若文正者，不可謗又不可學者也，不亦奇乎！[19]

---

15 北京圖書館善本組整理：《黃遵憲致梁啟超書》，《中國哲學》第八輯（北京市：生活・讀書・新知三聯書店，1982年），頁374。

16 同上。

17 同上。

18 同上。

19 同上書，頁375。

實際上，討論黃遵憲對曾國藩的評價，不可這樣尋章摘句，因為斷章取義得出的結論大多靠不住；當對這些文字進行全面考察，再徵之以其它資料，方才可能真正認識黃遵憲在這一問題上的看法。

根據對黃遵憲評論曾國藩這一整段文字的探究，筆者認為，黃遵憲對曾國藩既有批評，也有褒揚；而且從他論述的文字比重、褒貶語氣上看，可以肯定地說，他對曾國藩的批評明顯地居於次要地位，而是基本上肯定了曾國藩其人和他的功業，對他表現出由衷的欽敬仰重。在此，黃遵憲乃是以史家的冷靜眼光和公正態度，從歷史和現實兩個維度對曾國藩的為人與事業進行了較為認真全面的評說。從歷史上說，曾氏建立了無人企及的功業，故「不可謗」，不容否定，他也正是從這一角度出發稱讚曾氏。就當時現實的情形言之，曾國藩的時代早已過去了幾十年，一切都發生了深刻的變化，立身行事當因時而變，為時所用，品評歷史人物亦當從時代的現實需要出發，故曰「不可學」，不必效法。黃遵憲批評曾國藩的真正用意正在乎此。[20]

除此之外，黃遵憲還在其它著作中屢次說到曾國藩，不妨於此一提，或可有助於我們的討論。同治三年（1864），黃遵憲十七歲時所作《感懷》詩中有句云：「拔擢盡豪傑，力能扶危顛。」錢仲聯注：「指漢奸曾國藩、左宗棠、李鴻章等。」[21]這裏且不論曾氏等三人是否為「漢奸」，據錢注，黃遵憲在此稱讚國藩等人為「豪傑」倒是事實。至光緒五年十一月六日（1879年12月18日），在駐日本使館參贊任上的黃遵憲已三十二歲，在與日本友人石川英筆談中，言及文章之事，遵憲寫道：「大約日本之文，為遊記、畫跋、詩序則甚工；求其博大昌明之文，不可多得也。近來《曾文正文集》，亦日本之所無

---

20 筆者按：關於《黃遵憲致梁啟超書》中評論曾國藩的全部文字的分析評述，可參本書《黃遵憲論曾國藩平議》部分，此不贅述。

21 錢仲聯：《人境廬詩草箋注》卷一（上海市：上海古籍出版社，1981年），頁3-6。

也。」[22]提及曾國藩文集，雖只一筆，已可見對曾氏文章的推崇，與致梁啟超信中所說曾國藩「古文為本朝第一」相應。

光緒二十三年（1897），黃遵憲五十歲時，有詩二首贈答曾國藩之孫廣鈞，其中一首稱譽曾國藩，詩云：「詩筆韓黃萬丈光，湘鄉相國故堂堂。誰知東魯傳家學，竟異南豐一瓣香。上接孟荀驪論縱，旁通騷賦楚歌狂。澧蘭沅芷無窮竟，況復哀時重自傷。」[23]至光緒二十五年（1899），五十二歲的黃遵憲在懷念曾廣鈞的一首詩中又一次寫到國藩，詩云：「屈指中興六七公，論才考德首南豐。籠天意氣談天口，轉似區區隘乃翁。」[24]於此可見黃遵憲對曾國藩之「詩」、「才」、「德」的欽佩。還需指出，黃遵憲在光緒二十八年（1902）五十五歲時方始編定詩集，對這些作品仍予保留。這對一向持身謹嚴、選詩頗費斟酌的黃遵憲來說，絕非出於無意。

總之，黃遵憲對曾國藩的評論，既有批評，更有讚譽，再現了黃遵憲對曾國藩的欽敬仰重之情，表現了歷史感與現實感相結合的評判歷史人物的原則，具有歷史家和思想家的識見，與黃遵憲一生的行事為人、思想特點並無矛盾之處。

其實，高度評價曾國藩，對他的道德、功業和文章表示嚮往欽佩，也是中華人民共和國成立以前絕大多數讀書人的共同態度，遠非黃遵憲一人如此。梁啟超即著有《曾文正年譜初稿》手稿；1916年，他又編有《曾文正公嘉言鈔》，而且給予極高的評價：「曾文正者，豈惟近代，蓋有史以來不一二睹之大人也已；豈惟我國，抑全世界不一

---

22 鄭子瑜、實藤惠秀編校：《黃遵憲與日本友人筆談遺稿》（東京：早稻田大學東洋文學研究會，1968年），頁281。

23 黃遵憲：《酬曾重伯編修》，《人境廬詩草》卷八（北京市：商務印書館，1931年），頁16。

24 黃遵憲：《己亥續懷人詩》，《人境廬詩草》卷九（北京市：商務印書館，1931年），頁14。

二睹之大人也已。然而文正固非有超群絕倫之天才，在並時諸賢傑中稱最鈍拙；其所遭值事會，亦終身在拂逆之中。然乃立德、立功、立言，三並不朽，所成就震古鑠今，而莫與京者。……文正以樸拙之姿，起家寒素，飽經患難，丁人心陷溺之極運，終其生於挫折讒妒之林，惟恃一己之心力，不吐不茹，不靡不回，卒乃變舉世之風氣，而挽一時之浩劫。彼其所言，字字皆得之閱歷而切於實際，故其親切有味，資吾儕當前之受用者，非唐宋以後儒先之言所能逮也。」[25]另一個例子是，毛澤東1917年8月23日在致黎錦熙的信中說：「今之論人者，稱袁世凱、孫文、康有為而三。孫、袁吾不論，獨康似略有本源矣。然細觀之，其本源究不能指其實在何處，徒為華言炫聽，並無一干豎立、枝葉扶疏之妙。愚意所謂本源者，倡學而已矣。惟學如基礎，今人無學，故基礎不厚，時懼傾圮。愚於近人，獨服曾文正，觀其收拾洪楊一役，完滿無缺。使以今人易其位，其能如彼之完滿乎？」[26]對曾國藩的欽服遠遠超過袁世凱、孫中山、康有為。「年輕時留下的印象是這樣的深，後來在延安，他還向一些幹部提議閱讀《曾文正公家書》。」[27]

看看這些有典型意義的例子，想想當年品評人物的標準與後來的巨大差異，比梁啟超、毛澤東早生幾十年的黃遵憲在其晚年對曾國藩推重有加、仰慕不已，不也是再正常不過的事情嗎？

---

25 梁啟超：《曾文正公嘉言鈔·序》，李華興、吳嘉勳編：《梁啟超選集》（上海市：上海人民出版社，1984年），頁708-709。

26 《毛澤東早年文稿》（長沙市：湖南出版社，1995年），頁85。

27 李銳：《三十歲以前的毛澤東》（臺北市：時報文化出版公司，1993年），頁163。

三　在君主立憲和民主共和之間的選擇

不少論者說，黃遵憲晚年改變了維新變法的主張，思想又前進了一大步，轉而認為建立民主共和政體是當時中國的最佳出路，具有贊同資產階級民主革命、反清排滿的思想傾向，與資產階級民主革命派在政治思想上有諸多的相近之處，因而也就仍然走在時代思潮的前列。此一看法的主要論據有三個：

一為黃遵憲在給梁啟超的信中說過的話：

> 棄而不可留者，年也；流而不知所屆者，時勢也。再閱數年，加富爾變而為瑪志尼，吾亦不敢知也。[28]
> 若論及吾黨方針，將來大局，渠（引者按：指熊希齡）意蓋頗以革命為不然者。然今日當道實既絕望，吾輩終不能視死不救。吾以為當避其名而行其實，其宗旨：曰陰謀、曰柔道；其方法：曰潛移、曰緩進、曰蠶食；其權術：曰得寸得寸、曰闞首擊尾、曰遠交近攻。[29]

二為黃遵憲《病中紀夢述寄梁任父》詩中所云：

> 嗚呼專制國，今既四千歲。豈謂及餘身，竟能見國會。以此名我名，蒼蒼果何意？人言廿世紀，無復容帝制，舉世趨大同，度勢有必至。懷刺久磨滅，惜哉吾老矣。日去不可追，河清究

28　北京圖書館善本組整理：《黃遵憲致梁啟超書》，《中國哲學》第八輯（北京市：生活‧讀書‧新知三聯書店，1982年），頁376。
29　同上書，頁382。

難俟。倘見德化成，願緩須臾死。[30]

三為錢仲聯發現的黃遵憲集外佚詩《俠客行》。全詩如下：

忽而大笑冠纓絕，忽而大哭繼以血。大笑者何為？笑我鼎鑊甘如飴。大哭者何為？哭爾眾生長沉苦海無已時。吁嗟！笑亦何奇，哭亦何奇，胸中塊壘當告誰？平生胸吞路易十四十八九，挾山手段要為荊軻匕首張良椎。仗劍報仇不惜死，千辛萬挫終不移。致命何從容，寧作可憐蟲？歲寒知松柏，勁草扶頹風。君不見當今老學狂濤何轟轟，國魂銷盡兵魂空。安得人人誓灑鐵血紅，拔出四億同胞黑暗地獄中。[31]

錢仲聯嘗著文指出：「可以推知此詩大致在逝世前不久所寫」，「當民主革命浪潮掀起以後，他盱衡時世，逐步嚮往並同情革命」，「《俠客行》正是遵憲這種思想的最好證明」，「云『誓灑鐵血紅』，意味著革命必須自覺，必須拋頭顱，灑熱血，武裝推翻封建政權，而後『拔出四億同胞黑暗地獄中』之目的可達」，「從這首詩中，可以窺察到黃遵憲晚年政治思想逐漸演變到與當時民主革命派反清活動同步進行的脈搏」。[32]

筆者以為，根據這些材料即得出黃遵憲反對滿清統治、主張民主共和、贊同民主革命的結論，實在太過匆促了些。其主要原因乃在於沒有準確理解黃遵憲說此話、作此詩所要表達的真正思想。

---

30 黃遵憲：《人境廬詩草》卷十一（北京市：商務印書館，1931年），頁6。

31 錢仲聯：《黃遵憲政治思想的演變——從集外佚詩〈俠客行〉談起》，《文史知識》1990年第10期，頁40。

32 錢仲聯：《黃遵憲政治思想的演變——從集外佚詩〈俠客行〉談起》，《文史知識》1990年第10期，頁41-42。

　　這三個證據，就第一個證據來說，首先，表示再過幾年，隨著時勢的發展變化，主張君主立憲的加富爾有可能變為主張民主共和的瑪志尼。這裏他只是不排除自己由主張君主立憲轉變為主張民主共和的可能性，並非說當時已經成為一個嚮往革命的民主共和派了。此話恰恰表明黃遵憲當時仍然是一個主張君主立憲的維新派思想家。其次，「今日當道實既絕望，吾輩終不能視死不救」云云，是說統治者對當時政局實際上已無大的作為，已對自己無甚信心，未免絕望，而不是說黃遵憲對清朝當道者已經絕望，否則下句「吾輩終不能視死不救」就難以解釋；而且，這一句恰恰表明黃氏並未對清廷「絕望」，尚準備努力一救。他並不想做「中華之罪人」，也絕不想成為「大清國之亂臣賊子」[33]，也是他在詩文中一再清楚表達過的。至於說「避其名而行其實」，也不是像有些論者理解的那樣，是「避革命之名而行革命之實」之意，「其」在此句中當為代詞，代指革命；筆者以為此語的合理解釋應是「避名行實」的另一種表達方式，「其」用為語氣助詞，無實義。何以見得？下文他提出的那些辦法，都與他一貫的穩健、持重、務實的思想方法與行為特徵相一致，其中無一是當時主張民主共和的革命派所熱衷鼓吹並付諸實施的，倒是與主張君主立憲的維新派息息相通，多有共識。

　　就第二個證據來說，黃遵憲在詩中也主要是表達對中國建立國會的嚮往，就像由明治維新走向富強，建立起現代化國家雛形的日本一樣。「人言廿世紀，無復容帝制，舉世趨大同，度勢有必至。」這幾句詩中所說的「帝制」乃指封建帝王制度，而非君主立憲制；「大同」是承續儒家的思想主張，沿用傳統的表述方式，指理想中最美妙

---

33 北京圖書館善本組整理：《黃遵憲致梁啟超書》，《中國哲學》第八輯（北京市：生活‧讀書‧新知三聯書店，1982年），頁390。

的一種社會制度。其特點是：「大道之行也，天下為公，選賢與能，
講信修睦。故人不獨親其親，不獨子其子，使老有所終，壯有所用，
幼有所長，矜寡孤獨廢疾者，皆有所養；男有分，女有歸；貨惡其棄
於地也，不必藏於己；力惡其不出於身也，不必為己。是故謀閉而不
興，盜竊亂賊而不作，故戶外而不閉，是謂大同。」[34]黃遵憲所指並
不是通過革命建立民主共和政體。這正如康有為主張「大同」但並不
贊成革命與共和一樣，其中並無枘鑿難解之處。

　　詩歌《俠客行》是否可以作為黃遵憲同情革命、反對滿清的第三
個證據呢？筆者以為答案應當是否定的。這是因為：首先，此詩的寫
作具體時間及有關的其它重要情況，還不是非常清楚，說此詩是作者
「在逝世前不久所寫」，也只是「推知」「大致」如此，似乎沒有提出
有力的證據。其次，退一步說，即便認可此詩是黃遵憲逝世前不久所
作，詩中的確表現了晚年黃遵憲的情感狀況和思想水準，也難以認可
詩中的俠客形象就一定坐實是作者黃遵憲的形象，俠客的所思所想所
作所為就百分之百地是作者政治思想的直接表述。此詩以淋漓酣暢、
氣勢磅礴的浪漫手法，表達了黃遵憲盡忠報國、拯救黎民的遠大理想
和昂揚激情，但是如果將詩中俠客的思想行為一一與黃遵憲的思想行
為對號入座，則似太過牽強了些。最後，在人境廬詩歌中，以豪俠形
象、浪漫手法表達作者理想與激情的作品並非僅此一首，如十八歲時
所作《古從軍樂》中即寫道：「男兒為名利，敢以身殉賊。東南有窮
寇，兵氛幸未息。腰間三尺刀，一日三拂拭。欲行語耶娘，耶娘色如
墨。去矣上馬去，笑看黃金勒。」[35]同為早年之作的《軍中歌》也有

---

34 《禮記·禮運第九》，楊天宇：《禮記譯注》（上海市：上海古籍出版社，2004年），
　　頁265。

35 北京大學中文系近代詩研究小組編：《人境廬集外詩輯》（北京市：中華書局，1960
　　年），頁2。筆者對原標點略有調整。

這樣的詩句:「能識千文字,不如一石弓。寄語屠狗輩,故友今英雄。」[36]進入中年後,三十七歲時所作《越南篇》也有這樣的詩句:「精衛志填海,荊卿氣成霓。安得整乾坤,二三救時傑。共傾中國海,灑作黃戰血。地編歸漢裏,天紀亡胡月。」[37]晚年所作《出軍歌》、《軍中歌》和《旋軍歌》各八首,無一不是洋溢著為國捐軀、視死如歸的豪邁精神。詩長此不具引,僅從這一組詩每首的最後一字所構成的口號即可概見,正如梁啟超所說:「其章末一字義取相屬,以『鼓勇同行,敢戰必勝,死戰向前,縱橫莫抗,旋師定約,張我國權』二十四字殿焉。其精神之雄壯活潑沉渾深遠不必論,即文藻亦二千年所未有也,詩界革命之能事至斯而極矣。吾為一言以蔽之曰:讀此詩而不起舞者必非男子。」[38]因此,如果說此類之詩都表現了黃遵憲的反清革命思想,那麼也就應該承認,這一思想遠不是產生於他的晚年,而從青年時即已萌發,並且貫串了他從早年到晚年的人生歷程。很明顯,在歷史事實上和思維邏輯上均非如此;這樣的結論,恐怕太令人難以置信了吧?

說黃遵憲主張革命、擁護共和之理由不足,難以成立,已如上述。今更徵引有關材料,以見他晚年對革命、共和之說的真實態度。他在給梁啟超的信中說道:

> 當明治十三四年,初見盧騷、孟德斯鳩之書,輒心醉其說,謂太平世必在民主國無疑也。既留美三載,乃知共和政體萬不可

---

36 同上書,頁3。

37 北京大學中文系近代詩研究小組編:《人境廬集外詩輯》(北京市:中華書局,1960年),頁54-55。筆者對原標點有所調整。

38 梁啟超著,舒蕪校點:《飲冰室詩話》(北京市:人民文學出版社,1959年),頁43。

施於今日之吾國。自是以往，守漸進主義，以立憲為歸宿，至
於今未改。[39]

公言中國政體，徵之前此之歷史，考之今日之程度，必以英吉
利為師，是我輩所見略同矣。風會所趨，時勢所激，其鼓蕩推
移之力，再歷十數年、百餘年，或且胥天下而變民主，或且合
天下而戴一共主，皆未可知。然而中國之進步，必先以民族主
義，繼以立憲政體，可斷言也。[40]

總而言之，胥天下皆懵懵無知、碌碌無能之輩而已。以如此無
權利思想、無政治思想、無國家思想之民，而率之以冒險進
取，聳之以破壞主義，譬之八九歲幼童，授以利刃，其不至引
刀自戕者幾希。[41]

二十世紀之中國，必改而為立憲政體。今日有識之士，敢斷言
決之，無疑義也。雖然，或以漸進，或以急進，或授之自上，
或爭之自民，何塗之從而達此目的，則吾不敢知也。[42]

若夫後生新進愛國之士有唱革命者，唱類族者，主分治者，公
亦疑其非矣。吾姑無論理之是非，議之當否。然決其事之必無
幸成也。[43]

這樣的言論在致梁啟超書信中還有不少。另外，黃遵憲晚年所作
《小學校學生相和歌》之四再次表明了他對維新變法、君主立憲的好

---

39 北京圖書館善本組整理：《黃遵憲致梁啟超書》，《中國哲學》第八輯（北京市：生
　活‧讀書‧新知三聯書店，1982年），頁379。
40 北京圖書館善本組整理：《黃遵憲致梁啟超書》，《中國哲學》第八輯（北京市：生
　活‧讀書‧新知三聯書店，1982年），頁386。
41 同上書，頁387。
42 同上書，頁388。
43 同上書，頁389。

感與信心，詩云：「來來汝小生，汝之司牧為汝君；尊如天帝如鬼神，伏地謁拜稱王臣。汝看東西立憲國，如一家子尊復親。於戲我小生，三月齸裘歌，亦曾歌維新。」[44]

凡此皆表明，黃遵憲根據當時中國社會的狀況，體察統治階層和民眾的思想程度、文明程度，認為不可進行激烈的暴力革命，不可建立民主共和政體。在黃遵憲看來，這些都太過不切實際的浪漫，太多理想化色彩。當時較現實可行的出路在於效法日本和英國，以穩步漸進的方式建立君主立憲政體。他對清王朝仍抱一些希望，對光緒皇帝依舊感恩戴德。可以說，黃遵憲生前一直沒有超越資產階級維新派的思想範疇。

總之，從現有的材料來看，可以作這樣的斷言：黃遵憲晚年並沒有改變對太平天國的恐懼、反對與敵視態度，雖不免有一點悲天憫人、憂時念亂的情感，但他從傳統知識分子的思維定勢和正統觀念出發，對太平天國堅決否定，滿懷仇恨，則是顯而易見的。他對曾國藩的評論也是有批評有褒揚，而且是褒揚讚譽明顯地遠遠多於批評貶抑。他對曾國藩的道德、功業、文章基本上抱持肯定立場，給予相當高的評價，對其它歷史人物，似乎還從未如此。黃遵憲對曾國藩的分析較時人深刻，見解較同儕通達。在當時爭論頗為激烈的是君主立憲還是民主共和、是革命還是維新這一重大問題上，黃遵憲也是明確地堅持君主立憲，堅持維新變法。這一點，與他一生的思想特徵與行事原則完全一致，更為充分的材料所證明。

最後筆者還想申明，這裏只是以所見材料為依據，對黃遵憲晚年思想的三個重要問題作一點自以為盡可能實事求是、合情合理的分析

---

44 北京大學中文系近代詩研究小組編：《人境廬集外詩輯》（北京市：中華書局，1960年），頁64。

說明，並不包含任何價值判斷。也就是說，在筆者看來，就近代中國
的特定文化歷史背景而論，並不是說反對太平天國就一定思想反動，
欽敬讚譽曾國藩就必然站錯立場；就近代中國的出路探尋過程而言，
筆者也並不認為暴力革命與民主共和就一定高於、好於維新變法與君
主立憲。討論歷史問題，一定要將其置於那個特定的歷史範疇之內，
這也是革命導師一再教誨我們的。同樣，這裏所討論的問題也絲毫不
影響黃遵憲作為一個維新派政治家、歷史學者、愛國詩人的傑出和偉
大；而且，真正展現歷史人物思想的複雜矛盾，不為古人諱，或許更
能揭示某些深層的東西，更接近歷史人物和歷史事實本身。至於對黃
遵憲晚年思想中這三個問題作何評價，牽涉的問題更複雜、更重大，
就不是筆者所能勝任的，更非本論題所能討論的範圍了。

黃遵憲的避亂詩

　　黃遵憲曾寫有一組反映太平軍與清軍在嘉應地區相戰、他與家人逃避戰亂的經歷及心情的詩歌。這組詩歌共二十八首，記載同治四年（1865）太平軍康王汪海洋部攻破嘉應州城，黃遵憲及家人避亂逃往大埔三河虛，繼又往潮州，直至同治五年（1866）返回家鄉的全過程。詩從《乙丑十一月避亂大埔三河虛》[1]開始，有《古從軍樂》七首（見《人境廬集外詩輯》），《拔自賊中述所聞》六首（《人境廬詩草》卷一收四首，《人境廬集外詩輯》收二首，題《軍中歌》），《潮州行》一首（見《人境廬詩草》卷一），《喜聞恪靖伯左公至官軍收復嘉應賊盡滅》三首（《人境廬詩草》卷一收二首，《人境廬集外詩輯》收一首），末以《亂後歸家》（見《人境廬詩草》卷一）作結。

1　筆者按：此詩原當為七律八首，題《乙丑十二月闢亂大埔三河虛題南安寺壁八首》；作者後刪四首，存四首，改題《乙丑十一月避亂大埔三河虛》，編入《人境廬詩草》卷一；《人境廬集外詩輯》據北京大學圖書館藏鈔本《人境廬詩草》卷一收被刪之四首，仍題《乙丑十二月闢亂大埔三河虛題南安寺壁八首》。北京大學中文系近代詩研究小說組編《人境廬集外詩輯》於《乙丑十二月闢亂大埔三河虛題南安寺壁八首》詩後有說明曰：「此詩見北京大學藏鈔本《人境廬詩草》卷一。原刊本《人境廬詩草》卷一存四首，改題為《乙丑十一月避亂大埔三河虛》。刊本第一首為鈔本第四首，第二首為鈔本第一首，第三首為鈔本第二首，第四首為鈔本第六首。今所錄為鈔本第三、五、七、八首。『闢』，古與『避』通。」見《人境廬集外詩輯》（北京市：中華書局，1960年），頁1-2。錢仲聯《人境廬詩草箋注》卷一《乙丑十一月避亂大埔三河虛》題下有說明曰：「鈔本題作《乙丑十二月闢亂大埔三河虛題南安寺壁八首》。此第一首為鈔本第四首，第二首為鈔本第一首，第三首為鈔本第二首，第四首為鈔本第六首。鈔本第三、五、七、八首今已收入《人境廬集外詩輯》中。」見《人境廬詩草箋注》（上海市：上海古籍出版社，1981年），頁13。

這組詩數量不菲，在黃遵憲早年詩作中佔有相當重要的地位，涉及到太平天國起義這一重大歷史事件，尤其涉及黃遵憲早年對太平天國運動的態度問題，卻至今未見集中的研究或專門的論述，編選人境廬詩時對此亦多有迴避。筆者以為，要全面認識評價黃遵憲其人其詩，這一組詩歌當然無可避諱。因此，筆者擬對此作一探討。為了敘述方便，也為表明筆者對這一組詩歌的基本認識，姑稱之為「避亂詩」。

黃遵憲的這二十八首避亂詩涉及的內容較多，尤其令人注意的是，它們反映了中國近代歷史上的重大事件太平天國運動的某些側面，包括此次起義中與嘉應地區有關的部分歷史事實，詩人及其家人在此次事件中的特殊經歷與感受，等等，其內容大致可概括為如下三個方面。

第一，記述詩人戰亂中的經歷和心態，反映了當時某些真實的歷史情況。黃遵憲以飽含感情的筆觸，記載了戰亂來臨之際自己及家人從家鄉逃到大埔三河虛，旋又逃往潮州，直至亂後返鄉的全過程，詩人的生活經歷與感情歷程均充分地表現於詩中，今日讀之，仍覺歷歷在目。而且，詩中寫到的某些歷史事實，可與有關史書志書相參證，具有高度的可信性。如有詩句云：「《南風》不競死聲多，生不逢辰可若何？人盡流離呼伯叔，時方災難又干戈。」[2] 描繪了天災人禍、內憂外患給人民帶來的苦難，表現出對戰亂局勢的憤懣。又云：「七年創痛記分明，無數沙蟲殉一城。」自注云：「己未三月，賊破嘉應，知州文壯烈公晟死之。從而殉者萬餘人。」[3] 此二句記己未年太平軍石鎮吉攻嘉應州城事。己未為咸豐九年（1859），時黃遵憲十二歲。

2 　黃遵憲：《乙丑十一月避亂大埔三河虛》，《人境廬詩草》卷一（北京市：商務印書館，1931年），頁2。

3 　同上。

據史料載，戰亂發生於是年春天，此詩作於同治四年（1865）冬，故
曰七年。此事《嘉應州志》有載：「咸豐己未正月，石達開挾眾十餘
萬，自湖南分兵，一由江西信豐入粵之和平、龍川，一由福建龍岩、
永定入粵之大埔。入大埔者為石鎮吉。三月二日，由埔入於鬆口、嵩
山、白渡之間。初四日，直撲州城。十六日，城遂陷。知州文晟等死
之。男婦死者四千餘人。」[4] 又興寧胡曦《枌榆碎事》卷四記此事
時，稱「丁壯義民死者三千五百餘人，婦女六百人，闔門被屠四十九
家」[5]。可見，黃遵憲詩中所寫內容具有歷史的真實性，絕非憑空虛
構。《潮州行》一首，則以寫實的筆法敘述了黃遵憲一家人從大埔三
河盧再逃往潮州的經歷，詩中有句云：「人生亂離中，所謀動乖忤。
一夕輒三遷，蹤跡無定所。自從居三河，謂是安樂土。世情誰念亂，
百事忿凌悔。交交黃鳥啼，此邦不可處。一水通潮州，且往潮州
住。」[6]《亂後歸家》有云：「遂有還家樂，跳樑賊盡平。舉家開笑
口，一棹出江城。」[7] 寫同治四年乙丑十二月二十二日（1866年2月7
日）清軍攻陷嘉應州城，黃遵憲一家遂於其後不久得以返鄉之事。

　　除了以史家筆法記經歷、述史事外，這一組詩歌還真切地傳達出
黃遵憲戰亂流離中的心境與情懷。在背井離鄉的奔波中，詩人最大的
願望就是盡快結束戰亂，免除流離他鄉之苦，重返自己的家園。這種
渴求和平與安寧的心情在詩中屢有表現。如云：「吁嗟患難中，例受
一切苦。」[8] 又云：「流離瑣尾無家別，蕉萃饑未死魂」；「寒風瑟瑟夜
飛沙，盡室相依水一涯。鸛來巢公在野，鴟鴞毀室我無家。親朋生死

4　錢仲聯：《人境廬詩草箋注》卷一（上海市：上海古籍出版社，1981年），頁17。

5　胡曦：《枌榆碎事》卷四，同治十三年（1874年）刻本，頁3；又見吳天任《清黃公
　　度先生遵憲年譜》（臺北市：臺灣商務印書館，1985年），頁7-8。

6　黃遵憲：《人境廬詩草》卷一，商務印書館民國二十年（1931年），頁2。

7　同上書，頁3。

8　黃遵憲：《潮州行》，《人境廬詩草》卷一（北京市：商務印書館，1931年），頁3。

紛傳說，天地滄茫敢怨嗟！已作戰場糜爛地，便歸何處種桑麻」；「淒
涼石馬弔荒丘（自注：三河有翁仁夫墓），誰識茫茫一客愁？可恨此
邦難與處，曾非吾土強登樓」。[9]戰亂帶來的苦難，使詩人不勝感慨，
對天長歎！闔家棲居水濱的淒涼，已使詩人難以忍受，而親朋好友生
生死死的傳說，更加劇了他的痛苦感傷。想到自己的家鄉早已成了兵
馬廝殺的疆場，慘酷的景象使詩人心如刀絞：即使回到家鄉，又有可
能在何處種桑種麻，怎樣才能恢復正常的生活？登上墓地，詩人自然
想到了死去長眠於斯的人，死的意象在有家難歸的詩人心中，又加上
了一重孤獨與寂寞。

當戰亂結束，詩人終於踏上歸鄉的船兒的時候，他掩飾不住內心
的喜悅：「舉家開笑口，一棹出江城。兒女團坐，風波自在行。」[10]一
幅歡笑喜悅的場面。感受力遠較一般人深切的詩人黃遵憲，覺得此時
的江風江水彷彿也變得那麼自由自在，物與人感情相通，情緒和諧。

可見，在這一部分詩作中，詩人的經歷與戰爭的慘狀得到了如實
的反映，詩人的心靈歷程和情感變化也同樣得到了真切的表現。

第二，對清廷不能很快平息戰亂的怨恨和對清軍作戰不利的諷
刺。黃遵憲寫道：「星斗無光夜色寒，一軍驚擁將登壇。爭功士聚沙
中語，遇敵師從避上觀。誰敢倚公為砥柱？可憐報國只心肝。東南一
局全輸卻，當局翻成袖手看。」[11]軍隊的混亂與怯懦，詩人的懷疑與
抱怨，均溢於言表。值得注意的是，詩人將矛頭指向了「當局」。又
有詩句云：「登屋人驚流矢及，關城官既鑿垣逃。黃人恃楚曾無備，

---

9 黃遵憲：《乙丑十二月闈亂大埔三河虛題南安寺壁八首》，北京大學中文系近代詩研究小組編：《人境廬集外詩輯》（北京市：中華書局，1960年），頁1。
10 黃遵憲：《亂後歸家》，《人境廬詩草》卷一（北京市：商務印書館，1931年），頁3。
11 黃遵憲：《乙丑十一月避亂大埔三河虛》，《人境廬詩草》卷一（北京市：商務印書館，1931年），頁2。

一夕哀鴻四野號。」[12]軍隊的膽小如鼠，官員的狼狽逃竄，人民的痛苦哀號，一幅幅畫面，都寄予了詩人的感慨與不平。詩人還寫道：「朝廷方籌餉，主將金滿簽。」又云：「寇來沖我軍，堅壁不與爭。借問主將誰？酣醉正未醒。從來整以暇，乃稱善用兵！」[13]這裏，為清軍主將畫了兩幅像，活畫出將軍的貪婪與顢頇，詩人的譴責與譏諷亦盡在其中。而下面的一首，則描繪了另外一種場面：「昨日賊兵移，我軍尾其後。道有婦人哭，挾以上馬走。夫婿昨傷死，還遣行杯酒。耶娘欲牽衣，手顫不敢救。今日報戰功，正賴爾民首！」[14]清軍在與太平軍作戰中表現得是如此的懦弱無能，卻是殘害人民的魔王。他們掠奪婦女，而且用人民的頭顱來邀功請賞，真可謂作惡多端。詩人描繪的這幅怵目驚心的畫面，撕下了清軍的偽裝，表現了人民的苦難，真是力透紙背。

總之，在這一部分詩篇裏，詩人對清政府與軍隊的揭露諷刺，具有積極的意義，顯示了黃遵憲現實主義創作方法的成績。

但是，也必須指出，黃遵憲的這些描寫，並非從反對清廷清軍的立場出發，而主要是對他們不能很快平息太平天國、不能迅速結束戰亂的怨恨，詩人對清軍內部某些腐敗現象的描繪亦是如此。儘管揭露是深刻的，諷刺是犀利的，然而詩人的目的仍然是「惟念大亂平，正當補弊偏」[15]。詩人的主觀目的雖有這樣的局限，但從這些詩句的客觀意義上，依然可以看到一些積極的因素。從這些詩歌裏，我們看到了清廷清軍的種種腐朽衰敗，看到了他們殘害人民的罪惡本性，看到

---

12 黃遵憲：《乙丑十二月闖亂大埔三河盧題南安寺壁八首》，北京大學中文系近代詩研究小組編：《人境廬集外詩輯》（北京市：中華書局，1960年），頁1。

13 黃遵憲：《古從軍樂》，北京大學中文系近代詩研究小組編：《人境廬集外詩輯》（北京市：中華書局，1960年），頁2。

14 同上書，頁2-3。

15 黃遵憲：《感懷》，《人境廬詩草》卷一（北京市：商務印書館，1931年），頁1。

了當時社會的動盪危機，也看到了太平天國的英勇善戰，威懾敵膽，似乎也可以認識到太平天國起義在某種程度上具有「官逼民反」的性質。

第三，表現詩人對太平天國起義的態度。這一內容在這一組避亂詩中佔有較大比重，對認識黃遵憲早年思想變化和政治觀念具有重要價值。與封建社會正統派和絕大多數知識分子對農民起義的稱呼一樣，黃遵憲在詩中也把太平軍稱為「寇」、「賊」。詩人寫道：「一面竟開通寇網，三邊不築受降城。細民堅壁知何益，翹首同瞻大帥旌。」又說：「諸公竟以鄰為壑，一夜喧呼賊渡河。」[16]又有詩句云：「將血拭刀光，刀光皎如雪。不願砍人頭，只願薙賊髮。」[17]表現出堅決消滅「長毛」的決心。詩人又寫道：「男兒為名利，敢以身殉賊。東南有窮寇，兵氛幸未息。腰間三尺劍，一日三拂拭。欲行語耶娘，耶娘色如墨。去矣上馬去，笑看黃金勒。」[18]塑造了一個欲往疆場殺「賊」御「寇」的少年英雄、英勇男兒形象。又有詩句云：「幾時踏殺羊，老虎來不來？」[19]很明顯，此處之「羊」，是太平天國將領康王汪海洋的諧音。詩人又寫道：「朝傾百斛酒，暮飽千頭羊。時時賭博簺，夜夜迎新娘。」又云：「今日阿哥妻，明日旁人可。但付一馬馱，何用分汝我。」[20]詩人述其所聞，寫到太平軍內部的各種混亂：酒肉鋪天，賭博成群，夜夜新婚，殘害婦女。

---

16 黃遵憲：《乙丑十一月避亂大埔三河虛》，《人境廬詩草》卷一（北京市：商務印書館，1931年），頁2。

17 黃遵憲：《軍中歌》，北京大學中文系近代詩研究小組編：《人境廬集外詩輯》（北京市中華書局，1960年），頁3。

18 黃遵憲：《古從軍樂》，北京大學中文系近代詩研究小組編：《人境廬集外詩輯》（北京市：中華書局，1960年），頁2。

19 黃遵憲：《拔自賊中述所聞》，《人境廬詩草》卷一（北京市：商務印書館，1931年），頁2。

20 同上。

　　因此，當太平軍終於被清軍剿滅的消息傳來，帶給詩人的則是難以抑制的欣喜。他有詩曰：「恢恢天網四維張，群賊空營走且僵。舉國望君如望歲，將軍擒賊先擒王。十年竊號留餘孽，六百名城作戰場。今日平南馳露布，在天靈爽慰先皇。」又寫道：「諸侯齊築受降城，狂喜如雷墮地鳴。」[21]還有：「沙蟲擾攘各西東，風后吹塵一掃空。……中興江漢宣重武，萬里車書復大同。」[22]凡此種種，均對太平軍終於被消滅表示由衷的喜悅，對於平定佔據嘉應地區的太平軍汪海洋等部有功的清軍將領左宗棠表達真摯的讚美之情，當然也流露出對於清王朝的感激之意。

　　從這些詩句表現的思想傾向和情緒態度來看，可以肯定地說，黃遵憲是明顯地反對和敵視太平天國的，而且這一立場表現得如此鮮明，如此堅決。

　　除此之外，黃遵憲在這組避亂詩中還留下了這樣一些詩句：「是賊是民同吾子，天陰鬼哭總煩冤。」[23]又如：「普天同王土，豈有分厚薄。」[24]又如：「普天同王臣，咸顧修矛戟。」[25]再如：「終累吾民非敵國，（嘉慶間剿辦白蓮教匪，仁宗詔曰：『自古只聞用兵於敵國，未聞用兵於吾民。如蔓延日久，是賊是民，皆吾赤子，何忍誅戮？』顯皇曾手書此詔，普告臣下云。）又從據亂轉昇平。黃天當立空題壁，

21　黃遵憲：《喜聞恪靖伯左公-官軍收復嘉應賊盡滅》，《人境廬詩草》卷一（北京市：商務印書館，1931年），頁3。

22　黃遵憲：《喜聞恪靖伯左公-官軍收復嘉應賊盡滅》，北京大學中文系近代詩研究小組編：《人境廬集外詩輯》，中華書局1960年版，第4頁。

23　黃遵憲：《乙丑十二月闖亂大埔三河虛題南安寺壁八首》，北京大學中文系近代詩研究小組編：《人境廬集外詩輯》，中華書局1960年版，頁1。

24　黃遵憲：《古從軍樂》，北京大學中文系近代詩研究小組編：《人境廬集外詩輯》，中華書局1960年版，第2頁。

25　黃遵憲：《述懷再呈靄人樵野丈》，《人境廬詩草》卷一（北京市：商務印書館，1931年），頁1。

赤子雖饑莫弄兵。」[26]這裏,黃遵憲似乎又流露出對太平天國的某些
理解與同情。這種現象與上文所說他對太平天國的仇恨立場似有矛
盾,當如何理解?

在上引「終累吾民非敵國」句下,作者有自注云:「嘉慶間剿辦
白蓮教匪,仁宗詔曰:『自古只聞用兵於敵國,未聞用兵於吾民,如
蔓延日久,是賊是民,皆吾赤子,何忍誅戮?』顯皇曾手書此詔,普
告天下云。」[27]讀畢此注,我們方才知曉黃遵憲這些詩句的真正來
歷。首先,這些詩句中表現出的思想,與清仁宗嘉慶皇帝詔書中語完
全一致,特別是「赤子」、「吾民」之說,完全沿用了詔書當中皇帝的
口氣。其次,封建社會知識分子思想中普遍存在的忠君意識,優生憫
亂的情懷,在黃遵憲身上同樣有明顯的表現,這也是他寫出這些詩句
的原因之一,所以他能夠以皇帝的口吻勸諭百姓「赤子雖饑莫弄
兵」。最後,這組避亂詩中尚有這樣的詩句:「豺虎中原氣,蛟螭海上
波。」[28]上句是指太平軍被消滅後仍在堅持鬥爭的捻軍,下句是指當
時日甚一日的外患;詩人將內憂與外患聯繫起來認識,表現出沉重的
情緒。另外,黃遵憲晚年所作《旋軍歌》中也寫道:「黑山綠林赤眉
赤,亂民不算賊。鐮羌破胡覆滅狄,雖勇亦小敵。當敵要當諸大國。
國國國!」[29]此詩前二句與「赤子吾民」之說相通,而全詩的重點在
於主張一致對付外患,抵抗列強的侵略。後來黃遵憲還說過:「誠知

26 黃遵憲:《喜聞恪靖伯左公-官軍收復嘉應賊盡滅》,《人境廬詩草》卷一(北京市:
　商務印書館,1931年),頁3。筆者按:鈔本《人境廬詩草》後二句作:「黃巾各遣
　仍歸里,赤子雖饑莫弄兵。」

27 黃遵憲:《喜聞恪靖伯左公-官軍收復嘉應賊盡滅》,《人境廬詩草》卷一(北京市:
　商務印書館,1931年),頁3。

28 黃遵憲:《亂後歸家》,《人境廬詩草》卷一(北京市:商務印書館,1931年),頁4。

29 黃遵憲:《旋軍歌》,北京大學中文系近代詩研究小組編:《人境廬集外詩輯》(北京
　市:中華書局,1960年),頁62。

今日大勢,在外患不在內憂也。」[30]由此觀之,黃遵憲寫下這些詩句,與他盡快平息內亂、主張消滅外患、對付列強侵略的一貫思想有關。因此,這些詩句並不能證明黃遵憲支持太平天國,恰恰是他以忠君思想為主的複雜心態的一種流露。

更重要的是,在這些詩中,黃遵憲並沒有明確地表白支持太平軍,而主要是勸諭安撫,以皇帝口吻居高臨下的勸諭安撫。這一部分詩句在全部二十八首避亂詩中,所佔比例極小,只有上文列舉的那幾句,遠不及表現他仇恨太平天國的詩作那樣多。從詩歌的藝術性與感染力的角度看,這些勸諭性的句子也顯得那麼蒼白無力,空洞無味,同樣不及他表現敵視太平天國的詩作那樣發自內心,真切感人。由此我們看到,黃遵憲陷入了一種窘迫的矛盾狀態之中,這是他個人感情與皇帝詔曰的矛盾。其實,他的這種窘境的根源在於他的忠君思想。他不能識破封建皇帝諸如此類的詔諭不過是騙人的把戲,恩威並用、恩虛威實從來就是最高統治者慣用的馭民術與統治術之一,封建皇帝仁善慈愛的面孔表象背後,另一隻手中緊握的是沾滿人民鮮血的屠刀。

在這一部分詩篇裏,集中表現了黃遵憲對太平天國的敵視與仇恨,假如認定太平天國起義的合理性的話,那麼這部分作品則可能是他的思想局限。但是,這種局限與絕大多數封建時代的知識分子對待農民起義的普遍態度一樣,乃是一種階級的時代的局限。詩人憂生憫亂的情懷,有一定的進步意義。但他把戰亂的原因歸之於太平天國,而不能認識到清政府的專制統治、漁肉人民正是太平天國起義的直接原因,不能認識到封建王朝的衰敗腐朽才是罪惡的淵藪和禍患的根

---

30 北京圖書館善本組整理:《黃遵憲致梁啟超書》,《中國哲學》第八輯(北京市:生活‧讀書‧新知三聯書店,1982年),頁390。

源，這也是他的認識局限。黃遵憲的那些「赤子吾民」之類的詩句，思想上暴露了他忠君的局限，藝術上則成了他用詩歌進行空洞說教的敗筆。即便如此，這些詩在今天看來仍有其價值，可以說明我們認識當時歷史的某些側面，看到太平軍與清軍相戰的某些情形，也可以說明我們認識詩人黃遵憲的思想發展和創作道路。

在藝術手段的運用與詩歌意境的創造方面，黃遵憲這一組避亂詩作於詩人年輕時期，較其中年以後的詩作尚有一定差距，但仍然取得了較高的成就，有其獨特之處，值得注意。

這二十八首避亂詩，或用五言古體，或用五七言近體，造成了一種與敘述經歷、描寫戰亂、抒寫情愫相適應的節奏，詩的節奏形式與所要表達的內容達到了較高程度的和諧統一。《乙丑十一月避亂大埔三河虛》（《人境廬集外詩輯》中題《乙丑十二月闚亂大埔三河虛題南安寺壁八首》）、《喜聞恪靖伯左公至官軍收復嘉應賊盡滅》三首，重在敘事與抒情的結合，需要有較大的內容含量和較舒緩的節奏，詩人採用七言律體。《古從軍樂》七首寫戰爭中的某些場景，《軍中歌》二首、《拔賊中述所聞》四首寫在太平軍中的所見所聞，《潮州行》一首寫詩人一家在大埔三河不能容身，又匆匆奔往潮州的經歷，均顯得緊張忙碌、匆促不安，應有較快較緊的節奏，則用五言古體。《亂後歸家》三首用五言律體，傳達出詩人歸鄉時輕鬆愉快而又急切憂慮的心情。

在這些避亂詩中，人與事，情與景，均達到了一定程度的交融。人是戰亂流離中的人，事是詩人所歷所感的事，情是彼時彼地特有的情，景是詩人情感心靈對象化的景。這些詩歌用典較多，但大多並不生僻，而是用得貼切自然。如云：「聞說牙璋師四起，將軍翻用老廉

頗」[31]，言兵事用《周禮》牙璋之典，用《史記》中老將廉頗之典；
「誰敢倚公為砥柱，可憐報國只心肝」[32]，用《水經注》中中流砥柱
之典；「須臾達潮州，急覓東道主」[33]，用《左傳》之典；「一炬成焦
土，先人此敝廬」[34]，用《阿房宮賦》之典；等等。

　　除此之外，黃遵憲這一組避亂詩在其它方面也取得了相當突出的
成就，這些藝術特色與其思想特徵一道，是構成避亂詩總體成就的重
要因素。其中，最為突出、最值得注意的藝術特色還表現在如下兩個
方面。

　　其一，事件場面的描寫。詩人的場面描寫，總能生動準確地描摹
出戰亂的特有場景，充分有力地傳達出爭環境下的特殊氣氛，使讀者
彷彿也置身於亂離的環境之中，令人覺得真切可感。詩人寫道：「人
盡流離呼伯叔，時方災難又干戈。諸公竟以鄰為壑，一夜喧呼賊渡
河。」[35]男男女女，老老少少，呼喊著失散的親人的名字，奔跑著掙
扎著亂作一團。詩人只用七字，便把一個亂紛紛淒慘慘的戰爭流離場
面勾勒了出來。在寂靜的深夜，一聲賊已渡河的淒厲驚恐而緊張懾人
的呼喊劃破夜空，詩人寫到此即戛然而止；而這聲呼喊之後帶給驚魂
未定的逃難中人的衝擊及所有的一切，均留給了讀者去想像描摹。

　　黃遵憲又曾寫道：「爺娘弟妹牽衣語，南北東西何處行？一葉小
舟三十口，流離虎口脫餘生。」[36]前二句將戰亂中男女老少驚慌忙亂

---

31 黃遵憲：《乙丑十一月避亂大埔三河虛》，《人境廬詩草》卷一（北京市：商務印書
　　館，1931年），頁2。

32 同上。

33 黃遵憲：《潮州行》，《人境廬詩草》卷一（北京市：商務印書館，1931年），頁3。

34 黃遵憲：《亂後歸家》，《人境廬詩草》卷一（北京市：商務印書館，1931年），頁3。

35 黃遵憲：《乙丑十一月避亂大埔三河虛》，《人境廬詩草》卷一（北京市：商務印書
　　館，1931年），頁2。

36 同上。

不知所措的場景描繪得歷歷如畫；後二句寫道，雖然走投無路的人終於上了船，讓人舒了一口氣，但是隨即又緊張起來：三十口老少擁擠在這一葉小舟之上，顛簸在波濤裏，船能否承受得住？人能否安然無恙、脫離險境？小船上的一幕仍然給人留下了無限的擔憂和懸念。《潮州行》中間一節，描繪了一幅流亡的人們江上遇賊被劫、而後終於「虎口脫餘生」的場面。詩的節奏很快，動作感很強，詩人按事件發生的順序寫來，如緊鑼密鼓，扣人心弦。這一節詩作畫面鮮明，情節緊湊，氣氛緊張，堪稱一幅很完整的江上被劫脫險圖。

《亂後歸家》中，詩人描繪了戰亂之後終於得返家園的輕鬆愉快的場面。一片笑聲，一片和平，似乎江上的波浪也比往日平靜，江上的清風也變得那麼溫柔和煦，船也行駛得那麼輕快自在。也是在此詩中，詩人還寫道：「一炬成焦土，先人此敝廬。有家真壁立，無室可巢居。小婦啼開篋，群童喜荷鋤。苔花經雨長，狼籍滿家書。」[37]一幅痛定思痛、劫後餘灰的場面。世代居住的家園已成為一片焦土，眼前的一切使詩人感到似乎還有個家，但這家卻早已不能安身。小婦之啼，群童之喜，為這幅既幸運又淒涼的畫面增添了動作與聲音；二者的不同表現，活畫出同一情境之下不同人物的心理狀態和生活感受。而這亦悲亦喜的場景，也是詩人此時此刻複雜心境與矛盾心態的對象化。經雨長高的苔蘚告訴人們這裏久已無人居住，狼籍遍地的藏書尚能表明這裏曾是書香門第。這兩筆，又豐富了這一畫面的歷史與現實內涵。這裏，有動有靜，有聲有色，它們和諧地統一起來，構成頗有典型意義的鮮明畫面，的確達到了很高的藝術境界。

其二，人物心理的描寫。黃遵憲在避亂詩中還運用了較多的筆墨，細緻入微地描摹亂離中人的心理感受與心態特徵，使組詩愈發增

---

37 黃遵憲：《亂後歸家》，《人境廬詩草》卷一（北京市：商務印書館，1931年），頁3。

加了感染力與真實性。如有詩句云：「逐鹿狂奔成鋌走，傷禽心怯又弦驚。」[38]咸豐九年己未（1859），詩人十二歲的時候，曾經歷了一次太平軍攻嘉應州的戰亂，黃家家境由此以後愈來愈貧困了。那次戰亂，給黃家造成了不小的衝擊，也使幼小的黃遵憲第一次感受到戰爭的殘酷慘烈。時隔七年，適又遭戰亂，詩人言自己已如受傷之鳥再次聽到弓弦之聲，準確傳達出他的心理感受。

　　黃遵憲寫道：「一聲霹靂炮，殺賊賊遽去。虎口脫餘生，驚喜泣相語。回看諸弟妹，僵臥尚如鼠。起起呼使坐，軟語相慰撫。扶床面色灰，謬言不畏懼。」[39]黃遵憲婚後數日即遭此次戰亂逃亡，他又為長兄，父親黃鴻藻時在京為官，在鄉者只有母親吳太夫人及弟弟妹妹們。因此，黃遵憲當時雖然只有十八歲，卻處處應當像個大人了。詩中寫他呼起弟弟妹妹們，細聲軟語地安慰他們，十八歲的黃遵憲儼然是一個生活閱歷豐富的成年人。但透過字面，還是可以感受到黃遵憲驚喜交集的心情以及沉重的心理負荷。弟弟妹妹們僵直著身子匍伏在船倉中，被叫起之後扶床而坐時如灰的臉色和呆滯的神情，與他們嘴上說沒有害怕的表白構成了強烈的對照，傳神地描繪出小孩子們的心理狀態。其實，他們心裏非常驚慌恐懼，但嘴上又不願意承認，兒童的這種爭強好勝而又懂事曉理的心理特徵可感可見。戰亂使兒童成熟得快了，流亡一下子使孩子們變得老成了許多。

　　黃遵憲還寫道：「即別潮州去，還從蓬辣歸。累人行篋少，滯我客舟遲。顛倒歸來夢，驚疑痛定思。便還無處所，已喜免流離。」[40]行李物品少了許多，是個不小的損失；但卻免除了累贅，可以快些歸

38 黃遵憲：《乙丑十一月避亂大埔三河虛》，《人境廬詩草》卷一（北京市：商務印書館，1931年），頁2。
39 黃遵憲：《潮州行》，《人境廬詩草》卷一（北京市：商務印書館，1931年），頁3。
40 黃遵憲：《亂後歸家》，《人境廬詩草》卷一（北京市：商務印書館，1931年），頁3。

鄉；就要到家了，卻愈發覺得自己在外滯留得太久，覺得歸舟行駛得太慢；思量著還家後的一切，構想著將來的生活，又總有痛定思痛之情的纏繞；屋廬已經被毀，早就無法居住，讓人感到心情沉痛難抑，但又適時地自我安慰寬解，人還安然地活著，總算是回到了家，終於免除了顛沛流離之苦。凡此種種，將亂離流亡之後重返家園時的複雜情緒表現得非常充分，詩人百感交集的心情躍然紙上。詩人還有句云：「驚魂猶未定，夜半莫呼兵。」[41]雖僅十字，卻傳神地寫出了戰亂給人造成的深重的精神創傷。

黃遵憲避亂詩的心理描寫取得了巨大的成功，展示了這位年輕詩人表現戰亂環境下人物的複雜心理狀態和情緒特徵。這當然與詩人亂離中的非凡經歷有關，也與他敏銳深刻的感受力密不可分。此種境界，絕非憑空想像所能爾。

總之，這二十八首避亂詩是人境廬詩，尤其是人境廬早年詩作之不可忽視的重要組成部分，足堪重視。這些詩作雖然在思想傾向上存在某些局限，如反對太平天國、忠君意識較強等，但其思想頗有可取之處，藝術上也達到了較高水準，取得了明顯的成功。尤其重要的是，詩人把他的親身經歷和真實情感用詩歌表現出來，從中可以認識黃遵憲的思想發展與感情歷程，對研究早期黃遵憲的思想與創作具有重要價值。詩人在詩作中反映的重大歷史事件，又是瞭解當時中國社會內憂外患窘迫境況的重要材料，特別是認識瞭解太平天國起義某些側面，比如在廣東嘉應地區活動與戰鬥等相關史實的重要材料。

這些避亂詩及其它反映詩人早期創作實績的重要作品顯示出，黃遵憲是中國近代詩壇一位傑出的愛國主義詩人，這種出類拔萃的素質其實在他早年的詩歌創作中已經有所顯現。在後來的人生歷程中，由

---

41 同上。

於聞見日益開拓，思想逐漸進步，黃遵憲的愛國主義思想日臻成熟，而早年詩作（包括這些避亂詩）則是他愛國詩歌創作的重要起點。黃遵憲的避亂詩仍然實踐了他一貫的「詩之外有事，詩之中有人」[42]的思想，也體現了他強調的「吾論詩以言志為體，以感人為用」[43]的主張。因此，可以認為，這些避亂詩是黃遵憲「詩史」性詩篇中不可忽視的重要組成部分，而且具有獨特的價值。

最後還須說明，筆者認為，黃遵憲在早年所作避亂詩中表現出來的反對太平天國的思想觀點和政治立場，一直堅持到晚年，終生都沒有發生明顯的轉變。[44]按照歷史學界曾普遍流行的對太平天國等農民起義的認識和評價，黃遵憲的這種立場和態度應當被視為他的思想局限，不必為之諱。但是，同樣重要的是，以往對農民起義歷史作用的高度評價是否真的科學有據，農民起義是否真正是推動歷史前進的動力，這本身就是一個應當深入反思的問題。

即便將黃遵憲反對太平天國的立場看做是一種思想局限和歷史局限，也要看到，封建時代的知識分子對農民起義之類事件的態度大多均是如此，遠非僅黃遵憲一人為然。即便如此，這仍然不影響黃遵憲是中國近代一位傑出的維新派政治家，一個著名的啟蒙主義者，一個頗有建樹的外交官，一位具有標誌性意義的日本研究專家，一個優秀的愛國主義詩人，一個致力於中國走向世界的先進的中國人。

---

42 黃遵憲：《人境廬詩草·自序》，錢仲聯：《人境廬詩草箋注》卷首（上海市：上海古籍出版社，1981年），頁3。

43 北京圖書館善本組整理：《黃遵憲致梁啟超書》，《中國哲學》第八輯（北京市：生活·讀書·新知三聯書店，1982年），頁383。

44 筆者按：關於黃遵憲晚年對太平天國的態度的認識，筆者之見與時賢多有異同。相關討論和論述可參閱本書《黃遵憲晚年思想三題》部分，此不詳述。

黃遵憲《新嫁娘詩》淺論

　　長期以來，人們非常重視人境廬詩的「詩史」價值和愛國主義精神，對黃遵憲詩歌的研究也多從這一角度著眼。這確有其合理性與重要性，因為人境廬詩中的許多作品的確反映了晚清中國社會的歷史狀況，為那個不同尋常的年代留下了不少有價值的形象畫卷，表現了強烈的憂國憂民、積極進取的愛國情懷。梁啟超「公度之詩，詩史也」[1]之譽的確名副其實。但是，就黃遵憲研究來說，僅看到其詩的詩史價值尚嫌不夠，因為這還不能夠全面地展示人境廬詩的意義與價值。從其一生的詩歌創作情況可知，黃遵憲詩的風格不是單一不變的，而是同他本人的思想一樣，呈現出豐富性與多樣化的面貌。

　　如果說人境廬詩「詩史」性的作品代表了黃遵憲的一種創作風格，其中強烈的愛國意識、救亡思想、豪邁酣暢的格調使人們看到了一個憂國憂民、偉岸高大的黃遵憲的話，那麼，他的另外一部分作品，則可以說表現了黃遵憲的另一種風貌。這些作品更關注個人的情感與心理，描述個人的生活與經歷，詩風綺麗豔冶，纏綿悱惻，一個富有兒女之情、常人之欲的活生生的真切切的詩人形象躍然紙上。

　　最能代表黃遵憲綺麗豔冶詩風的作品可以說是《新嫁娘詩》。此詩今行《人境廬詩草》中不載，最初發表在1925年11月7日《京報‧文學周刊》第四十一期《中國文學研究號》上，實只有四十八首，是董魯安所輯。1930年北京文化學社出版高崇信、尤炳圻校點本《人境

1　梁啟超著，舒蕪校點：《飲冰室詩話》（北京市：人民文學出版社，1959年），頁63。

盧詩草》，將此詩作為附錄收入，但多出一首。至1957年11月28日，新加坡《星洲日報》刊出此詩五十首全文，此詩始成全璧。1960年12月，北京大學中文系近代詩研究小組編、中華書局出版的《人境盧集外詩輯》收入此詩，以以上三種版本互勘，共得五十一首。關於此詩的寫作年代，今已難確考。但從詩歌內容與風格來看，基本可以肯定，此詩作於詩人青年時期。茲以《人境盧集外詩輯》為據，將《新嫁娘詩》介紹如次。

《新嫁娘詩》五十一首，可以認為是敘事組詩，以時間的推移為線索，從一個新嫁娘的角度落筆，敘述了她從一個少女到新嫁娘、到少婦直至成為年輕母親的過程。詩的內容安排井然有序，風格在人境盧詩中獨樹一幟，看得出是詩人精心結構的詩篇。按照敘事的過程，組詩大致可以分成十個部分。

1. 第一首至第四首，出嫁之前。這裏寫到的均是與出嫁結婚相關的事物，描寫了訂婚、嫁期、嫁妝等，為後來的情節發展做好了準備與鋪墊。從新嫁娘的角度落墨，彷彿她在自道心事，既節省筆墨又顯得真切自然。

2. 第五首至第十二首，出嫁場面。從新嫁娘喜著嫁妝寫起，描繪了熙熙攘攘的婚禮場面，新婦下輿，夫妻拜堂，親友賀喜，鬧洞房，等等。這一部分寫出了婚禮上的熱鬧歡樂場面和歡快活躍的氣氛，其中又著重突出了新嫁娘的形象和她此時此刻的心理狀態。

3. 第十三首至第十八首，新婚第一宵。此部分從酒闌人靜新郎歸房寫起，敘述了這對新人第一夜的新婚生活。寫這樣內容的詩，容易流於穢雜不莊重，有損作品的美學價值。但詩人在這裏卻基本上做到了含而不露，點到即止，突出新婚夫婦的相親相愛，描摹新嫁娘的內心活動與心理感受，給人以貼切、真實之感。

4. 第十九首至第二十二首，新婚第二日的生活場景。作者抓住

第二天的幾件生活事件展開描寫，進一步加強燕爾新婚的吉慶氣氛，並突出一對新人的伉儷情深，極富生活氣息。

5. 第二十三首至第二十七首，新婚第二宵。這五首詩從夜裏寫到第二天早晨，主要敘述這對新婚夫婦的生活，不像第一宵那樣著重新娘心理活動的描摹，而是側重於語言行動的描寫，由此可見詩人靈活多變的寫作技巧與表現方式。

6. 第二十八首至第三十三首，婚後生活小景。這幾首詩雖然是寫生活中的幾件事情，但突出的仍然是新婦的形象。

7. 第三十四首至第三十八首，回娘家。組詩從較靜態的場面描寫轉為動感較強的事件敘述上面，這幾首詩的時間跨度較大，如果將其間經歷的事情一一寫來，則要花費不少的筆墨，而且也無此必要。詩人抓住幾處有典型意義的事件和情節，把回娘家又返回夫家的整個過程有重點地描繪出來，顯示出詩人對生活素材加工剪裁的功力。

8. 第三十九首至第四十六首，夫婦嬉戲圖。組詩又轉入夫妻間生活場面的描寫，勾畫出這對年輕伉儷的相親相愛，相互嬉戲的情景。這裏寫到妻子對丈夫的關心，丈夫為妻子畫眉，夫妻間的嬉笑玩耍，美滿恩情，等等，描繪出一個天真爛漫、聰穎頑皮的少婦的音容笑貌，詩人抓住有趣味又有特徵的事物與場面，寫得活潑生動，增添了組詩的歡樂氣氛和喜劇色彩。

9. 第四十七首至第五十首，懷孕生子，全家歡笑。詩人僅用四首詩，即將十月懷胎，一朝分娩的過程全部寫出，顯示出很強的概括能力，文字雖然簡潔，卻寫得有血有肉，真切可感，毫不使人感到空洞蒼白。

10. 第五十一首，組詩小結。詩雖只一首，然其涵量很大，似是這一組詩的一個小結。詩人描繪出一幅恬靜、溫馨幸福的畫面。新嫁娘問郎君「畫眉紅燭初婚夕」一語，既是這對小夫妻對美好時光的美

妙回憶，又是組詩的巧妙結束，造成了一種與組詩開端相呼應、相聯繫的藝術效果。既是妻子在問丈夫，又是詩人在問讀者，真可謂一箭雙雕。

《新嫁娘詩》五十一首，在藝術表現上也達到了很高的境界，顯示出獨具的特色，與人境廬詩的其它名篇相較，亦毫不遜色，可以說別具一種風格，別有一番滋味。概括而言，它的藝術成就特別突出地表現在如下幾方面。

第一，敘事組詩。《新嫁娘詩》是具有敘事特點的組詩，有人物，有情節，有對話，有動作，按時間順序寫來，有條不紊，敘事明晰。組詩的每一首均可獨立成篇，每首之間又有聯繫；敘事交待與場面描寫交替出現，錯落有致，相映成趣。敘事使全詩成為有機的整體，情節相聯不斷，重複出現的場面描寫又使組詩有主有次，詳略得當。人物的語言使組詩具備了音響效果，動作描寫又給全詩帶來了動感特徵。這樣，詩讀起來既不顯得匆促，又不顯得拖沓，有聲有色，有動有靜。

第二，民歌影響。董魯安曾特別指出：《新嫁娘詩》「和集中《山歌》詞意相近」[2]。而且，詩的形式亦與山歌相近，均為七言四句，頗為曉暢。黃遵憲家鄉客家山歌的影響還使全詩形成了通俗明快的格調，而且借鑒民歌風趣、活潑的特點，使部分詩篇具有較強烈的喜劇色彩。這種具有濃鬱地方風情特點的詩作，還可以成為研究客家人民俗，尤其是婚姻習俗的有價值的資料。

第三，細緻入微、真切巧妙的心理描寫。組詩中雖然亦有情節的敘述，有動作的描寫，但詩人以新嫁娘的身份出現在詩作之中，深入

2　高崇信、尤炳圻校點：《人境廬詩草》附錄二，文化學社民國二十二年（1933年），頁1。

到她的內心深處，準確逼真地傳達出她的心理活動、心理感受，使新嫁娘的形象增加了厚度，增強了立體感，更增添了組詩的藝術魅力。詩人雖然有時直接描摹新嫁娘的心理狀態，但大多通過她的語言、行動的描寫傳達出她的細微的心理活動。這樣，既使詩歌增添了聲音與動作，又寫得準確巧妙，收一舉多得之效。

第四，綺麗嫵媚、纏綿豔冶的美學風格。這五十一首詩當中，有一些篇章寫得香豔纏綿，極富兒女情長之態，有人甚至認為有個別詩涉於淫穢。雖然未必如此嚴重，但有的詩的確可以稱之為「豔詩」了。董魯安曾指出：「先生『餘事做詩人』本不可以文掩行的，但如果認為先生不會有這種側豔文章，甚且以為是盛德之累，便是狗屁不通的話了。我們對於文藝的看法，若照茀羅乙德（引者按：今譯佛洛德）一派的解釋，那便即使是晚唐的冬郎，正未必會墮入泥梨獄裏呢。況此詩的溫存纏綿，全是性情中語，然則棄入字簏中的佚稿，未必沒有極真的好詩，只是古今的見解不同，所以去取的標準各異罷了。」[3]對此詩予以「極真的好詩」的高度評價。

不僅如此，從黃遵憲全部詩歌創作的角度來看，《新嫁娘詩》的意義與價值更在於，它與其它綺麗豔冶的詩作一起，代表了黃遵憲詩歌創作的一種風格。這些作品與其「詩史」性詩篇一道，是構成這位傑出詩人非凡創作實績的不可缺少的組成部分。正是這種豐富的詩歌內容，多樣的藝術追求，多側面的詩人形象，共同構成了人境廬詩的藝術高峰。組詩中即使最豔冶的部分，大多也只是點到即止，極少淫猥之詞；而且繼承了中國古典詩歌的傳統，多用象徵、比喻的手法來表現描摹，並未影響組詩的美學效果與藝術情趣。因此，與其視《新嫁娘詩》為人境廬詩的缺陷而諱莫如深，不如把它看做黃遵憲詩歌的

3　高崇信、尤炳圻校點：《人境廬詩草》附錄二，文化學社民國二十二年（1933年），頁2。

一種美學特徵，一種藝術風格，並給予實事求是的評價。

總之，《新嫁娘詩》是黃遵憲早期詩作中的重要作品，代表了他早期創作中的一種重要的藝術趨向，反映了他創作初期的特點與風格。在全部人境廬詩中，此詩不論思想內容還是美學價值、藝術成就，均當不亞於他中年、晚年所作的其它題材、其它風格的作品。

除了組詩《新嫁娘詩》之外，黃遵憲屬於同一種風格、表現了相同的創作趨向的詩還有一些，如為人們所常提及的《都踴歌》、《山歌》，以及《日本雜事詩》中的某些篇章就是。在《黃遵憲與日本友人筆談遺稿》中保存的數首人境廬詩歌中，這種創作風格又一次得到了較集中的體現。[4]這些詩作共同構成了黃遵憲不同於「詩史」之作的另一種風格，表現出另一種創作傾向與藝術追求。

從題材上看，如果說他的那些「詩史」之作選擇的多是重大的現實與歷史題材，反映了中國近代的全面危機，勾勒出近代中國歷史的重大事變，也表現了海外見聞與異國風情的話；那麼，以《新嫁娘詩》為代表的另一些作品，則主要是關注個人的生活細節、情感歷程與內心世界，選擇的大多是平凡細小的題材。從形式上看，如果說黃遵憲的過人功力與突出成就主要表現在五七言古近體詩上面，並且常以隸事用典來表達主題、抒發情感，正如他晚年自己所說：「平生懷抱，一事無成，惟古近體詩能自立耳。」[5]又說：「吾之五古詩，自謂凌跨千古；若七古詩，不過比白香山、吳梅村略高一籌，猶未出杜、韓範圍。」[6]那麼，以《新嫁娘詩》為代表的詩篇，則採用了與民歌

---

4 筆者按：關於此問題，可參看本書《黃遵憲使日時期佚詩鈎沉》部分，此不贅述。

5 黃遵楷：《人境廬詩草・跋》，《人境廬詩草》卷末（北京市：商務印書館，1931年），頁1。

6 北京圖書館善本組整理：《黃遵憲致梁啟超書》，《中國哲學》第八輯（北京市：生活・讀書・新知三聯書店，1982年），頁372。

相近的通俗淺易的形式，尤其是與黃遵憲家鄉客家山歌相近似的形式，顯示了詩人受到民間文學的滋養，也表現了他為詩歌的通俗化、白話化所做出的努力。從美學風格上看，如果說詩人的大量作品表現得粗獷豪放，沉鬱激越，大氣磅礴，典雅端莊，頗有一種鬱勃之感，陽剛之氣；那麼，《新嫁娘詩》等作品，則表現得細膩纏綿，綺麗豔冶，輕柔婉轉，活潑風趣，大有曉風殘月之態，形成了一種陰柔之美。總之，這些作品，代表了黃遵憲詩歌創作的又一種風格，又一種境界，使人境廬詩呈現出多樣的風貌，多姿的色彩。

儘管這種風格、這種境界不足以代表黃遵憲詩歌的總體面貌，儘管這只是人境廬詩中較少的一部分作品的特質，這樣的作品畢竟不是黃氏詩歌創作的主導方面，但是作為學術研究，為了全面完整地認識這位傑出詩人和他的詩歌創作，是不應當、也不可以對之視而不見的。其實，黃遵憲本人對這樣的作品也並不是一概排斥的。他在《人境廬詩草·自序》中論及詩的煉格時，就說過，為了寫出「不失乎為我之詩」，主張學習「自曹、鮑、陶、謝、李、杜、韓、蘇，訖於晚近小家」，要做到「不名一格，不專一體」[7]。他還說過：「詩之為道，至博而大。若土地焉，如名大川，自足壯人；則一丘一壑，亦有姿態，不可廢也。」[8]黃遵憲晚年家居時在給梁啟超的信中，又說道：「報中有韻之文，必不可少。……當斟酌於彈詞、粵謳之間，或三或九，或七或五，或長短句；或壯如《隴上陳安》，或麗如《河中莫愁》，或濃至《焦仲卿妻》，或古如《成相篇》，或俳如俳枝辭。」[9]

7　錢仲聯：《人境廬詩草箋注》卷首，上海古籍出版社1981年版，頁3。

8　鄭子瑜、實藤惠秀編校：《黃遵憲與日本友人筆談遺稿》（東京：早稻田大學東洋文學研究會，1968年），頁289。

9　北京圖書館善本組整理：《黃遵憲致梁啟超書》，《中國哲學》第八輯（北京市：生活‧讀書‧新知三聯書店1982年版，第398頁。筆者對原標點有所調整。

這一切，均可以看到黃遵憲寬廣的藝術胸懷，多樣的美學追求，讀了
這些文字，也有助於我們瞭解《新嫁娘詩》乃至全部人境廬詩歌。

實際上，黃遵憲詩歌的這種風格特色，早有學者注意到並予指
出。[10]汪辟疆亦曾言黃遵憲「言燕昵則極妍盡態」[11]。錢鍾書更是別
有會心地指出，黃遵憲青年時代詩作「傖氣尚存，每成俗豔」[12]、「失
之甜俗」[13]，並申論說，黃氏編定詩集時所刪少作，後輯入《人境廬
集外詩輯》者，正是此體，這些詩作「流利輕巧，不矜格調，用書卷
而勿事僻澀，寫性靈而無忌纖佻」[14]。誠哉斯言！

以《新嫁娘詩》為代表的豔詩麗章，在黃遵憲的全部詩歌創作中
佔有不可忽視的重要地位，尤其在他的早期作品中，更代表了一種引
人注目的創作傾向與創作實績。黃遵憲中舉之後，自光緒三年
（1877）起到海外任外交官長達十餘年之久的經歷，使他的見聞大為
拓展，思想逐漸進步，由一個主張改革的知識分子轉變成為一個維新
派政治家、思想家。同時，隨著當時中國社會日甚一日的全面危機，
封建統治的完全腐朽，帝國主義的野蠻入侵，歐風美雨，西學東漸，
種種內在外在主觀客觀因素的作用，使黃遵憲的詩歌創作題材有所改
變，有所發展，由早期的主要歌詠個人的情感、經歷，轉變為集中詠
唱在海外的見聞，感慨祖國的危難，抒發愛國的情懷，作品的風格也
隨之發生了變化。但是，香豔纏綿的作品他仍然偶而為之，正如錢鍾
書指出的：黃遵憲其人其詩雖不愧為「霸才健筆」，「公度獨不絕俗違

---

10 陳衍即說過：「人境廬詩，驚才絕豔。」陳衍：《石遺室詩話》卷八（北京市：商務
　　印書館民國，1935年），頁11。
11 汪辟疆：《近代詩派與地域》，《汪辟疆文集》（上海市：上海古籍出版社，1988
　　年），頁315。
12 錢鍾書《談藝錄》（補訂本）（北京市：中華書局，1984年），頁23。
13 同上書，頁347。
14 同上。

時而竟超群出類，斯猶難能罕覯矣」[15]，另一方面，黃遵憲「後來學養大進，而習氣猶餘，熟處難忘」[16]，他中年和晚年的詩歌創作仍然時現早年的取徑與風格特色。

總之，以《新嫁娘詩》為代表的早期詩作，與黃遵憲的其它作品一道，共同展示了這位晚清傑出詩人的創作成就，共同奠定了他在中國詩歌史上的重要地位。

---

15 錢鍾書《談藝錄》（補訂本）（北京市：中華書局，1984年），頁347。

16 同上書，頁348。

同工異曲將軍歌

——黃遵憲《馮將軍歌》《聶將軍歌》對讀

　　近代著名愛國詩人黃遵憲所作《馮將軍歌》和《聶將軍歌》，都是人境廬詩的傑作，也堪稱中國近代詩歌中的名篇。前者詩人自己編入《人境廬詩草》卷四，具體寫作時間已難確考，常係作者戊戌「放歸」回鄉之後所作。詩寫光緒十一年（1885）中法戰爭中，年近七旬的老將馮子材率軍英勇奮戰，終於取得鎮南關大捷事。後者編入《人境廬詩草》卷十一，為光緒二十七年（1901）所作，寫光緒二十六年（1900）八國聯軍入侵，天津守將聶士成浴血抗戰八晝夜，終於以身殉國事。兩首「將軍歌」在題材內容上有相近之處，都是歌頌英勇無畏、抗敵禦侮的民族精神，表現詩人自強保種、振興國力的忠君愛國思想。從這一角度將兩首詩對比閱讀，不失為一件有意味的事。但筆者更感興趣的，卻是二者在藝術結構上的相似，在藝術構思方面顯示出來的內在聯繫。茲試圖從這一角度對這兩篇作品作一點解讀的嘗試。

　　首先，二詩的開頭寫法完全相同，詩句基本上一致。《馮將軍歌》云：「馮將軍，英名天下聞。」[1]《聶將軍歌》則說：「聶將軍，名高天下聞。」[2]可見在作者的意識中，於創作之始，這兩首詩即建立了一種內在聯繫。或者說，黃遵憲在創作後一首詩的時候，意識系統深處即自覺不自覺地聯想到前一篇作品，前者對後者的創作實際上

1　黃遵憲：《人境廬詩草》卷四，商務印書館民國二十年（1931年），頁6。

2　黃遵憲：《人境廬詩草》卷十一，商務印書館民國二十年（1931年），頁1。

發生著一種潛在的影響。接著，兩首詩均轉入對兩位將軍功業的追述，以為中心事件的展開作鋪墊。追述馮子材的功業，主要敘述他打擊太平軍所取得的勝利，詩中稱道他「殺賊」的高超本領云：「將軍少小能殺賊，一出旌旗雲變色。江南十載戰功高，黃褂色映花翎飄。」[3]對聶士成戰功的敘述，則側重於他擊殺義和團，也是「殺賊」：「燕南忽報妖民起，白晝橫刀走都市，欲殺一龍二虎三百羊，是何鼠子乃敢爾？將軍令解大小圍，公然張拳出相抵，空拳冒刃口喃喃，炮聲一到駢頭死。」[4]但是，由於清政府對義和團採取亦打亦拉、又恐懼又利用的態度，聶士成的誅殺「妖民」卻有不少曲折，詩中也有些交待，並將聶士成的對內擊殺義和團和對外抗擊八國聯軍入侵結合起來抒寫，使詩歌的容量增大，比《馮將軍歌》的線索複雜許多。聶士成對義和團是主張堅決誅殺的，所以他最後還是下令：「將軍氣湧遍傳檄，從此殺敵先殺賊。」[5]

在轉入敘述和描繪中心事件的時候，二詩在寫法上再次顯現出明顯的相似性。《馮將軍歌》的中心事件是鎮南關戰役，《聶將軍歌》的中心事件是天津保衛戰，詩中突出的，都是「將軍」的形象。兩首詩對中心事件的描寫都借鑒《史記‧魏公子列傳》中多次迭用「公子」的寫法，多次迭用「將軍」一詞，前者多達十一次，後者多達十六次，使用散文的筆法，極盡鋪張排比之能事，從不同角度精雕細刻，著力渲染凸顯主人公的形象，從中亦可見黃遵憲詩歌散文化趨嚮之一斑。《馮將軍歌》中有詩句云：

　　將軍劍光方出匣，將軍謗書忽盈篋。將軍鹵莽不好謀，小敵雖

3　黃遵憲：《人境廬詩草》卷四，商務印書館民國二十年（1931年），頁6。

4　黃遵憲：《人境廬詩草》卷十一，商務印書館民國二十年（1931年），頁1。

5　同上。

勇大敵怯。將軍氣湧高於山，看我長驅出玉關。……將軍報國
期死君，我輩忍孤將軍恩。將軍威嚴若天神，將軍有令敢不
遵，負將軍者誅及身。將軍一叱人馬驚，從而往者五千人。[6]

《聶將軍歌》中也有這樣的詩句：

將軍追賊正馳電，道旁一軍路橫貫，齊聲大呼聶軍反，火光已
射將軍面。將軍左足方中箭，將軍右臂幾化彈。是兵是賊紛莫
辨，黃塵滾滾酣野戰。將軍麾軍方寸亂，將軍部曲已雲散。將
軍仰天泣數行，眾狂仇我謂我狂。[7]

還有，這兩首詩均採用容量較大、形式靈活、屈伸自如的歌行
體，均為以七言為主的雜言，適合所反映的歷史事件的需要。二者的
詩體形式也相同。

可見，《馮將軍歌》與《聶將軍歌》在藝術結構上有諸多的相同
之處，二者的藝術構思存在著一種內在聯繫，甚至表現出明顯的相似
性，表明黃遵憲在創作過程中對這種思路的熟悉和喜歡。從這兩首詩
的藝術構思來看，甚至可以作這樣的推測：也許這兩首詩的創作時間
不會相隔太久；即使相隔較長時間，也可以說這樣的詩思給作者留下
了深刻的印象，以至於他後來願意再次使用。

《馮將軍歌》和《聶將軍歌》雖有如上所述的相同相關的關係，
但並不能因此即說二者雷同，更得不出黃遵憲才力薄弱的結論。因為
這兩首詩同時也存在明顯的差異。比如，就篇幅而言，《聶將軍歌》

---

6 黃遵憲：《人境廬詩草》卷四，商務印書館民國二十年（1931年），頁6-7。
7 黃遵憲：《人境廬詩草》卷十一，商務印書館民國二十年（1931年），頁2。

更舒展一些，就線索言，也是《聶將軍歌》更複雜一些；而《馮將軍歌》則顯得更加流暢明快，大有一氣呵成之妙。更重要的，是二者藝術風格上的不同。

馮子材率軍奮戰，取得了鎮南關戰役的勝利，捷報頻傳，人心大振，的確如詩人所說「閃閃龍旗天上翻，道咸以來無此捷」[8]。因而作者帶著勝利的喜悅、自強的信心和振興的希冀進入創作過程，賦予作品整體以高亢雄健、豪壯昂揚的美學風格。結尾更是充滿無限嚮往地直接呼喚：「得如將軍十數人，制梃能撻虎狼秦。能興滅國柔強鄰。嗚呼安得如將軍！」[9]與之相對，聶士成在天津八里臺血戰而死，聯軍經天津攻入京城，因之作品對這一歷史事件的描繪，則表現得悲壯剛烈、沉鬱蒼涼。詩的結尾寫道：「天蒼蒼，野茫茫，八里臺，作戰場，赤日行空飛沙黃，今日披髮歸大荒。左右攙扶出裹瘡，一彈掠肩血滂滂，一彈洞胸胸流腸，將軍危坐死不僵。白衣素冠黑襡，幾人泣送將軍喪，從此津城無人防。將軍母，年八十，白髮蕭騷何處泣？將軍妻，是封君，其存其歿家莫聞。麻衣草屨色憔悴，路人道是將軍子，欲將馬革裹父屍，萬骨如山堆戰壘。」[10]這兩首詩，從美學風格上說，均屬壯美一路，充滿尚武尚力的陽剛之氣，反映了充滿民族危機意識和反侵略情緒的中國近代詩歌的一個重要美學特徵；但二者的具體風格特徵還是顯示出明顯的差異，展示了詩人多方面的藝術才華和人境廬詩富於變化的風格特色。

因此，黃遵憲的《馮將軍歌》和《聶將軍歌》兩首將軍歌，可謂異曲同構、風格各殊的名作，是近代中國社會歷史狀況的藝術再現，具有「詩史」的價值。同時也應指出，作者在這兩首詩中流露出的對

8　黃遵憲：《人境廬詩草》卷四，商務印書館民國二十年（1931年）版，頁7。
9　同上。
10　黃遵憲：《人境廬詩草》卷十一（北京市：商務印書館，1931年），頁2。

太平天國、義和團的敵視與仇恨，這也是他一生從未改變過的一貫態度，並非偶然。[11]這種態度與認識與以往長期流行且時下仍有人堅決支持的對太平天國、義和團的高度評價（其實也未必就那麼千真萬確）大有扞格齟齬之處。如此說來，作者在這兩首詩作中表現出來的對農民起義及類似事件的反對態度似當視為作者的思想局限，需要明辨。其實，這也是舊時代絕大多數文人知識分子最一般的普遍的看法，遠非黃遵憲一人如此，毫無足怪。這種情形，直至中華人民共和國成立之前都沒有發生根本性的改變；其後發生的種種翻天覆地的變化，就與早已作古的黃遵憲了無干係了。既然如此，也就毫無必要深責古人思想落後保守或跟不上時代的腳步了吧。

---

11 筆者按：關於黃遵憲對待太平天國、義和團等的看法，可參看本書《黃遵憲論曾國藩平議》、《黃遵憲晚年思想三題》和《黃遵憲的避亂詩》等部分的有關論述，此不贅述。

地域文化研究叢書·嶺南文化叢刊　A0203003

黃遵憲與嶺南近代文學叢論　　上冊

作　　　者　左鵬軍

責任編輯　蔡雅如

發 行 人　陳滿銘

總 經 理　梁錦興

總 編 輯　陳滿銘

副總編輯　張晏瑞

編 輯 所　萬卷樓圖書股份有限公司

排　　版　林曉敏

印　　刷　百通科技股份有限公司

封面設計　菩薩蠻數位文化有限公司

出　　版　昌明文化有限公司

桃園市龜山區中原街 32 號

電話 (02)23216565

發　　行　萬卷樓圖書股份有限公司

臺北市羅斯福路二段 41 號 6 樓之 3

電話 (02)23216565

傳真 (02)23218698

電郵 SERVICE@WANJUAN.COM.TW

大陸經銷

廈門外圖臺灣書店有限公司

　　電郵 JKB188@188.COM

ISBN 978-986-94919-1-4

2017 年 7 月初版

定價：新臺幣 300 元

如何購買本書：

1. 劃撥購書，請透過以下郵政劃撥帳號：

　　帳號：15624015

　　戶名：萬卷樓圖書股份有限公司

2. 轉帳購書，請透過以下帳戶

　　合作金庫銀行　古亭分行

　　戶名：萬卷樓圖書股份有限公司

　　帳號：0877717092596

3. 網路購書，請透過萬卷樓網站

　　網址 WWW.WANJUAN.COM.TW

大量購書，請直接聯繫我們，將有專人為您

服務。客服：(02)23216565　分機 10

如有缺頁、破損或裝訂錯誤，請寄回更換

版權所有·翻印必究

Copyright©2016 by WanJuanLou Books CO., Ltd.

All Right Reserved　　　　**Printed in Taiwan**

國家圖書館出版品預行編目資料

黃遵憲與嶺南近代文學叢論 / 左鵬軍著.--

初版.-- 桃園市：昌明文化出版；臺北市：

萬卷樓發行, 2017.07　冊；　公分.-- (地域文

化研究叢書. 嶺南文化叢刊)

ISBN 978-986-94919-1-4(上冊：平裝). --

1.(清)黃遵憲 2.學術思想 3.近代文學 4.文學

評論

820.907　　　　　　　　　　　　106011165

本著作物經廈門墨客知識產權代理有限公司代理，由廣州中山大學出版社有限公司授權萬卷樓圖書股份有限公司出版、發行中文繁體字版版權。